Wilhelm Raabe, geboren am 8. September 1831 in Eschershausen (Weserbergland), ist am 15. November 1910 in Braunschweig gestorben.

Unter den Schriftstellern seiner Generation, den Dichtern des poetischen Realismus, hat in Deutschland kein anderer mit gleicher Klarheit und Intensität die großen Veränderungen dieser Epoche erfaßt. Raabes Erzählkunst, sein poetisches und humanes Ethos, sein unbestechlicher Scharfblick für die Probleme seiner Zeit und früherer Zeiten lassen ihn nach Auffassung der heutigen Forschung als zukunftsweisend, als einen der wenigen deutschen Realisten erscheinen, die in ihren Spitzenleistungen literarischen Weltrang erreicht haben.

Anläßlich des 75. Todestages legt der Insel Verlag eine zehnbändige Auswahl jener Werke Wilhelm Raabes vor, die zum wichtigsten Bestand der deutschen Erzähldichtung in der zweiten Hälfte des 19. Jahrhunderts zählen. Es sind vor allem die Werke aus der letzten, der Braunschweiger Schaffensperiode, aber auch Erzählungen bzw. Novellen aus der Stuttgarter Zeit. Die zehnbändige Raabe-Ausgabe, die chronologisch angeordnet ist, enthält diejenigen Werke, die nach Raabes eigener Einschätzung zu seinen besten zählten und die auch nach dem einhelligen Bild der gegenwärtigen Forschung vorrangig lesenswert geblieben sind. Im Gegensatz zu herkömmlichen Werkauswahlen, die den wirkungsgeschichtlichen Kanon des 19. und frühen 20. Jahrhunderts konservieren, soll hier in der insel taschenbuch-Ausgabe ein markant gegensinniges Raabe-Bild vorgestellt werden. Auch von den besten Werken war freilich das auszusondern, was entweder die umfangmäßigen Relationen gesprengt hätte oder in Ton und Aussage den hier präsenten Dichtungen sehr ähnlich, heute aber ohne ausführliche Kommentierung minder zugänglich erschien.

Jeder Band der Raabe-Kassette ist auch als Einzelausgabe erhältlich.

insel taschenbuch 890

Wilhelm Raabe

Altershausen

Wilhelm Raabe
Werke in Einzelausgaben
Band 10

Wilhelm Raabe
Altershausen

Herausgegeben von
Hans-Jürgen Schrader

Insel Verlag

Umschlagabbildung: *Die letzte Strecke.*
Federzeichnung von Wilhelm Raabe (1910). Entstanden auf dem Sterbelager.
Mit freundlicher Genehmigung des Städtischen Museums Braunschweig
Textnachweis am Schluß des Bandes

insel taschenbuch 890
Erste Auflage 1985

Vertrieb durch den Suhrkamp Taschenbuch Verlag
Umschlag nach Entwürfen von Willy Fleckhaus
Satz: Fotosatz Otto Gutfreund, Darmstadt
Druck: Nomos Verlagsgesellschaft
Printed in Germany

1 2 3 4 5 6 - 90 89 88 87 86 85

Altershausen

(1899-1902)

»Überstanden!«

Der das sagte, lag in seinem Bette, und nach dem Licht auf dem Fenstervorhang zu urteilen, mußte die Sonne eines neuen Tages bereits ziemlich hoch am Himmel stehen. Es war dem befreienden Seufzerwort ein längeres Zusammsuchen, erst der körperlichen Gliedmaßen, sodann der noch vorhandenen geistigen Fähigkeiten voraufgegangen. Beides nicht, ohne daß es, wie die Kinder sagen: wehe getan hatte.

Das Alter spricht oft der Kindheit ein Wort nach, weil es von Natur kein besseres weiß und, wenn es im Laufe der Jahre danach gesucht haben sollte, keins gefunden hat. Man braucht sich nicht immer an einer Tischecke gestoßen haben, es kann einem auch sein siebenzigster Geburtstag freundschaftlichst, ehrenvoll-feierlichst begangen worden sein.

Man schrieb den vierundzwanzigsten August, an welchem Datum im Jahr neunundsiebenzig nach unseres Herrn und Erlösers Geburt Herkulanum und Pompeji verschüttet worden waren und an dem im Jahr fünfzehnhundertzweiundsiebenzig der heilige Bartholomäus im himmlischen Ehrensaal in kopfschüttelnder Betrachtung vor dem Glasschrank mit seiner Erdenhaut stand, brummte:

»Hm, hm, hm!«

und sich fragte:

»Hab ich die mir eigentlich dafür von meinen lieben Armeniern abziehen lassen?« –

Am Tage vorher, das heißt nicht vor dem Untergang von Herkulanum und Pompeji oder der Pariser Blutnacht des heiligen Bartholomäus, sondern an einem weder historisch noch ethisch gleichwertigen dreiundzwanzigsten August eines der letzten Jahre des neunzehnten Jahrhunderts hatte vor siebenzig

Jahren das Menschenkind, das jetzt aufrecht im Bette saß, das Licht der Welt, wie man euphemistisch sagt, erblickt, und seine gegenwärtige Mitwelt: Verwandtschaft, Freundschaft und Bekanntschaft – Patronen- und Kliententum, schien sich wirklich gefreut zu haben, den Tag unter ihren Erlebnissen mitfeiern zu können. Ein langer Satz, aber dem Geschehnis angemessen! –

Es roch um den erwachenden Jubelgreis nach Kuchen – Geburtstagskuchen, Hochzeitkuchen, Begräbniskuchen – nach dem Kuchen aller Erdenfestlichkeiten! und der Jubelgreis mit den mühsam wieder zusammengesuchten Körper- und Geisteskräften bin

Ich,

nun der Schreiber dieser Blätter.

*

Auf die Postille gebückt zur Seite des wärmenden Ofens und – immer noch den Kuchengeruch des Lebens in der Nase?...

Siebenzig Jahre nun und – für das Alter immer noch merkwürdig gut auf den Beinen, wie man das ausdrückt! und fünfunddreißig Jahre so ungefähr, seit mein Weib zu dem blauen Himmel auf und in den Sommersonnenschein und den Kinderlärm der Gasse hinein, dem ihr Unfaßbaren, Unbegreiflichen gegenüber, wild–böse durch den jungen Schmerz gemacht, unserm Schicksal zuschluchzte:

»Das schöne Wetter, und mein Kind nicht mehr dabei!«...

Seit länger als dreißig Jahren wächst auch das Gras auf dem Hügel, der meine Frau neben dem Kinde deckt. Gute und schlechte Witterung hat, seit die Lieben mich des Weges allein ziehen ließen, nach gewohnter Weise auf Erden gewechselt und – *ich* habe mich gut »konserviert«. Alle sagen das, und auch mein allergnädigster Landesherr wird, wenn ich ihm demnächst meinen Dank für den huldreichst verliehenen hohen Orden zu Füßen legen werde, vielleicht eine ähnliche freundliche Bemerkung fallenlassen. Jawohl, es war ein sehr schönes Festwetter, und die Kinder spielen, lärmen, jauchzen noch immer in den Gassen: mein Weib und mein Kind nicht mehr dabei; aber wir anderen recht vergnügt bei Tische. Ich jedenfalls noch vorhanden in perfect health and memory – bei guter Gesundheit und klarem Bewußtsein – wie es in einem, nicht bloß den nächsten Erben bekanntgewordenen Testament heißt!

*

Fünfzehn Jahre bedeuten nach dem Wort des Historikers eine lange Zeit für den Menschen und sein Leben, dreißig eine längere. Was alles kann der Mensch hinter sich lassen und vor sich bringen, bis er vor der Zahl siebenzig und dem berühmten biblischen Wort steht? Mir brauchte kein solcher »Jubeltag« zu kommen, um mir das deutlich zu machen, nur etwas deutlicher konnte es mir dadurch gemacht werden.

Ich stehe weder vor einer verschütteten Erdenwelt noch im Reich der Himmel vor meiner Märtyrer-Ehrenhaut: ich stehe nur noch immer auf meinen Füßen; aber es ist nicht wahr, was einige behaupten, nämlich daß ich das einzig und allein meinem guten Magen zu verdanken habe. Man darf übrigens dergleichen Gerede in einem Dasein, welches wie das unserige recht sehr auf eine gute Verdauung in Verbindung mit den dazugehörigen Zähnen angewiesen ist, nicht allzu absprechend von sich weisen. Es kann nicht alles aus dem Herzen kommen. –

Viel herzlichen Dank hatte ich zu sagen gehabt. Sie waren gekommen: alle, von denen ich es wohl erwarten durfte, aber auch viele, von denen ich es mir nicht vermuten war, sogar etliche derer, von welchen ich es ganz gewiß wußte, daß ich ihnen nur zum Ärgernis und Verdruß gelebt, mein Handwerk getrieben hatte und siebenzig Jahre alt geworden war.

Ich würde ein Narr und ein Heuchler sein, wenn ich niederschreiben wollte, daß das mir nur mißfallen habe. Recht wohlgefallen hatte mir manches: es ist nicht alles Komödie in der Welt, es gibt nicht bloß den Begriff Ehrlichkeit, sondern auch ehrliche Leute, und an die habe ich mich an diesem Festtage gehalten und anderes gewähren und machen lassen und Höflichkeiten nach Erdenschicklichkeit höflich erwidert, ohne grade meinem Feinde, wenn er mich auf die eine Backe geküßt hatte, ihm auch die andere hingehalten zu haben.

Genug davon. Das wäre fein, die ersten Stunden der Muße mit Würde an das zu verwenden, was jeder Zeitungsberichterstatter werkmäßiger und besser zu Papiere bringt!

Das?

Ja *das:* feierliche Begehungen von tausend-, fünfhundert-, hundertjährigen menschheitlichen Gedenktagen – das, was die Menschheit *so im einzelnen* Beschreibungs- oder doch Besprechungswertes an sich erleben kann, wäre es auch nur nach fünfundzwanzig, fünfzig oder siebenzig Jahren Daseins auf der Erde als Familienmitglied, Staats- und Geschäftsmann oder – – *sonst so was!*

Wenn übrigens »wegen den Geburtstägen im August« vielleicht noch irgend etwas zu bemerken wäre, so kann darüber nachgelesen werden in einem Briefe aus dem Jahre 1777, wo der Berichterstatter für »sein Blatt« schreibt:

»Es hatte schon den ganzen Tag gemunkelt, daß 'n Feuerwerk abgebrannt werden sollte, nun ward es aber hautement declarirt, und die ganze Gesellschaft begab sich in Procession hinten in meines Vetters Garten neben dem Echafaut, das Feuerwerk anzusehen. Es bestand aus einem *Petermännchen* von anderthalb Zoll und reussirte ungemein. Weil so'n Ding gar zu herrlich anzusehen ist, hab' ich mir von meinem Vetter das Recept ausgebeten und will's Dir hier communiciren. Man nimmt 2 Loth Pulver, reibt es klein und thut Brunnenwasser dazu quantum satis; denn wirds 'n Teig, und man formt es, entweder kegelförmig wie'n *Kirchthurm*, oder viereckigt, wie die *Pyra-*

miden in Egypten waren, thut oben darauf einige Körner trokkenes Pulver und zündet's an... Um 10 Uhr 8 Minuten gieng das Feuerwerk an, und währte bis 10 Uhr 8⅓ Minute. – Du lachst, Andres?« ––––––––––––––––––––––

Ob der gute Korrespondent des Wandsbecker Boten über diese Schilderung des Festes gelacht habe, kann ich nicht sagen: was mich anbetrifft, so beschließe ich die Beschreibung des Höhepunktes der Feier meines siebenzigsten Geburtstags wie Freund Asmus:

»Um 10 Uhr 8 Minuten ging das Feuerwerk an, und währte bis 10 Uhr 8⅓ Minute.«

Das stimmte, was meine persönlichste, innerlichste Beteiligung dabei anbetrifft. Wenn jedoch der Bote einigen ethischen und moralischen Betrachtungen und Nutzanwendungen noch hinzufügt:

»Um Eilf Uhr giengen wir zu Bett, und schliefen flugs und fröhlich ein«,

so stimmt das nicht ganz mit dem Verlauf meines Festes. Es währte ein wenig länger, ehe die letzten bei Tisch die dem *Alter* gebührende Rücksicht nahmen. Mit dem mittäglichen Sonnenschein noch eines neuen Tages auf dem Fenstervorhang hat ja wohl der *Greis* diese Federkritzeleien begonnen?

Noch dabei, ihr Toten!...

*

Das ist es also gewesen, wozu man mir Glück gewünscht hat? Ich gehe nun »auf die Achtzig los«: die, welche gekommen waren, mir zu dem »Siebenzigsten« zu gratulieren mit dem natürlich angefügten Ad multos annos, sind in der Zeit wieder ihren eigenen zeitlichen Sorgen, Nöten und Geschäften nachgegangen und denken nicht mehr an mich oder, wenn sie noch an mich denken, solches wohl nur mit »gemischten Gefühlen«:

dieses Wort wahrlich nicht bloß im ironischen oder gar hämischen Sinne genommen, sondern im recht treumeinenden, im sehr ernsten.

Gemischte Gefühle! welch ein Wort dann und wann für eine Morgenstimmung! Wie aber stellt sich solchem Gefühl und Gefühlen gegenüber ein alter Doktor zu einem anderen Wort:

Arzt, hilf dir selber!
?

Im folgenden mag es sich denn ablagern, wie das Fragezeichen beantwortet worden ist. Lasset euer Brod über das Wasser fahren! heißt es in der Heiligen Schrift.

I.

Sein Name war Feyerabend. Fritz nannte ihn seine Schwester Karoline, Onkel Friedrich eine etwas entfernte Nichten- und Neffenschaft, Wirklicher Geheimer Rat die Welt. Wodurch er die letztere Bezeichnung für die »Welt« und durch seine Zeitgenossenschaft verdient haben mag, möge sich dem möglichen Leser im Verlauf des Umwendens dieser Blätter ergeben. Schon seine Erstlingsdruckschrift »Über Gewöhnung an Medikamente« soll von gelehrter Frühreife gezeugt haben; hier aber handelt es sich nur darum, wie er selber sich gegen die toxischen und infektiösen Agenzien des Erdendaseins, auch nach zurückgelegtem siebenzigsten Lebensjahr, mit mehr oder weniger Erfolg »immun« gemacht hatte.

Fürs erste brauchte er volle acht Tage und Nächte, um sich von seinem hohen Freuden- und Ehrentage zu erholen. Nachher nahm er, da er alles, was ihm an Körper- und Geisteskräften beschert worden war, wieder beisammen hatte, was man so nennt, den gewohnten Lebenslauf wieder auf und fand, was jeder sich zur Ruhe setzende Erdenarbeitsmann findet, daß –

die Zeit nicht mehr so recht mit ihm fort wollte, ihn durch den Tag voraufhumpeln ließ.

Was wird aus dem Menschen, der endlich Zeit hat und dem nun nichts rasch genug kommen und geschehen kann? Was im vorliegenden Fall glücklicherweise nicht in die Erscheinung trat: ein verdrießlicher Patron und ein Verdruß und Ärgernis zuletzt auch der hingebendsten Umgebung – mißliebig auch den Göttern, die ihn aber recht häufig noch ziemlich lange den Seinen erhalten, wenn auch nicht zu deren Vergnügen! Da sie, die Götter, bei allem einen Zweck haben sollen, so werden sie auch wohl dabei einen haben und verantworten können.

Ja, Gott sei Dank, wem aus besserem Lehm der Titan das Herz geknetet hatte, war Geheimrat Feyerabend, der Postillengreis *dieser* Blätter! – Der sah zuerst nur etwas häufiger nach dem Barometer und fand, daß sich sein Verhältnis zu ihm merklich geändert habe. Er mochte stehen, worauf er wollte (der Geheimrat hatte da freilich doch auch immer noch das »schöne Wetter« im Auge), es hatte wenig Einfluß mehr auf des Jubelgreises Stehen, Gehen, Sitzen oder Liegen. Stand das Ding auf »Veränderlich« – »Regen oder Wind«, so war ihm das, wenn nicht immer recht, so doch viel gleichgültiger als sonst. »Sturm« hätte ihn wohl noch wie früher interessiert, aber das ist doch eigentlich nur selten, und gute Menschen setzen da auch ihr Interesse – Dabeisein – hintenan und wünschen es sich nicht, anderer wegen.

Was ging den Alten bei seiner Morgenpfeife jetzt noch das Wetter an? Selbst wenn ihn dann und wann so ein bißchen Rheumatismus drauf aufmerksam machte, daß auch er einige Rücksicht auf es zu nehmen habe seinet-, nicht der Witterung wegen. Er war doch wahrlich in seinem Leben genug gelaufen und gefahren durch gutes und schlechtes Wetter, um sich nun zu all dem ihm eben erwiesenen Guten auch das Seinige tun zu dürfen: endlich mal auch seinem eigenen Leibe (die Seele eingeschlossen) die Ehre zu geben und in jegliches Wetter mit vollendeter Gleichgültigkeit seine Rauchwolken hineinzublasen. Um sich dabei nicht zu »versitzen«, ging er denn zum erstenmal seit langer, langer Zeit wieder »spazieren«. Wie lange war's auch her, seit das Kind in das schöne Wetter hineinjauchzte und nach den Eltern zurücksah und seine Frau an seinem Arm auf den Wegen durch Gassen, Ackerfeld, Wiese und Wald zu ihm aufsah: »O das schöne Wetter heute!« ...? Nachdem sie ihn allein gelassen hatte, war die Zeit seiner Wanderungen, Reisen, Weltfahrten gekommen: spazieren war er nicht mehr gegangen. Wie hätte er dazu Zeit finden können? ———————————

Die Stadt, welche die Ehre und das Vergnügen hatte, diesen Geheimrat zu ihren bekanntesten und geschätztesten Mitbürgern zu zählen, gehörte zu denen, welche wie so manche andere im neuen wirklichen Deutschen Reich seit 1866 und 1870 aus ihrer grünen Umkleidung herausgewachsen war wie ein Junge aus seinen Hosen. Sie war »Großstadt« geworden und bildete sich natürlich was drauf ein und klopfte sich dann und wann darob mit Hochgefühl auf Brust und Magen. Auf letzteren etwas seltener in den Tagen, wo die Gemeindesteuern fällig geworden waren und der Steuerbote jeden Augenblick an die Tür klopfen konnte.

Sie hatte ganz in Gärten und Wiesen gelegen, was die grüne Umkleidung anbetraf. Damit war's nun vorbei; aber einen Kranz von angenehmen grünen, schattigen, blumigen Spazierwegen hatte sie sich doch zwischen dem alten Kern und Weichbild und den neuen Vorstädten erhalten. Ja, wer Zeit dazu hatte, konnte hier immer noch im Baumschatten, durch hübsches, kunstgärtnerisch gepflanztes und gepflegtes Buschwerk, um hübsche Blumenbeete und um Schwanenteiche, die vom mittelalterlichen Stadtgraben und Vaubanscher Befestigungskunde übergespart worden waren, lustwandeln. Es war natürlich hier, wo Geheimrat Feyerabend das Spazierengehen wieder lernen wollte und die ersten Versuche machte, sich endlich einmal wieder in – seiner Umgebung umzusehen. Es gibt immer Leute, die durch Begabung und Beruf zu dem Glauben gebracht werden, sich – der Welt schuldig zu sein. Daß schönste Irrtümer auf diesem Felde am häufigsten sind, dafür können sie nichts. –

Wie gesagt, Geheimrat Feyerabend blieb mit seinen Gehversuchen auf dem »Wall«. Jenseits des bunten, freundlichen Naturgürtels, welcher die Vorstädte von der Altstadt trennt, sollen bereits achtzig- bis neunzigtausend Menschen wohnen, und wer Kunstgeschichte der Neuzeit studieren wollte, brauchte bloß dort durch die breiten, mit »Vorgärten« verzierten Straßen zu wandeln. Da konnte er erfahren, was wir seit des Vitruvius Buch »De Architectura« aus Büchern gelernt haben in der Baukunst und wie wir alles, was wir gelernt haben, zu verwerten wissen! Geheimrat Feyerabend hatte augenblicklich nicht das geringste Interesse dafür; die Gassen waren ihm dort zu breit, zu sonnig und zu staubig, und noch weiter hinaus begann die Öde, die einen wachsenden Mauer- und Menschenhaufen umgibt. Angenehme Bänke, zum Ausruhen für ältere Herrschaften und zur Siesta für Bummler, Arbeitlose, streikende oder ausgesperrte Arbeiter hingestellt, gab es auch nur auf dem »Wall«, aber auf diesen ließ er sich selten nieder, gar nicht auf denen, an welchen ein Täfelchen der »Promenadenverwaltung« kundgab:

Nicht für Kindermädchen!

Seltsamerweise lockten die für solche bestimmten ihn allein an, müde Beine vorzugeben bei diesen seinen Versuchen, sich wieder im Leben außerhalb seiner Wissenschaft wenigstens in etwas zurechtzufinden. Über müde Beine hatte er sich noch nicht zu beklagen: – es waren eben die jungen Dirnen und die Kinder, die ihn anzogen. Seine große Bekanntschaft, die ihn da sitzen sah, schüttelte nur lächelnd den Kopf: »Na, na!«, machte aber sonst nur Anmerkungen wie: »Das sieht ihm wieder ähnlich!«, hielt sich also mäßig bei ihren Betrachtungen, und einige wußten dann und wann genauer als andere, weshalb. –

So schönes Wetter und der Himmel immer noch blau und die Kastanienbäume grün und die Augustsonne, die einmal der jungen Mutter *seines* Kindes das Herz schwerer gemacht hatte, als es alle Wintermonate, Nachtdunkel, Landregen und Sturm vermocht hätten, auch immer noch dieselbe! Ihn freute der bunte Reif, der ihm zwischen die Beine lief, der Ball, der ihm beinahe den Hut vom Kopfe schlug, und ein stadtbekannter und – weltberühmter Arzt und Wundarzt war er auch und hatte selten seine Künste so gern und willig in Anwendung gebracht wie jetzt hier, einem geritzten Fingerchen, einem blutenden Näschen oder anderem dergleichen Unglück gegenüber. Großmütter, Mütter und Tanten aus den besten Ständen begrüßten ihn häufig auf den Bänken der Kindermädchen, aber seines Bleibens war doch nicht da. Er hatte meistens bald aufzustehen und seines Weges weiterzuwandern, und zwar mit dem Gefühl – zu stören. Zu oft mußte er Seitenblicke auffangen, die deutlich besagten: »Ist der Alte schon wieder da? Was will denn der dumme Alte immer hier auf unseren Bänken?« Und sie hatten recht, die jungen Wärterinnen der Kinder anderer Mütter, und – um so mehr recht, je hübscher sie waren. Geheimrat Feyerabend hatte eigentlich hier nichts zu suchen und nahm nur den Platz anderen weg, die besser und willkommner da sitzen konnten. Hinter dem Gitter des nahen Kasernenhofes waren sie ganz der nämlichen Meinung.

Und dann das ewige Grüßenmüssen hier! Dr. Heinrich Fausts Vater, Geheimer Obersanitätsrat und Professor an der Kurfürstlichen Sächsischen Landesuniversität Wittenberg, Dr. med. Faust senior, hatte seinerzeit, im sechzehnten Jahrhundert, auf den belebteren Teilen der Promenade das Barett nicht öfter zu ziehen als sein ähnlich betitelter und berühmter Kollege bei seinen Versuchen, das Lustwandeln wieder zu erlernen, den Hut im neunzehnten. Wie Faust junior schlug er sich darob seiner unverdienten Ehren halber in die Büsche und suchte unbetretenere Pfade. Daß ihm da nicht der Teufel in Gestalt eines Pudels begegnen würde, wußte er; aber daß sich ihm hier, grade hier ›und aus der Blüte der Kultur heraus‹ die kalte Teufelsfaust entgegenballen würde, hatte er sich auch nicht vermutet. Es war aber so.

Wo er am wenigsten Menschen begegnete, fing er an, nach Bekannnten, alten – ältesten Bekannnten zu suchen, um sie wieder einmal zu begrüßen, und – er traf auf keinen mehr.

»Ja sehen Sie, Herr Geheimrat (auch die Parkwächter kannten den berühmten Mann), was Sie da suchen, finden Sie, abgesehen von der späten Jahreszeit, jetzt immer hier nicht mehr vor. Ungeziefer gibt es nicht mehr bei uns. Die Zeit, wo man damit seine Last hatte, ist vorbei.«

»Wieso denn?«

»Ja, da sind die jetzigen städtischen Verhältnisse dran schuld, Herr Geheimrat. Und zu jeder Jahreszeit, nicht bloß weil es jetzt in den Herbst geht und ihre Flug- und Brütezeit hin ist. Das ist jetzt so bei uns hier mit die Vögels wie mit die Buttervögels, das Raupenzeug, die Käfers und was sonst so, vorzüglich im Frühjahr und um die Blüte, hier in meine Herrschaft in die Büsche und Blumerei nach des Herrgotts Willen sich zusammentun, aus dem Ei und Kokon kommen, krauchen, fressen und 'rumflurren und sonst sein Wesen und Unwesen haben sollte. Sie können so manches nicht mehr vertragen, was der heutige Mensche doch immer mehr zu seinem täglichen und nächtlichen Wohlsein nötig hat.«

»Sie meinen?«

»Ganz gewiß! Was wir nicht riechen, das riechen sie und gehen davon ein oder anderwärts hin. Selbst in den höchsten Lüften ist das so geworden über der Stadt. Bin auch ein alter Mann, Herr Geheimrat, und brauche nur aus älterer Zeit an unsere hiesigen Dohlen zu denken. Die des Abends um die Kirchtürme und nachher auf die Dächer aufgereiht wie nach der Schnur! Wo sind sie geblieben? Mit Respekt zu sagen, Herr

Geheimrat, wir riechen ihnen nicht mehr gut genug, und des Nachts nehmen wir ihnen den Schlaf und die nächtliche Ruhe mit dem Gas und dem elektrischen Licht und allen anderen Erfindungen in dieser Bransche bis an den hellen Morgen. Daß es bei uns in der Nacht nicht mehr Nacht und Schlafenszeit wird, das hat sie von den Hausdächern und Türmen vertrieben, wie der Geruch die Käfers und Raupen und Buttervögels hier aus dem Buschwerk und sonstiger unserer Kunstgärtnerei. Da draußen jenseits der Vorstädte möchten sie sich ja wohl noch halten; aber da kommen denn wieder die Fabriken mit ihren Schornsteinen und Gequalme und verekeln ihnen ihre Daseinslust, und es wird wohl auch nichts mehr für sie sein. Ich komme wenig dort hinaus und kann's also nicht sagen.«

Er hatte auf mancher Schulbank gesessen, bis er es zu seiner jetzigen Stellung in seiner wissenschaftlichen Welt und zu seinem Titel Geheimrat gebracht hatte: selten war er so mit der Überzeugung, daß der Professor auf dem Katheder recht habe, nach Hause gegangen.

Er ging nach Hause, Professor Dr. med. Geheimrat Feyerabend, und kam unterwegs in seinen Gedanken auf die der Merkwürdigkeit wegen übriggelassenen fünfzig Stück Präriebüffel, auf das neue afrikanische Kolonial-Jagdgesetz, betreffend »Löwen-Schonzeit«, und auf das ihm gleichfalls als »etwas Neues aus Afrika« bekanntgewordene Handbuch über rationelle Straußenzucht. Damit zuletzt zu der Überzeugung, daß, wenn das so weitergehe, der Mensch sich zu Ende des zwanzigsten Jahrhunderts unzweifelhaft recht praktisch und verständig mit dem fünften Schöpfungstage und unseres Herrgotts großem Tiergarten auseinandergesetzt haben, aber eine Kinder-Naturgeschichte mit den dazu gehörigen Abbildungen aus dem Anfang des neunzehnten Säkulums ein bibliographischer Schatz sein werde.

Daß das biblische Wort:

»Füllet die Erde und machet sie euch untertan und herrschet über Fische im Meer und Vögel unter dem Himmel und über alles Tier, das auf Erden kreucht« –

ihm die Lust, das Spazierengehn wieder zu erlernen, merklich erhöht habe, konnte er nicht sagen und seine Umgebung zu Hause auch nicht.

Im Gegenteil. Es kam ihm zu Hause vor, als ob die Erdoberfläche von »Uns«, d. h. seinesgleichen, reichlich, überreichlich gefüllt und es durchaus nicht notwendig sei, daß er mit seiner Person, trotz aller vom Staat und von Privaten anerkannten Verdienste, das Gedränge drauf noch länger vermehre.

II.

Er wurde einige Tage durch sich unerträglich, und da auch Regenwetter einfiel, gab er natürlich seiner Stimmung oder Verstimmung anderen gegenüber Laut. Er bellte nicht, aber er äußerte, wie seine alte Schwester sagte: gegen Gott und die Welt undankbare Anschauungen und wurde freundlich, aber bestimmt zurechtgewiesen. Karoline hieß sie, und es ist ein Charakterzug, daß sie sich nie, von Kindsbeinen an, auf so was wie »Lina!«, »Line!«, »Linchen!« einließ und draufhin kam, wenn man ihr rief.

Geheimrat Feyerabend erfreute sich der Beaufsichtigung, Bevormundung, Bemutterung durch sie in allen menschlichen und göttlichen Dingen in einer Art und Weise, die alle vom Menschen gegen sich selber in Staat und Kirche aufgerichteten Schutzwehren für ihn persönlich überflüssig machten. Zehn bis zwölf Jahre war das Kind jünger als er; aber daß das je ihrer Autorität Abbruch getan hätte, hatte er nie bemerkt und seine dienende Hausgenossenschaft ebenfalls nicht. Sie hatten alle noch immer ihrem bessern Verständnis sich fügen oder, wie er sich ausdrückte: ihr klein beigeben müssen. Klüger als sie war sie stets und nie zu ihrem, des Bruders und des Hauses, Nachteil, wenn das häufig auch nur widerwillig und mit Gemurr anerkannt wurde. –

Nach dem, was auch sie ihres Herrn Bruders »großartigen Ehrentag« nannte, gefiel ihr der »alte Junge« bald gar nicht recht mehr. Mit ihrem Fritz reichte sie auch noch in die Zeit zurück, wo in den Schulanthologien der siebenzigste Geburtstag vom braven J. H. Voß noch zu finden war als ein Musterstück für die deutsche Jugend. Und da das gute Mädchen alle seine Schulbücher in seinem Bücherschränkchen aufbewahrte, so griff es selbstverständlich auch für den vorliegenden Fall hinein und holte das Sachdienliche heraus. Merkwürdigerweise aber benutzte Fräulein Karoline Feyerabend die Idylle als ein warnendes Exemplum und den redlichen Tamm – »seit vierzig Jahren in Stolp, dem gesegneten Freidorf, Organist, Schulmeister zugleich und ehrsamer Küster« –, um ihrem Bruder eine Rede zu halten, welche das liebe Mütterchen Tamm sicherlich in nicht ungerechtfertigtes Erstaunen versetzt haben würde.

»Höre mal, ganz Geheimer (seit seiner demgemäßen Betitelung gab auch sie ihm die Ehre davon), eines sage ich dir: daß du mir jetzt nicht zu früh ein alter Mann wirst! Klateriges, winseliges Hinhocken in Ehren und Würden, wenn man den alten Kaiser, den alten Bismarck, den alten Roon und Moltke an allen Wänden aufgehängt sieht, finde ich lächerlich, und aufs Fliegenabwehren beim Nachmittagsschlaf lasse ich mich fürs erste bei dir auch noch nicht ein. Kommt die Zeit und hat der liebe Gott mir bis dahin das Leben geschenkt, so weißt du, daß ich mich auch dazu mit meinem Strickzeuge zurechtsetzen kann und es gern tun werde. Was sind denn siebenzig Jahre, wenn man noch so gut zu Beinen ist wie du und, soweit ich es beurteilen kann, auch an geistigen Fähigkeiten noch nicht merklich nachgelassen hat? Das letzte Wort behältst du immer noch gern wie sonst; daran merke ich auch noch keinen Unterschied gegen früher und worüber nicht bloß deine gelehrte Zeitgenossenschaft, sondern auch ich hier im Hause wohl ein Wort mitreden könnten.«

Der Jubilar lächelte die wohlmeinende gute Seele freundlich zur Tür hinaus: er hatte sich schon von selber besten Rat gegeben:

»Bleib in den Stiefeln, Mensch! So lange als möglich. Zwackt dich das Podagra an dem einen Fuß, so umwickele die dumme Pfote; aber den Stiefel zieh fernerhin über das gesund gebliebene Glied und tritt fest auf. Es braucht kein Reiterstiefel zu sein, wie der des greisen, gichtischen, rheumatischen und asthmatischen Löwen auf seiner sorgenvollen Terrasse zu Ohnesorge. Man muß immer eine Waffe behalten, um einem Eselstritt, solang es noch angeht, zuvorkommen zu können. Grade nach den größesten Siegesschlachten im Menschenleben ist das am nötigsten und gilt nicht bloß für Potsdam, Sankt Helena und Friedrichsruhe.« –

Größeste Siegesschlachten hatte Geheimrat Feyerabend zwar nicht erfochten; aber eine Autorität in seinen Wissenschaften war er gewesen und hatte auf seinen Berufsfeldern seine von den Fachgenossen anerkannten Siege gewonnen: lassen wir uns herab von der Terrasse zu Sanssouci auf seine arbeit-, erfolg-, sorgen-, freuden- und verdrußbeladene Scholle im Dasein und – lassen wir ihn ja in den Stiefeln bleiben! Das heißt: sehen wir ihn auch in Schlafrock und Pantoffeln seines nächsten Weges durch seine übrige Zeit weiterziehen und sich mit dem im Seiger niederrieselnden Sande abfinden.

Er schnupfte nicht, aber er rauchte und – es kam ein sehr schöner Herbst. Er sah von seinem Fenster aus durch das Gewölk seiner Pfeife die Regenwolken sich verziehen und blies immer künstlerischere, aber auch immer nachdenklichere Ringe dem wieder in Blau erscheinenden Zeus zu. Dabei faßte er sich von Zeit zu Zeit an seinen fachgelehrten Puls, nachgrübelnd, ob auch das, was ihn jetzt überkam, schon mit in das trübe Lebenskapitel vom Kindischwerden und auf die abschüssige Bahn zum Marasmus senilis gehöre, dies

Heimweh nach der Jugend?

Wie kam dem ganz Geheimen von heute der Mühlanger von vor sechzig Jahren, der Mühlanger, wenn die Schafe drüber hingetrieben worden waren und man dalag, bald auf dem Rükken, mit dem blauen Zeus, der einen gar nichts anging, über sich, bald auf dem Bauche mit dem Riechorgan im Duft der kurz abgeweideten Grasnarbe?

Dort unten, zur Seite am Bach, lag der Stall, unter dessen Tor dieser Wirkliche Geheimrat es zum erstenmal im Leben erfuhr, wie es bekommt, wenn eine Schafherde über einen wegtrampelt. Es war natürlich sein damaliger bester Freund, Ludchen Bock aus dem Nachbarhause, gewesen, der ihm zu dieser Erfahrung verhalf. Böse meinte der es nicht, der hatte nur seinen Spaß daran. Daß er erzieherisch einwirken wollte, ist gänzlich ausgeschlossen, aber Geheimrat Professor Dr. Feyerabend wußte in der Tat durch ihn, seinen Freund Ludchen, zuerst, daß man sich nie einer nach der Weide hindrängenden Herde, und wenn es auch nur eine Schafherde wäre, in den Weg stellen soll, wenn man nicht von den Füßen gehoben, in den Dreck gelegt und bipedisch wie quadrupedisch übertrampelt werden will. Als unbewußtem Pädagogen hatte er ihm überhaupt noch manches zu verdanken. Nicht nur die Häuser und Gärten der Jungen grenzten nachbarlich aneinander, sondern sie waren auch Nachbaren auf der Schulbank beim Rektor und Pastor primarius Schuster.

Bei diesem hatte der Honoratiorensohn Fritze Feyerabend Privatstunden und lernte Latein, was er damals sich, seinem Vater und dem Rektor gern geschenkt hätte. Ludchen Bock lernte es nicht. Dessen Vater war ein begüterter Steinbruchbesitzer und dazu ein Ackermann, und beides sollte auch sein

Nachfolger im Erbe werden, und zu beiden brauchte man kein Latein.

Jedenfalls hatte er, Ludchen, als Erzieher einen Vorzug vor dem Rektor: was er lehrte, das wußte er auch; aber ob der alte gute Rektor Schuster wirklich Latein verstand, bezweifelte Fritze Feyerabend zwar nicht, doch war es ihm nunmehr längst zur Gewißheit geworden, daß dem nicht so war.

Jawohl, was Ludchen Bock lehrte, das wußte er. Wie manche tiefgefühlte Lücke in seiner Bildung hatte er dem Schulbank- und Lebensgenossen ausgefüllt, wenn auch nicht aus dem Schulsack. Freilich, Fritzchens Eltern und vorzüglich seine Mutter durften besser nicht von allem wissen, was Ludchen schon verstand und gerne als Nachbar und Freund weitergab.

Wie kam der große Mann seiner Wissenschaft, die Leuchte der Hörsäle rund um den Erdball, durch den Rauch seiner Alterspfeife auf seine Kaninchenzucht mit Ludchen Bock?

Wie kam er überhaupt wieder auf seinen ersten und besten Freund im Leben, auf seinen *Freund Ludchen Bock*? auf *Altershausen* und Ludchen Bock? Wann tauchten das alte Nest und der alte Junge nach ungezählten Jahren der Vergessenheit zum erstenmal wieder in ganzer Frische in seiner Erinnerung auf?

Der neuliche Jubilar rieb sich erst lächelnd, nachher sogar lachend die Stirn: bei seinem Ehrenfestmahl im Königshof sah er Ludwig Bock so deutlich, wie im Königssaal zu Fores Macbeth seinen Freund Banquo, wenn auch nicht mit dem knieschlotternden Schauder des mörderischen Schottenkönigs. Gemordet hatte Fritzchen sein Ludchen nicht, wenn auch oft genug Blut zwischen ihnen geflossen war – glücklicherweise meistens nur aus den Nasen. Wer obenauf gekommen war, hatte mit der einen Faust im Haarbusch des Gegners die andere jedesmal zu grimmigster Hammerarbeit auf Maul und Riecher des Gegners verwendet, und der nächste Brunnen oder Bach hatte genügt, mit dem Blut die Wut, das Gift, den Neid und – die Gewissensbisse wegzuspülen. An der Festtafel im Königshof war der Freund dem Freunde nur in der Jacke erschienen, die gewöhnlich die Spuren der letzten Balgerei aufwies. Auf der Schulbank des Rektors Schuster war Ludchen Bock neben Fritzchen Feyerabend nicht aus dem Boden aufgestiegen, sondern er hatte sich aus dem Lichterglanz, dem festlichen Gedünst, dem Stimmengewirr und Tafelmusiklärm entwickelt.

Folgendermaßen:

Selbstverständlich trug das siebenzigjährige Geburtstagskind alle seine Orden. Auch der jüngste, letzte legte sich ihm an einem feuerfarbenen Band um den Hals und leuchtete unter den rundum flimmernden und blitzenden wie der Mond unter den niederen Sternen oder gab doch jedenfalls keinem an Glanz was nach. Und Exzellenz, der Kultusminister, hielten die Rede, die Tischrede auf den berühmten Mitbürger und sein segenreiches Erdenwallen und -wirken – so eine Rede, während welcher der Beredete nicht weiß, ob er sich aus Schämigkeit und Bescheidenheit unter der Tafeldecke verkriechen oder mit dem belorbeerten, mehr oder weniger kahlen Schädel, seines Selbstbewußtseins schon von selber voll genug, die Saaldecke durchstoßen muß. Und während dieser Rede, in einer Kunstpause dieser Rede, als aller Augen auf den Gefeierten gerichtet waren, als die Festmusik oben im Jubelbratendunst jedwedes Blasinstrument zum Tusch schon gegen den Mund hob und die Paukenschlegel zum letzten höchsten Losdonnern fester in die Fäuste faßte, ist es gewesen, daß Ludchen Bock plötzlich wieder neben Fritz Feyerabend auf der Schulbank vorm alten Rektor Schuster saß, heimtückisch grinsend und zähnfletschend an seiner Schulter schnüffelte und, als ob er dem Rektor zeigen wolle, daß er aus seiner Jacke herausgewachsen und der Ärmel, vom letzten Kampf her, dazu ein Loch am Ellbogen habe, den Zeigefinger »petzend« zum Lehrstuhl aufreckte:

»Herr Rektor, Feyerabend ist unrein!«

. . . .

Diese Punkte bedeuten das Erschrecken und Erstarren, das Zusammen-, Auf- und Auseinanderfahren im Festsaal, wenn Exzellenz, auf den Brustkasten des gefeierten Greises deutend, statt: »Auch durch dieses hohe Zeichen Höchstihrer Gnade haben Majestät unserm hochverehrten usw.«, gesagt haben würde: »Meine Herrschaften, mein lieber alter Freund und Whistgenosse Feyerabend hat eine Laus!«

Solches nämlich bedeutete vor dem Katheder des Pastor primarius Rektor Schuster zu Altershausen bei erhobenen, wenn nicht Schwur-, so doch Zeigefingern vor sechzig Jahren der Ruf: »Herr Rektor, Müller – Schulze – Meier – Schmidt – Karl – Willi – Fritze«, oder wie deutsches Volk sonst benamset wird, »ist unrein!« Und die von der höchsten Aristokratie der Planetenstelle bestens erzogenen und reinlichst gehaltenen Honoratiorensöhne und -töchter konnten dergleichen Ruf und Anklage über sich ergehen lassen müssen und aus dem Umgang mit ihren Zeit- und Altersgenossen eine Insektensammlung nach Hause bringen, nach der sie wahrlich nicht so lange vergeblich in den »Büschen« um sich her zu suchen hatten, wie neulich der *alte* Doktor Feyerabend im Buschwerk seiner Spazierwege nach den Kerbtieren seiner Jugendzeit.

Zu Hause gab es denn selbstverständlich bei den Müttern viel Ekel und ein großes Geschrei, während die Väter unbegreiflicherweise nur lachten und nicht mit dem Rektor über die Schande reden wollten. –

Durch die Sonntagmorgenstille an seinem offenen Fenster, einigen neuen Ringen seines Tabakdampfes nachschauend, vernahm Wirklicher Geheimer Obermedizinalrat Professor Dr. Feyerabend eine Stimme, die man sich nur in Verbindung mit dem heftigsten Händeringen vorstellen konnte:

»Der Umgang mit diesem Jungen, diesem Schmutzfinken, diesem Ludchen Bock hört aber von heute an auf! Hörst du, Fritz? und das ist mein letztes Wort – man sollte sich ja des Nachts bis in seinen Traum hinein schämen!« – – – – – – – – – –

»Na, na!« erklang ein behaglich begütigendes Gemurr, und: »Ich hatte sie ja gar nicht von ihm!« winselte – an seinem Fenster der wirklich ganz Geheime aus seinem Alterstraume heraus. »Seine Mutter kämmt ihn grade so gut als du mich, Mama, und er hat es auch bloß aus Rache angezeigt!«

»Nun höre nur dieses wieder, Mann!«

»Na, na, na! –

Auch der nachforschungseifrigste Cid Hamed ben Engeli würde es unaufgeklärt haben lassen müssen, von wem Fritzchen Feyerabend *sie* hatte; aber wissen konnte er, daß sie die Wirkung der Dankrede des wirklich Geheimen Medizinalrats Professor Dr. Feyerabend beinahe zwei Menschenalter später, an dem größesten, dem schönsten, dem erhebendsten Tage seines Lebens, beinah völlig gestört hatte. War es denn unbedingt notwendig gewesen, daß Freund Ludchen Bock mit seiner Laus grade dazu aus der Nacht der Zeiten aufstieg und ihm in diesem erhobenen, erhabenen und erhebenden Moment damit kam?

Es soll nachher in den höchsten Zirkeln der Gesellschaft von dieser Rede mehrfach die Rede gewesen sein. Hier mit einigem Kopfschütteln; dagegen in unbefangeneren, harmloseren Sphären, als da sind Klubs, Spiel- und Stammtische, wissenschaftliche Vereinigungen und dergleichen andere Gelegenheiten zu Zusammenkünften denkender und mitempfindender Menschen, mehr mit einem heiteren Achselzucken: »so was bei solcher Gelegenheit sei freilich noch nicht dagewesen!«

Großer wissenschaftlicher Ruhm ist viel wert, aber angenehm ist's für den Inhaber, wenn er dabei in dem Rufe steht, daß er auch in der Narrenteidung das Seinige leisten könne und nicht immer ernst genommen zu werden brauche.

III.

Seine Schwester, der es, wie sie sagte, bei der Geschichte auf ihrem Stuhl an der Festtafel mehr als einmal heiß und kalt geworden war, meinte am andern Morgen ruhiger:

»Hör mal, bester Bruder, ich glaubte doch ziemlich genau zu wissen, was und wieviel du vertragen kannst; aber einen Augenblick kam mir gestern doch der Zweifel, ob ich mich da nicht geirrt habe und ob dir diesmal wenigstens mit den großen Ehren auch das Getränk bedenklich zu Kopfe gestiegen sei. Na, es ist ja, Gott sei Dank, zuletzt noch so ziemlich abgelaufen, aber abdrucken laß das konfuse Zeug nicht unter den dauernden Monumenten deiner geistigen Begabungen, auf die Exzellenz so liebenswürdig war uns nochmal hinzuweisen. Eigentlich ist es schade! grade gestern hatte ich Besseres von dir erwartet! Ich habe jedenfalls Besseres häufig von dir bei Tisch gehört.«

»Vergnüglicheres?«

»Jawohl! geärgert habe ich mich. Bei so ernsten Gelegenheiten soll man nicht den Hanswurst und Hansnarren spielen wollen. Aber das steckt nun einmal in dir, und ich spare da längst meinen Atem, denn ich predige es doch nicht aus dir heraus!« –

Ludchen Bock!

Ob er wohl noch lebte, der alte Junge? In den Zeitungen war er dem ganz geheimen Kindheitsfreund Fritz Feyerabend nicht erschienen. Weder in politischen Dingen noch in Künsten und Wissenschaften konnte er sich berühmt, bekannt oder anrüchig gemacht haben. Was er sonst gesündigt haben mochte: der Kriminaljustiz war er auch nicht verfallen, wenigstens nicht in einer Weise, die unter der Rubrik »Aus dem Reiche« das Gesamtinteresse des deutschen Volkes in Anspruch genommen hätte.

Ja, ob er wohl noch in der Erscheinungswelt und nicht bloß in jener Jubiläums-Weinlaune des Geheimrats Feyerabend vorhanden war? Und dazu – war *er's* allein gewesen, was sich dem gefeierten Greis so absonderlich in den höchsten psychologischen Moment jenes hohen Festtages eingedrängt hatte? War es nicht alles gewesen, was damals zu ihm gehörte – die Welt von vor zwei Menschenaltern, *ganz Altershausen,* und was zu dem gehörte?

»Wenn ich *dort* den Versuch machte, das Spazierengehen wieder zu erlernen?« seufzte an seinem Fenster, den Rauch seiner Pfeife von sich abwedelnd, der alte Altershausener. –

September war es bereits geworden, aber es war selten so lange schöner Sommer geblieben wie in diesem Jahr. Ferne Gewitter, von denen man in der Nacht nur das Wetterleuchten gesehen hatte, hatten den Horizont nach allen Richtungen hin geklärt. Weit entlegene Bergzüge lockten verführerisch blau zu sich hin und waren sicherlich, in der Nähe gesehen, ebenso grün, wie sie von fern aus blau erschienen. Die Leute am gegenwärtigen Ort in Raum und Zeit kamen aus den Kirchen, gingen in die Konditoreien, lustwandelten in den Parks oder fuhren auf Visiten, und Geheimrat Feyerabend saß in Altershausen in dem höchsten Gipfel einer Tanne, an der ihm zu einem dort hängenden Eichhornnest – Ludchen Bock vorangeklettert war.

Man hatte einen ziemlich kahlen, steinigen »Berg« in des Alten waldiger Heimats-Hügellandschaft zu ersteigen, ehe man zu dem Tannen- und Fichtenbestand gelangte, an dessen Rande der Baum gewachsen war, in dessen Wipfel die zwei Freunde von Menschenrechts wegen auf der Suche nach den Wundern, Abenteuern und Schicksalen des Erdballs waren.

Wie der alte Herr das Harz an den Händen fühlte und wie er den Duft des Weihnachtsbaums in der Julisonne in der Nase hatte! Und wie deutlich er den Taugenichts neben sich, der eben seine zerkratzte schwarze Jungenpfote enttäuscht aus dem »Äkernest« hervorzieht, sagen hört:

»Du, der Rektor weiß gar nichts davon, weil es nicht in seinem Naturgeschichtsbuch und der dicken Bibel steht. Aber ich weiß es von unserm Krischan, weißt du, den mein Vater wegen eurer Hanne aus dem Dienst tun mußte. Dies hier ist mal wieder nicht sein eigentlich Heckequartier, wo er mit seiner Frau und seinen Jungen zu Hause ist. Die Kletterei hätten wir uns sparen können. Der Lork macht es grade wie mein Vater. Wenn es den zu Hause nicht leidet von wegen meiner Mutter, denn weiß er wohl, wo er woanderswo hingehen kann. Er macht sich noch ein paar andere Orte zurecht, wo er sein Vergnügen ruhig haben kann. Einen Buddel hat der Äker hier nicht versteckt stehen, wie mein Vater in unserm Gartenhaus; aber voll Bucheckern liest er sich dies voll und setzt sich dabei und knabbert für sich allein, wenn er nicht vorher schon in Lüders' Wirtschaft – ne, da geht er nicht hin, der Äker, aber mein Vater. Dein Vater, Fritze, geht in den Ratskeller, da hat er seine Pfeife stehen. Es ist eine mit einer Fliege auf dem Kopfe, ich kenne sie ganz gut und habe ein paarmal probiert, ob sie auch Luft hat. Und die anderen Herren aus der Stadt, der Burgemeister und der Doktor, sitzen auch da des Abends, aber Bucheckern knabbern sie nicht. Na, laß uns nur wieder herunter – Harzpech haben wir genug an uns, und daß du ein Loch in der Hose hast, wird dir deine Mutter auch schon sagen!« ...

Wie sich das aneinander hing! Der Alte am Fenster hatte nicht das geringste dagegen einzuwenden, daß so liebe Schatten, die Schatten der Eltern, ihm so aus der Tiefe heraufbeschworen wurden. Wer hätte das denn besser besorgen können als der beste Freund des Hauses Feyerabend, als Ludchen Bock?

Da warst du, Mütterchen! Und wie laut die große Stadt ihren Sonntagmorgen begehen mochte, in der Seele des Geheimrats Feyerabend wurde es still und die Pfeife ging ihm aus. Da warst du, schöne junge Frau aus der Welt vor sechzig Jahren, mit deinem guten Lachen, deinem klugen Lächeln, mit deiner Weltweisheit, die nicht aus dem Lehrplan »höherer Töchterschule« stammte, aber im Lebensverdruß und -behagen, bei Sonnenschein und Regen, an der Wiege und am Sarge, unter den Pfingstmaien und unter dem Christbaum sich so weich, so linde wie deine Hand über alles legte, was dich betraf, so weit dein kleines großes Reich auf dieser Erde reichte und Menschenglück und Elend, Wohlsein und Überdruß, Jubel und Jammer umfing.

»Noch immer der alte Sonnenschein, aber – die nicht mehr dabei!« murmelte der Greis an seinem Fenster seufzend, um sich im nächsten Augenblick wieder lächelnd die Stirn zu reiben.

»Du, darin habe ich es besser zu Hause als du. Latein kann meiner nicht«, hörte er es neben sich – hörte er wiederum Ludchen Bock neben sich, die steinige Berglehne im Sonnenschein hinunter nach Altershausen. »Das wäre noch schöner, wenn er mich auch dazu zum Rektor Schuster täte wie deiner dich! Aber deiner ist auch der Klügste in der ganzen Stadt, sagt mein Vater, und der Niederträchtigste und Freundlichste mit den Leuten auch, sagt meine Mutter.«

Wie es dem Alten am Fenster aufklang, alles, was die Leute von Altershausen von seinem jungen Vater sagten, und alles – was er selber von dem wußte aus Altershausen, da er noch unter seinem strengen Blick und versteckten Lächeln mit dem Rektor Schuster im Kampf darob lag, wer von beiden am wenigsten Latein wisse!

Da war er in dem gegenwärtigen Sonnenschein, als ob er nie aufgehört habe, darin mitzuspielen – – – – – – – – – – – – – – – –
– –

»Ist denn das wirklich dein Ernst?« fragte nachher beim Mittagstisch Schwester Karoline...

IV.

Vor zwei Menschenaltern würde Fritzchen seinem Schwesterchen Linchen unbedingt erwidert haben: »Mein blutiger!« Jetzt nickte er nur lächelnd, jedoch dabei seufzend und die Torheit seines Vorhabens vollkommen einsehend. Geheimrat Feyerabend hatte nämlich seiner treuen Hausvormünderin mit einem Hinweis auf das schöne Wetter, das wunderbare Wetter, seine Absicht ausgesprochen, zu verreisen, und auf ihre Frage: »Wohin denn?« nur zu antworten gewußt:

»Ja, wenn ich das selber wüßte!«

Wenn er ihr mitgeteilt haben würde, daß er diesmal nur seinen Freund Ludchen Bock im Nachbarhause besuchen wolle, so würde sie ihn einfach für verrückt erklärt haben. Sie hatte diese Redensart so an sich, gebrauchte sie nicht selten auch dem Bruder gegenüber und hatte dann und wann nicht ganz unrecht damit.

Wenn er ihr gesagt haben würde, er habe Geschäfte in Paris, London oder Rom, oder man wünsche seine Gegenwart in Madrid, Rio Janeiro oder New-York, so würde sie das für möglich gehalten und nicht als außerhalb der Lebenslaufbahn des Bruders liegend gefunden haben; aber – wo lag das Land, wo wohnten die Menschen, die der alte Mann jetzt, nach seiner »Quieszierung« aus der Länge der Tage und der Schlaflosigkeit der Nächte heraus, aufzusuchen – *wieder zu besuchen* wünschte?

Da er selber es nicht wußte, wie hätte er es der Guten deutlich machen können, als er sie ersuchte, ihm noch einmal für den Bedarf der nächsten Wochen die nötige Leibwäsche an Wolle, Leinen – Unterhosen, Nachtjacken und -mützen usw. usw. – in den Reisekoffer aus ihren Schränken zu verabfolgen?

Seinerzeit war er viel gereist, aber nicht, aber nie, wie ein Wandersmann aus einem Ludwig Richterschen Bilderbuch, bloß des Frühlings, des Sommers, des Sonnenscheins, des Erdengrüns und der Himmelsbläue wegen. In Sachen seiner Wissenschaft und Kunst, seines Rufes halben, war er berufen worden zu Kongressen der Fachgenossen, zu den Krankenbetten des am besten situierten Teiles der Menschheit. Mit dem uralten angelsächsischen Reisesänger konnte er in dieser Hinsicht gleichfalls von sich berichten:

Ich war mit Hunnen und mit Hrædgoten;
Mit Winlen war ich und mit Wickingen;
Mit Seaxen ich war und mit Schwerdwaren;
Mit Thuringen ich war und mit Throwenden,
Und mit Burgenden; *da erhielt ich einen Ring!*
Da gab mir Gunthere erfreuendes Geschenk,
Zum Lohne des Sanges; das war kein fauler König!
Mit Griechen war ich und mit dem Kaiser,
Er der Gewalt hatte der Wonneburgen,
Der Walchen und Walchinnen und des Walchenreiches.

Ja, an mancher Saaltür, in mancher berühmten Stadt hatten ihn erlauchte Fachgenossen feierlichst-kollegialisch begrüßt, an der Tür manches Krankenzimmers erlauchtester Patienten in mehreren Weltteilen hatten ihn liebende Verwandte klopfenden Herzens und weinenden Auges erwartet und ihm den Vortritt gelassen!

»Schreitend in den Schicksalen durch der Menschen Länder viele«, war der graue Archiater und Psychiater des neunzehnten Jahrhunderts gewandert; aber gesungen hatte er nicht, wie der weißbärtige Barde des siebenten oder achten. Nein, gesungen hatte er weder in den Versammlungssälen, den Auditorien der Universitäten noch vor den Königen, den Edeln und dem Volke! Und am Herzen, wenn nicht am animalischen, hatte er das alles auch nicht gefaßt und zu sich hingezogen: weder in den Wonneburgen noch in den Spitälern, in den Irrenhäusern, den Dachstuben und Kellerwohnungen der Menschheit. Aber ob er von selber hingegangen war oder ob er befohlen worden war – auf den Beinen und Rädern war er häufig genug in seinem Leben gewesen, und deswegen hätte Schwester Line sich gar nicht gewundert, wenn er noch einmal verreisen wollte, und hätte kein Wort dazu gesagt. Doch nun – wußte er diesmal nicht, wohin er wollte, und blieb fest dabei, daß er es nicht wisse: sollte das wirklich das erste Zeichen beginnender Altersschwäche sein?

Er blieb bei seinen Worten und »dummen Redensarten«, wenn er aber je zu irgendeiner Lebenszeit *von sich selber aus* irgendwohin gegangen war, so war das jetzt – an dem Tage, an welchem er seine *letzte Reise,* seine Jubiläumsfahrt nach Altershausen antrat! ...

Nach dem Bahnhof brachte sie ihn natürlich wie immer und in dem Gefühl, daß ihre selige Mutter ihr aufgetragen habe, was das Äußerliche betraf, sich seiner so gut und sorglich als möglich anzunehmen und ihn nicht durch seine eigene Unerfahrenheit und anderer Menschen Schlechtigkeit zu Schaden kommen zu lassen. Sie war die erste aus der Droschke heraus, sie war es, die »ihm das Gepäck besorgte«. So häufig er in drei bis vier Weltteilen solches Geschäft selber für sich verrichtet haben mochte, die Fähigkeit dazu traute *sie* ihm, solange *sie* ihn unter ihren eigenen Augen hatte, nie zu. Aber das ist nun einmal so und bleibt hoffentlich so: nimmer hat ein neid- und gifterfüllter Konkurrent und Kollege uns so viel Fähigkeiten abgesprochen, als uns Schwester, Gattin und Tochter wegstreichen. Nur Großmütter und Mütter schreiben uns manchmal mehr an Tugenden und Verdiensten zu, als wir von Rechts wegen vor der Welt beanspruchen können. Wie selten hat eine Großmama einen Rüpel zum Enkel, wie selten eine Mama einen Esel zum Sohn! –

»Ich weiß nicht, wie es kommt, Fritz, aber jetzt fällt mir dein Siebenzigstes doch auch auf die Nerven«, sagte Schwester Karoline. »Wenn du wenigstens Schillebold mitnehmen wolltest. Da wüßte ich doch, daß du einen verständigen Menschen bei dir hättest.«

»Achten Sie zu Hause auf mich, das heißt auf das Meinige, Schillebold, und nun geht ruhig nach Hause, alle beide! Dir, Linchen, brauche ich nicht anzuempfehlen, daß du auch diesmal auf das Unserige achtest. Auf Wiedersehen!« ...

Die Tür des Bahnwagens war höflich, aber nachdrucksvoll Fräulein Karoline Feyerabend vor der lieben, sorgenvoll gekrausten Nase und dem langjährigen Amanuensis und längst unentbehrlich gewordenen Lebensgenossen vor der etwas angeröteten zugeschlagen worden und – der Jubilar wirklich mit sich allein in seinem »Abteil« auf der Fahrt, nicht nach *Bimini,* sondern nach Altershausen gewesen.

»Jaja, Fräulein, da ist nun wieder mal nichts weiter zu machen. Der Herr Wirkliche Geheime Obermedizinalrat hat immer so seinen eigenen Sinn und Willen gehabt«, meinte Dr. Schillebold auf dem Heimwege. »Wenn *einer* Gelegenheit hatte, das öfters in Erfahrung zu bringen, so bin ich gottlob das gewesen. Wir müssen eben abwarten, was für uns nun wieder hierbei herauskommen wird.«

»Lieber Freund, ob für eure Wissenschaft hier was abfällt, ist mir ganz einerlei. Daß er sein ganzes Leben durch immer seinen ganz besondern Schutzengel nötig gehabt hat, das ist in diesem Augenblick noch mehr als sonst meine Meinung. Nach Altershausen! Bin ich nicht auch aus Altershausen? Ich bin ja wohl so jung und kindisch draus wegversetzt, daß ich wenig mehr davon weiß; aber hätte er mich nicht doch fragen können, ob ich ihn nicht auch zur Auffrischung meiner alten Erinnerungen begleiten wolle? Ludchen Bock! Ich bitte Sie, Doktor, seinen Freund Ludchen Bock will er besuchen! Gehört das auch zu Ihrer Wissenschaft? Seit Jahren hat keins von uns zwei Geschwistern an unsere alte Heimat gedacht, und nun auf einmal jetzt in seinem Einundsiebenzigsten dieser – ich will mich milde ausdrücken – dieser Einfall! Jawohl, Schillebold, da bin ich Ihrer Meinung, es bleibt uns nichts übrig, als abzuwarten, was bei ihm herauskommt.« –

Die Sonne schien bei den vielen Windungen der Bahnlinie bald ins eine Fenster, bald ins andere, und so ließen die Damen der Reisegesellschaft auf beiden Seiten die Gardinen herunter und hüllten, da diese Vorhänge blau waren, sich und den Alten in ein blaues Licht, gegen welches er, da es seinem Reisezweck ganz angemessen war, nichts einzuwenden haben konnte. Die Gesellschaft war ihm bekannt – von allen Heerstraßen der Erde her. Sie kommt hier so wenig in Betracht wie der Reise-Landschafts- und Wagenwechsel. Was hatte das mit Geheimrat Feyerabends Besuch bei Ludchen Bock zu tun?

V.

Seinen Schutzengel glaubte auch *er*, Geheimrat Feyerabend, zu haben. Wie vom Professor Plockhorst gemalt hatte er sich ihn grade nicht vorgestellt; aber getraut hatte er ihm, verlassen hatte er sich auf ihn sein ganzes Leben durch gradesogut wie des Sophroniskos Sohn auf sein Dämonion. Auch des Daseins Giftbecher hatte er häufig genug aus seiner Hand hingenommen; immer in der Gewißheit, daß es dazu gehöre und unter jedesmaligen obwaltenden Umständen nicht anders sein könne. Tödlich brauchen ja die Tränke des Lebens nicht immer zu wirken. Ein tüchtiger Katzenjammer und Lebensekel genügt schon, um den festen Griff nach dem bittern Kelch verdienstlich zu machen. –

Für diesmal reichte der jugendliche Genius seinem greisen Schutzbefohlenen nur einen angenehm berauschenden Trank. Geheimrat Feyerabend verschlief die Fahrt und die wechselnde Reisegesellschaft, und da die Bemerkungen, die über beides gemacht werden können, schon recht häufig zu Papier und in

Druck gebracht worden sind, so verliert die Nachwelt wenig, wenn das Manuskript hier eine Lücke bietet. Es wird nicht die letzte drin sein. –

Es war nicht eine der Linien, auf welcher die Blitzzüge verkehren, die Aufgang und Niedergang jetzt auf so leichte, angenehme, uns bequeme Weise miteinander in Verbindung bringen, wie die Vorfahren weder auf ihren Kriegs- noch auf ihren Friedenszügen es sich je im Wachen und im Traum als möglich in die Sinne kommen lassen konnten. Eine wenig befahrene, merkwürdigerweise mehr zu Krieges- als zu Friedenszwecken erbaute Bahn verbindet den größeren Weltverkehr mit Altershausen. Wenn es wieder die Gelegenheit geben sollte, das Wort: ›Kindlein, liebet euch untereinander!‹ nunmehr vermittelst rauchlosen Pulvers und den dazu passenden Schnellfeuergeschützen zwischen den Völkern zur Geltung zu bringen, kann sie auf einmal lebendig genug werden: gegenwärtig war sogar Fritze Feyerabend, der seinen Freund Ludchen Bock besuchen wollte in Altershausen und also sicherlich ein Anrecht auf sie haben durfte, vollständig neu auf ihr. Die Reisewege durch sein Leben hatten immer auf anderen Linien und nach anderen Richtungen hin gelegen.

In Athen, Rom und Byzanz war er bekannt und konnte auch die Hotelrechnungen von dorther aufweisen: aus Altershausen nicht!

Altershausen konnte ihm nur auftauchen wie das erste Kapitel der Genesis dem Geologen und Philosophen – nicht eine unbekannte, aber trotz aller Wissenschaft unbekannt gewordene Gegend.

Daß er seinen Geburtsort tief aus der Vergangenheit seiner Lebenszeit heraufholen mußte, war ihm bewußt, und da hielt er sich denn dabei ganz richtig beim Näherkommen fürs erste an die alten Berggipfel, die über neue Dächer und neues Gemäuer hersahen. Er war darauf gefaßt, daß er die augenblickliche »Jetztzeit« auch hiesigen Orts, von ihrem Rechte Gebrauch machend, vorfinden werde, und fühlte sich dadurch durchaus nicht in einem älteren, weil bessern Recht gekränkt. Wo der Tempel des kapitolinischen Jupiters stand, steht heute die Kirche Ara celi, und wer weiß, was später da noch mal stehen wird?

»Altershausen!« schnarrte der Schaffner, und auf seinen Arm gestützt verließ Geheimrat Feyerabend den Zug, der ihn dahin gebracht hatte. Die Höflichkeit und Freundlichkeit des Mannes hatte er nicht allein seiner Persönlichkeit und der Würde des Alters zu danken: Schwester Line hatte auch mit gesorgt, daß er richtig von Station zu Station weitergegeben worden war bis in den angenehmen Abend hinein.

»Hm, hm, hm«, brummte er, mit der Hand an der Stirn, ein wenig schwankend auf den Beinen und jetzt doch mit dem »Gefühl«, daß er nicht recht wisse, wo er eigentlich sei, wie er hierher gekommen sei und was er hier wolle, das heißt, was er hier noch so spät am Abend zu suchen habe.

Er war ja nicht allein auf dem Zuge gewesen! Es stieg anderes Menschtum aus, das nicht – bloß Ludchen Bock besuchen wollte und nicht den Titel Wirklich Geheimer Obermedizinalrat, Professor, Doktor an sich trug, neulich siebenzig Jahre alt geworden und, obgleich es daher kam, seit nahezu zwei Menschenaltern nicht in Altershausen gewesen war.

Ein Blitzzug würde wohl nicht um die Lebendigkeit, die sich jetzt für einige Minuten auf dem Bahnhofe von Altershausen entwickelte, da angehalten haben. Zwei oder drei Handelsreisende, ein jüdischer Viehhändler, mehrere mehr oder weniger behäbige Stadtbürger, ein älterer, jedenfalls der Justiz oder der Verwaltung angehörender Beamter mit einer Aktenmappe, ein jüngerer desselbigen Berufs mit einer Flurkarte legitimierten sich an der Bahnsperre, und – Geheimrat Feyerabend stand allein – glaubte allein zu sein mit der Abendsonne auf dem Bahnsteig seiner Vaterstadt! nie in seinem Dasein so sehr in der Fremde wie jetzt! Er konnte von dem, was ihn hier erwartete, nicht abgeholt werden – weder festlich noch zärtlich, weder mit Lächeln oder Tränen noch mit Triumphbögen, Girlanden, Fahnen, Hurras, Kalbfell- und Blechmusik, Reden und Redensarten!

Und *er?*

»Da erwachte der edle Odysseus
Ruhend auf dem Boden der lange verlassenen Heimat.
Und er kannte sie nicht« –

alles erschien ihm

»Unter fremder Gestalt: Heerstraßen, schiffbare Häfen,
Wolkenberührende Felsen und hochgegipfelte Bäume.«

Ja, wenn er das nur zu Gesicht bekommen hätte; aber das war ihm ja, soweit es Altershausen betraf, alles »verbaut« worden im Verlauf des letzten halben Jahrhunderts! Wie konnten ihn die lieben Gestalten und Bilder, die ihn hier erwarten mochten, vor diesem neuen Stationsgebäude in Empfang nehmen? Und die lange, freche, öde Häuserreihe da, die Treppe hinunter, jenseits der Landstraße! und das »Bahnhofshotel«! Das sollte sein Altershausen sein, sein Geburtsort, in welchem er seinen besten ersten Freund, Ludchen Bock, besuchen wollte?

Ja, da stand er, und –

»da er sein Vaterland ansah,
Hub er bitterlich an zu weinen und schlug sich die Hüften,
Beide mit flacher Hand, und sprach mit klagender Stimme:
›Weh mir! zu welchem Volk bin ich nun wieder
gekommen?‹«

Er hätte nur den Stationsvorstand fragen können; aber auch dieser Herr, dessen Aufmerksamkeit er einige Augenblicke lang erregt zu haben schien, verschwand, ohne nur zum Gruß an die rote Mütze gegriffen zu haben. Betroffen wie Odysseus in Phorkys' Bucht sah der Fremdling im Vaterlande auf sein Gepäck:

> »Wo verberg ich dies viele Gut? und wohin soll ich selber
> Irren? O wäre doch dies im phäakischen Lande geblieben!«

»Soll ich Sie das nach dem Hotel tragen?« fragte eine weinerliche Kinderstimme hinter ihm, und wie der landfremde König von Ithaka hatte er keine Ahnung, daß nur diese Stimme es war, die ihm sagen konnte, daß er wirklich noch einmal zu Hause in Altershausen angelangt sei und seine Fahrt nach Traumland zum Zweck führen könne. ---

Der greise Ankömmling sah sich um nach dem Fragesteller und sah in ein altes, altes, feistes, runzelloses, unbärtiges Greisengesicht und in Augen, deren Zwinkern unter schlaffen Lidern hervor ihm nur zu gut aus seiner Wissenschafts- und Lebenspraxis bekannt war.

»Ich bin ja Ludchen!« greinte das Gespenst, und Fritze Feyerabend aus Altershausen, der weder in den Wonneburgen der Fürsten dieser Erde noch sonstwo dem Erdenelend gegenüber mit den Augen gezwinkert hatte, fuhr zusammen und trat drei Schritte zurück und stammelte:

»Ludchen Bock?!«

»Ludchen – Ludchen Bock!« lachte das Ding kindisch vergnügt. »Soll ich Sie Ihren Koffer tragen? ich weiß den Weg. Ich weiß alles hier, und sie kennen mich alle. Wenn die anderen Jungens nicht wären, wäre ich der einzige. Soll ich Sie Ihren Koffer in die Stadt tragen? Ich bin Ludchen Bock! Fragen Sie nur, wen Sie wollen hier; sie kennen mich alle und wissen, wer ich bin! Die verfluchten anderen Jungen! . . . aber sie trauen mir alle.«

»Ich auch, Ludchen!« sagte der Wirkliche Geheime Obermedizinalrat Professor Dr. Feyerabend. »Aber nach dem Ratskeller möchte ich zum Übernachten, nicht nach der neuen Wirtschaft da drüben. Gibt es den Ratskeller noch bei euch hier in Altershausen?«

Das alte blödsinnige Stadtkind starrte den alten fremden Herrn an, wie verblüfft ob der Dummheit der Frage. Dann lachte es nur, wie die Weisheit lacht, wenn sie durch Tatsachen antwortet, griff nach dem Koffer der Schwester Karoline, schwang ihn sich auf die Schulter, schritt mit einem Kopfnikken rückwärts über die Schulter dem Fremden voran den Steig vom Bahnhof hinunter, über die Landstraße, vorbei an der neuen Häuserreihe, die dem noch mal auf Besuch gekommenen Stadtsohn bis jetzt Altershausen verdeckte. Willenlos, schwankend, wie betäubt durch solch rasches Wiederfinden folgte der »große Mann« aus der »großen Welt« seinem besten ersten Freunde in der Welt.

Sein Schicksal hatte an manchem Endpunkt seiner Lebensfahrten für mannigfache Überraschungen gesorgt, aber so wie jetzt doch noch nie. Er war an vielen Orten von mancherlei Menschentum erwartet und auf allerlei Weise in Empfang genommen worden, aber so wie jetzt noch nicht.

»Hat der alte Nothnagel den Ratskeller noch?« fragte er idiotisch wie sein Führer – zeitvergessen, als ob nicht fast zwei Menschenalter verflossen seien, als der Nothnagel, den er unter dem Eindruck der Stunde meinte, den Ratskeller von Altershausen innehatte.

VI.

Der eine hinter dem andern überschritten die zwei Freunde vom Bahnhofe her die Landstraße, ließen das Bahnhofshotel, von dessen Schwelle aus ein etwas kurios aussehender Portier dem Stadtsimpel Ludchen eine Faust wies, zur Linken und von der Brücke an das, was seit sechzig Jahren an Baulichkeiten zu

Altershausen hinzugekommen war, im Rücken. Wie wenn ein Theatervorhang mit griechischem Tempel und der dazu gehörigen Staffage drauf emporrollt und dahinter auf der Bühne Wilhelms Schreibstube aus den Geschwistern erscheint, so war das! ... Von dem leise hinsickernden Bach, der doch zur Rechten der Brücke den dreieckigen Teich bildete, bis zu den Resten der mittelaltrigen Stadtmauer das Wiesental entlang und den grauen Dächern drüber und dem stumpfen Turm der Stadtkirche – von den Wäldern und Berggipfeln im Halbkreis rundum gar nicht zu reden – alles, alles, wie es war vor sechzig Jahren, alles, wie Fritze Feyerabend es hier gelassen hatte, mit seines Schicksals Faust am Kragen, auf seinen Lebensweg hingedreht und fürdergestoßen:

»Nicht zu viel umsehen, Kind! Marsch, Junge!« ---

Er hatte sich stets auf seinen klaren Kopf etwas eingebildet, der Wirkliche Geheime Obermedizinalrat Professor und Doktor Friedrich Feyerabend: augenblicklich sah's in ihm nebelig aus, und so war's recht gut, daß über ihm, beim Wiedereinzug in die erste Erdenheimat, wenigstens der Abendhimmel seine Schönheit, Heiterkeit und Klarheit weiter behielt.

So schönes Wetter, und – beide alte Kinder von Altershausen noch dabei! –

Von Schritt zu Schritt wurde das Vergangene lebendig. Sogar die Pflastersteine unter den Füßen fingen an zu reden, nicht bloß die Häuser, die Mauern, die Fenster, die Türen und Torwege und die Treppen und Bänke davor – alles, alles sagte:

»Guten Abend, Herr Geheimer Obermedizinalrat! Herrje, sehen wir dich auch mal und *so* wieder, Fritze Feyerabend?«

Da schrillte es hinter ihnen:

»Ludchen! Ludchen! Ludchen Bock!«

und der Schattenführer mit Schwester Karolines elegantem Reisekoffer auf der Schulter wendete sich erbost und drohte mit der Faust:

»Infame Kröten! Da sind die anderen Jungens wieder! Mit

Steinen soll man nicht schmeißen, der Rektor hat's verboten und die Polizei auch, aber – wenn ich einen fasse!«

Er setzte das Gepäck nicht ab und ging auf die Jagd nach den »anderen Jungens«; er steckte diesmal nur die Zunge ihnen aus, und – Geheimrat Feyerabend hätte beinahe dasselbige getan.

»Ludchen! Ludchen, Ludchen Bock!« schrillte es wieder von den nächsten Straßenecken im Ton von vor sechzig Jahren, wie wenn eben die Uhr im Kirchturm Mittag geschlagen, Rektor Pastor primarius Schuster das Buch zugeklappt, Haselnußstock, Kreide und Hasenpfote beiseite geschoben hätte und die Welt wieder einmal *ihnen* gehörte – ganz Altershausen ihnen! das Universum als Beigabe – ihnen, den beiden Hauptschlingeln der Gegend und Umgegend: Fritze Feyerabend und Ludchen Bock!...

»So wirf doch die dumme Verkleidung durch Zeit und Raum ab und Linchens dumme Bagage da über Kaufmann Quirinius' Gartenzaun! Wir wollen hinter ihnen her! Du da herum, ich hier um die Ecke – an Mordmanns Planke fassen wir ein paar!« hätte Geheimrat Feyerabend beinahe gerufen, er faßte sich jedoch wenigstens so weit, daß er nur sagte, und zwar leise zu sich selber:

»Ärgere dich nicht, lieber armer Kerl! Sie machen es überall einem so und halten es für ihr Recht und haben vielleicht recht!«

Ein Zeichen, daß er sich nicht nur aus seiner wissenschaftlichen Erfahrung, sondern auch aus seinen eigenen Erlebnissen heraus hier auf dem Wege zum Ratskeller von Altershausen zurechtfinden konnte, wie auf jedem Wege zu allen menschlichen Wonneburgen rund um den Erdball! – Wir brauchen es wohl nicht hervorzuheben, daß er längst von seiner Wissenschaft aus seufzend »unheilbar!« gesagt hatte und wußte, wie er sich auch diesem Schicksal gegenüber zu benehmen habe.

»Wie alt bist du eigentlich, Ludchen?« fragte er, als der greise Freund Schwester Karolinens Koffer doch für einen Augenblick auf der Steinbank vor Schuster Pfannkuches Haus absetzte und mit dem Rockärmel den Schweiß von Stirn und kahlem Schädel wischte.

»Wie alt Ludchen ist, Herre?« grinste der arme Blödsinnige vergnüglich. »Das weiß keiner als Minchen! Ich weiß es nicht; aber ich zwinge die anderen Jungens noch alle. Minchen allein hat's behalten, die anderen Großen haben es vergessen, auch der Herr Superdent und der Herr Rektor, die es aufgeschrieben haben. Sie aber sind auch gestorben und schön begraben – ich bin mit den anderen Jungens dabei gewesen auf dem Kirchhofe.«

Da nun schon Jung-Altershausen anfing, sich um die zwei Freunde zu sammeln und auch die »Großen« an die Fenster und Türen kamen, so wäre er gern weitergegangen; aber die Antwort, die ihm sein Freund Ludchen nicht geben konnte, kam aus dem Haufen:

»Siebenzig Jahre ist er alt. Er ist bloß mal auf den Kopf gefallen und so auf dem zwölften stehengeblieben.«

»Was wissen *Sie* denn, Meister Pfannkuche?« greinte Ludchen. »Was Sie wissen, weiß ich auch und mehr! Es hat einer im Blatt gestanden, der von hier ist, – Minchen hat's vorgelesen und gesagt: Junge, das ist ja Fritze Feyerabend, und nun auch siebenzig!... Herr Pfannkuche, als ob ich Fritzen nicht kennte – besser als Sie, der ihn gar nicht kennt. Auf dem Markt wohnt er – haben seine Eltern mit ihm gewohnt, und Minchen hat gesagt: ›Ludchen, das ist nun ein großer Doktor geworden – wie schade, daß er es nicht schon war, damals als wir unser Unglück hatten. Er war aber nur mit dir aus einem Jahr.‹«

»Er meint den Herrn Geheimen Rat Feyerabend, den berühmten Arzt, von dem neulich in allen Zeitungen gestanden hat. Ja, der ist hier aus Altershausen, da hat der arme Junge recht. Ich reiche nicht bis dahin hinunter in die Zeit, aber es wird wohl richtig sein, daß sie ihrerzeit gute Freunde gewesen sind, der Herr Geheimrat und unser Ludchen Bock.«

»Wohl möglich, Herr Pfannkuche; aber der alte Mann ist müde. Ist es noch weit bis zum Ratskeller?«

»Bloß da um die Ecke, mein Herr.«

Nimmer hatte ein erlauchter Fremdling sein Inkognito so krampfhaft festgehalten, wie der Wirkliche Geheime Obermedizinalrat Professor Doktor Feyerabend das seinige jetzt.

Fünf Minuten später schwang Ludchen Bock seines Freundes Reisegepäck wie ein Dreißigjähriger von der Schulter herunter und Schwester Lines Lederkoffer dem herbeieilenden Hausknecht vom Ratskeller in Altershausen zu:

»Ein Herre für die Nacht, Tönnies.«

VII.

Der »Herre für die Nacht« war nicht gekommen, um sich auch hier am Ort, wie es sonst überall zu seinem Wirken auf Erden zugehört hatte, die Stirn kühl, das Auge klar und die Hand fest und sicher zu erhalten. Ihn in das Gegenteil von all solchen höchst verdienstlichen menschlichen Fähigkeiten zu stürzen, hatte sein Empfang und Einzug in Altershausen das möglichste geleistet. Seine Stirn fühlte sich durchaus nicht kühl an, was das mit seinen Augen war, wußte er selbst nicht recht, und mit der Hand, aus der ihm eben der herzueilende Kellner den Regenschirm nahm, hätte er niemandem den einfachsten Star stechen oder auch ein Krähenauge operieren können: es ist leichter, sich in eine fremde Welt zu finden, als sich in einer fremdgewordenen wieder heimisch zu machen!

Alles, was ihm aus dem Gedächtnis abhanden gekommen war, noch vorhanden ohne die geringste Veränderung seit dem Tage seines Auszugs aus dieser ersten Erdenheimat! Und er, der

Greis, auf der obersten Stufe der Steintreppe des Ratskellers noch dabei wie vor zwei Menschenaltern!

Der Markt von Altershausen, der eigentlich nur eine breitere Straße war, mit dem Vaterhause auf der »Sonnenseite« und der ganzen Nachbarschaft zur Seiten und gegenüber – wie da plötzlich wieder alles: »Recht schönen guten Abend, Kleiner!« ruft in der abendsonne-getränkten beginnenden Dämmerung!

Und der Geruch!... der Geruch von Altershausen!...

Er war es, der unter dem Treppenvordach des Ratskellers, wie mit einem freundschaftlichen Ellbogenstoß, fragte:

»Du kennst mich doch noch, Alter?«

Je berühmter der Arzt, desto mehr Erdengerüche muß er kennengelernt haben, gute und schlimme; denn nicht nur in den Dachstuben und Kellerwohnungen der Menschheit, sondern auch aus ihren Wonneburgen gehen von den Kranken- und Sterbebetten allerlei Düfte aus, die er wiederkennen muß, wenn sie ihm von neuem in die Nase kommen. Den Geruch seiner Kindheitsheimatstadt hatte Wirklicher Geheimer Obermedizinalrat Professor Doktor Fritz Feyerabend seit zwei Menschenaltern nicht in der Nase gehabt, und nun – wenn ihn etwas dazu hätte bringen können, vor der Tür des Ratskellers von Altershausen seinem Freund Ludchen gegenüber sein Inkognito fallen zu lassen, so wäre er es gewesen – dieser Geruch – der Geruch von Altershausen!

Irritabilität und Sensibilität zu gleichen Teilen in Tätigkeit und Mitleidenschaft gezogen, bezwang er sich, Geheimrat Feyerabend. Gerührten Blickes legte er jetzt nur dem Freunde die Hand auf die Schulter, sagte:

»Ich danke dir, Ludchen«,

und legte, da der andere seine Hand hohl ihm hinreichte, – einen Taler hinein.

»O Herre! Herre! Herre!« grinste und stammelte Ludchen Bock, selig, wie wenn er vor sechzig Jahren einen Groschen auf der Straße gefunden hatte. Und wie ein Junge, der befürchtet, daß man ihm den Schatz wieder abnehme, verschwand er auf seinen siebenzigjährigen Beinen um die nächste Straßenecke.

»Minchen! Minchen, was ich habe!« hörten ihn die Altershausener rufen und fragten gutmütig oder verdrossen:

»Na, was hat denn unser Junge wieder?«

Auf den Wirt und das Personal des Ratskellers hatte die unerhörte Generosität des »für die Nacht« gekommenen hohen Gastes den Eindruck gemacht, daß er auch inkognito das beste Zimmer im Hause bekam und daß ihn der Enkel des »alten Nothnagel« persönlich die Treppe hinaufgeleitete und ihn darauf aufmerksam machte, daß er von den Fenstern aus die Aussicht auf *alles* in Altershausen habe.

Mit der ließ man ihn denn allein, und noch nie im Leben hatte er sich an einem Reiseziel in solcher Gesellschaft gefunden. Seine besten Bekannten von der Festtafel neulich hätten ihn in ihr wohl schwerlich wiedererkannt. Und was für eine Antwort würde er wohl bekommen haben auf die Frage aus ihr heraus:

»Liebster Freund, haben Sie auch einmal nackt vor dem furchtbaren Geheimnis des Selbstbewußtseins gestanden? Und wenn – wie verhielten Sie sich ihm gegenüber?«

Da lehnte er in der warmen Abenddämmerung am Fenster, alle seine Kinderspielplätze unter und um sich! Da der Torbogen mit dem letzten Turm der alten Stadtummauerung – über den Hausdächern die grünen, doch schon in der ersten Herbst-Abenddämmerung versinkenden Berggipfel! Die Stadtbewohner und -bewohnerinnen vor den Haustüren, die Mägde am Brunnen, die Kinder im letzten Spiel vor dem Schlafengehen – alles, wie es gewesen war vor zwei Menschenaltern, wohlerhalten wie Vineta unter dem Wasser – daß der greise Herr des Messers, der Sägen und Zangen, des Blutes und des Eiters das alles durch Tränen gesehen habe, soll hiermit nicht gesagt sein. –

»Du da, bin auch da! Auch du da?«

Wer war's, der so fragte?

Die Glocke vom Turm der Stadtkirche, die acht schlug.

Aus welcher Zeit kam grade jetzt die klagende Stimme wieder her:

»O, das schöne Wetter, und mein Kind nicht mehr dabei!« –? Doch mit ihr das hohe Wort:

»Was ich besitze, seh ich wie im Weiten,
Und was verschwand, wird mir zu Wirklichkeiten.«

. . . .

Es klopfte an der Tür, man legte dem *Gast* von Altershausen das Fremdenbuch vor, und er lud, wie er glaubte vollberechtigt, das Polizeivergehen der Falschmeldung auf sich. Da ihn neulich die europäische Kollegenschaft zu ihren »Großen« in ihren schönverzierten, vielsprachigen Zuschriften gerechnet hatte, so machte er jetzt Gebrauch von der Ehrung, zählte sich selber zu den »Großen der Erde« und blieb, vom Thron herniedergestiegen, zu ebener Erde inkognito in der Heimat – wenigstens für die Nacht und den nächsten Tag. Er mußte ja aber auch erst in Erfahrung bringen, wer noch vorhanden war am Orte, der mehr wußte von Fritze Feyerabend, als von dem rund um die Welt berühmten gelehrten Kronenträger der Heilkunde, dem Wirklichen Geheimen Obermedizinalrat Professor Doktor Feyerabend! –

Wie er sich für Jung-Altershausen ins Buch eintrug, mag der Allgemeinen deutschen Biographie vorenthalten bleiben. Er speiste auf seinem Zimmer, und es fiel nur auf, daß er sich den Hausknecht Tönnies zu einer längeren Verhandlung dorthin kommen ließ. Ausgefragt, zuckte dieser nur die Achseln und gab seine Meinung dahin ab:

»Hei is nur 'n snurrigen Patron. Späte bi Nacht will hei noch mal ut, un ick schall um ihn upsitten blieben. Dat he Böses im

Sinne hett, glöwe ick nich, Herr Nothnagel. Hei is wohl blot so'n kuriosen Kerel, so'n Liebhaber davon, de unse Stadt bi Maanschiin seihn will. Wi hebbet ja wohl schon von dei Sorte hier 'ehatt. Na, wenn hei immer so utgivvt wie vorhin bi usem Ludchen, kann man ihm ja schon den Gefallen dhaun.« –

Dabei beruhigte selbstverständlich sich der Ratskeller. Geheimrat Feyerabend ließ alle, bis auf Tönnies, zu Bette gehen, und da er der einzige Fremde im Hause war und als Abendgäste nur die ältesten, würdigsten, nüchternsten Stadtbewohner verkehrten, so hatte er gegen elf Uhr bereits die Welt hier für sich allein.

Merkwürdigerweise trat er, ehe er auf die Abenteuer dieser Nacht ausging, erst mit dem Licht in der Hand vor den Spiegel und hätte vielleicht selber nicht zu sagen gewußt, weshalb.

Ja, er war es noch! Er – war noch!

Dieselbe Gewißheit gab ihm ein mehrmaliges festes Auf- und Abschreiten im Zimmer, bevor er Hut und Stock nahm, seine mitternächtige Geisterbeschwörung zu beginnen.

»Dat hei wo einbräken will, glöwe ick nich«, brummte Tönnies, der Hausknecht, die Tür des Ratskellers hinter ihm verriegelnd. »So 'ne olle Kruke solle et aber doch wetten, dat de Minsche et bi Nachte im Bedde am besten hett.« –

Im letzten Viertel stand der Mond am Himmel, dabei war's sternenklar und windstill und, da die Hundstage des Jahrs doch noch nicht allzu lange der Ewigkeit in den Schoß gesunken waren, sozusagen eine Nacht, wie Schwester Karoline sie nicht günstiger für »wieder diesen verrückten Einfall« des Bruders beim lieben Herrgott hätte bestellen können.

»Hätte ich sie doch bei mir, die gute alte Seele!« sagte ihr »ganz Geheimer«, von der Treppe des Ratskellers von Altershausen über den Markt in der magischen Dämmerung nach dem Elternhause hinüberblickend. –

Nun wandelte er wie auf Flaum, stieg die Treppe hinunter

und aus dem einundsiebenzigsten Lebensjahr zurück in das zwölfte: wie wenn Schweizerhauptmann Johann von Salis-Seewis um ein schönes Nachtgedicht aus der heißen Wachtstube zu Versailles zu den kühlen Schatten, dem Mondschein, den rauschenden Wassern, singenden Vögeln und weißen Marmorbildern des schönsten Gartens Europas niedergestiegen wäre. Beiläufig ein nettes Bild, dem Traumwandler, der gegebenen Stunde und dem Markt von Altershausen gerecht zu werden!

Nicht stolpern auf den unter den alten Füßen redenden Steinen, Herr Wirklicher Geheimer Medizinalrat! Langsam, langsam und mit Bedacht durch die zur Gegenwart gewordene Vergangenheit, Herr Doktor! *Das Kind noch dabei, Fritze!*

. . . .

Langsam, bedachtsam den Markt entlang bis vor das Elternhaus, denn langsamer, bedachtsamer weiter bis zu dem Torbogen des sechzehnten Jahrhunderts, doch nicht unter ihm durch auf die zwischen den Gärten den Berg hinanführende, auch in dem matten Mondesschimmer weit hinaufleuchtende weiße Landstraße! Man hat nicht umsonst als ein exakter Mensch sein Leben hingebracht: man weiß sich zu bescheiden und sich und das Seinige zusammenzuhalten, auch in den Geisterstunden des Erdendaseins. Die Vergangenheit da draußen vor den Toren von Altershausen als Gegenwart sich wiederzuholen, hatte der Greis die Sonne des morgenden Tages nötig. Im vollen Tageslicht mußte *das* liegen, um Fritze Feyerabends Jubiläumsbesuch bei Ludchen Bock gerecht zu werden und damit der Wirkliche Geheime – nein, damit Bruder Fritz auch der alten Schwester daheim davon erzählen konnte!

Was er jetzt suchte, ließ sich im Dunkeln finden. Er berührte Hausmauern, Gartenplanken, Türpfosten, ja sogar auch Türschlösser, soweit die Rückerinnerungen und die Hand reichten. Er stand an Gassenecken und guckte in Winkel, wo es ohne die Sonne für ihn licht wurde, wo für ihn Geschichten aufwachten und mit den Geschichten *Geschichte:* Lebens-, Welt- und Kulturgeschichte, wie sie nachher, d. h. dann, als er nicht mehr vor Rektor Schusters, sondern ganz anderer und anders gelehrter Männer Katheder saß, doch nicht wichtiger und bedeutungsvoller zum Vortrag gebracht werden konnte.

Was war der Opfertod der dreihundert Sparter bei den Thermophylen gegen den Gartenweg hinter Bocks Scheune, in dessen Verteidigung er selber geblutet hatte, und zwar »wie ein Schwein«, wie Ludchen Bock sagte und die Altershausener Heldenmutter zu Hause, die Hände über dem Kopfe zusammenschlagend, bestätigte? Was bedeuteten Seine Majestät Ernst August, König von Hannover, und die nichtsnutzigen Göttinger Sieben gegen den Misthaufen, den er, wenn nicht als den selben, so doch als den gleichen an seinem richtigen Platze hinter der Superintendentur wenigstens mit der Nase wiederfand? Vor zwei Menschenaltern war er nicht bloß mit der Nase, sondern mit der ganzen Visage, ganz abgesehen davon, was er sonst dabei abkriegte, hineingedrückt worden von seinem Freunde Ludchen, und auch das war was gewesen, wegen dessen seine Mutter seinen Freund nicht mit dem gehörigen Wohlwollen sehen konnte. Was den Vater anbetraf, so hielt sich der durch mehrere Tage, sowohl was Zärtlichkeit, als was Zorn anbetraf, möglichst fern von seinem Sprößling, und das Kind hörte ihn nur von weitem brummen: »Frau, der Junge stinkt ja noch immer fürchterlich! Ist denn der Geruch an dem Schlingel gar nicht wieder auszurotten? Krieg ihn, wie er dasteht und die Luft verpestet, doch noch mal in deinen Büketubben!«

Weiter, weiter so durch die balsamische Nacht, Fritz Feyerabend aus Altershausen! Nimm hin und mache die Gegenwart zur Vergangenheit und die Vergangenheit zur Gegenwart. Alten Menschen, die anständig einen heißen Lebenstag hinter sich haben, hilft man dann und wann zu einem Abendvergnügen: die Regel ist es freilich nicht! Die Ausnahme, vorzüglich die jetzt mit dir bei dieser deiner närrischen Altersvergnügensfahrt gemacht wird, bestätigt wahrhaftig nicht die Regel; aber du siehst, wie wohlwollend wir obersten Mächte immer noch gegen dich gesinnt sind: deinen Freund Ludchen Bock ließen wir dich wiederfinden, wie du ihn hier gelassen hast vor sechzig Jahren. Wir sind's gewesen, die ihn dir zur Begrüßung nach dem Bahnhof schickten, – weiter, weiter hinein in die Nacht und den Traum vom Dasein des Menschen auf seiner Erde, altes närrisches Menschenkind!...

»Spitz, bist du denn das?« fragte Geheimrat Feyerabend, vor der Pforte des Amtsgerichtsgebäudes sich niederbeugend und einer feuchten, kalten Hundeschnauze die dürre Hand zum befreundeten Beriechen und Belecken hingebend, und zwar mit einiger Verwunderung; denn sie sind sonst durchaus nicht *so*, die Spitze. Von den Treppenstufen des Amtsgerichts war er, ohne zu bellen und bissig anzuspringen, heruntergekommen, wie seinerseits zur Begrüßung des greisen Altershausener Kindes, und nun erhob sich auch sein jetziger Herr, der gegenwärtige Nachtwächter der Stadt, aus seinem nächtlichen Vorschlummer auf der Treppe des Amtsgerichts und kam herzu:

»Na, was hat denn der Köter? Hierher, Bollmann!«

»Bollmann?!« wiederholte der Geheimrat. Hatte nicht sein Vater den Namen dem Wächter des Hauses zum Andenken an einen früheren Universitätsfreund und nachmaligen Amtsgenossen angehängt? War der Hund wirklich noch der Spitz des Hauses Feyerabend, oder war der Name weitergegeben worden, wie in Südwestdeutschland der des Pfalzverwüsters Melac?

Wie dem auch sein mochte: hatte der Greis eben vor dem Vaterhause nur gestanden und zu allem seinem Mauerwerk und Fenstern hingesehen, so war er nun mit »unserm Bollmann« als Führer drin – treppauf und -ab, durch Stuben und Kammern, vom Keller bis zum Boden, durch Hof und Garten, und mit dem alten unveränderten »Spitz« fehlte nichts mehr von alledem, was vor zwei Menschenaltern dagewesen war!

Aber diese Inventur der Vergangenheit dauerte nur einen Augenblick. Der Wasserkrug, der vor Mahomeds Bett umfiel und seinen Inhalt nicht verschütten konnte, ehe Allah seinen Propheten durch alle seine sieben Himmel geführt und ebenfalls ihm seinen Haushalt vom Keller bis zum Dache gezeigt hatte, kam wieder mal zur Geltung.

»Kann ich Sie womit dienen?« fragte der jetzige Nachtwächter von Altershausen, den gegen Fremde ihm zu vertraulich erscheinenden vierfüßigen Begleiter durch einen verdrießlichen Stockhieb von dem sonderbaren Nachtwandler wegscheuchend.

»Mit einiger Höflichkeit! wenn es Ihnen nicht allzu schwer wird«, sagte Doktor Feyerabend mit dem Tone, der auch in den erlauchtesten Wonneburgen der Menschheit ihm geholfen hatte, den Ton der Unterhaltung auf das richtige Maß zu stimmen.

»Ich habe Ihnen ja noch gar nichts mit Unhöflichkeit gesagt!« brummte der Mann, mit der Hand an der Mütze. »Daß Sie den Ort nicht von der Stelle tragen wollen, sehe ich auch noch bei schlafender Nacht. Kann ich Sie den Weg wohin zeigen, bin ich gern dafür da. Ich bin hier vom Magistrat bestellter Nachtwächter, und das Viech habe ich für's Anbellen und nicht Anschmeicheln bei mir. Mein Name ist Ritterbusch, wenn Sie sich morgen vielleicht beim Herrn Burgemeister nach mir erkundigen wollen. Ja, ich bin der Nachtwächter hier in Altershausen!«

Daß letzteres auf uralter Wahrheit beruhte, hatte das alte Altershausener Stadtkind schon in Erfahrung gebracht; aber der Name!... Was war *der* Name an Trinkgeld wert in dieser Traumnacht! Es ist ein sonderbarer Vergleich, aber so *warm* er vorhin diese kalte Hundeschnauze in seiner Hand gefühlt hatte, so warm empfand er nun diesen Namen in seiner Seele.

»Ritterbuschen, ich verlasse mich ganz auf Sie. Wir kommen wohl etwas später nach Hause; aber ich weiß ja die Kinder gut bei Ihnen aufgehoben!« sagte eine liebe Stimme, das Spinnrad am Ofen hörte auf zu schnurren, und die zwei Kinder stürmten gegen die schöne junge Mutter an, die mit beiden Händen im langen weißen Handschuh ängstlich den Angriff auf den Provinzialglanz der Balltoilette von achtzehnhundertneunundvierzig abwehrte. Amélie, Königin der Franzosen, Elisabeth, Königin von Preußen, Alexandra Feodorowna, aller Reußen Zariza, Anna, Kaiserin von Österreich, hätten nicht strahlender und lebendiger mit Schinkenärmeln, Goldreifen um die Stirnen und in Kreuzbänderschuhen in die Altershausener Nacht aus den verschollenen Modenjournalen ihrer Zeit hineintreten können!

»Schaffe Sie den Jungen jedenfalls zur rechten Zeit ins Bett, Ritterbuschen, und sitze Sie nicht selber noch bei ihm, um ihn in den Schlaf zu erzählen, Großmutter Grimm«, sagte eine andere Stimme hinein in – die Kinderstube des Hauses Feyerabend, und der Wirkliche Geheime Medizinalrat Professor Dr. Feyerabend wendete sich an den Nachtwächter Ritterbusch vor dem Amtsgericht von Altershausen, klopfte dem Patron auf die Schulter und sagte: »Schlafen Sie ruhig weiter, lieber Mann. Wenn einer hier am Ort nicht die Ruhe zu stören wünscht, so bin ich der. Die Wege hier im Orte kenne ich selber.«

Der Spitz, der sich allgemach seiner eigensten Natur besser besonnen zu haben schien, boll dem alten Herrn giftigst nach; sein Herr, mit der Mütze in der Hand, brummte:

»Na nu? Grobheiten soll man sich bei nachtschlafender Zeit in seinem Amte von so fremder, unbekannter Menschheit sagen lassen? Na, komm du mir wieder!«

Mit verschlossenen Ohren ging Fritze Feyerabend weiter. Die Welt hatte sich ihm durch Bollmanns kalte Nase zu einem Kinder-Gitterbett zusammengezogen. Draußen mußte es eben wohl Winter sein, denn wie ein warmes Federdeckbett legte es sich über ihn und wurde um ihn zurechtgestopft. Von fernher – aus Indien – von der Menschheit Wiege aber summte es aus dem Munde der Frau Ritterbusch, wie es durch die Jahrtausende weitergegeben wird und weitergegeben werden wird, bis der letzte Mensch mit einer Brille auf der Nase geboren werden wird und weder seiner Mutter noch sich selber mehr Freude machen kann. Sie spannen alle bei ihrem Singsang und Erzählen: die Parzen in der griechischen Unterwelt; am Urdarborn Urd, Werdandi und Skuld, die Nornen; und am Markt von Altershausen in des Hauses Feyerabend Kinderstube die Frau Ritterbusch!

»Wenn du jetzt nicht einschläfst, weint Mama, und dein Herr Vater schilt, Fritzchen, und ich – da lief dem Schneiderlein, wie man sagt, die Laus über die Leber, es langte aus seiner Hölle einen Tuchlappen, und ›wart, ich will es euch geben!‹ schlug es unbarmherzig drauf. Als es abzog und zählte, so lagen nicht weniger als sieben vor ihm tot und streckten die Beine. – Junge, wenn du jetzt nicht die Augen zumachst, so sollst du mal sehen! – ›Bist du so ein Kerl?‹ sagte der Schneider, ›das soll die ganze Stadt erfahren. Ei was, die ganze Stadt! die ganze Welt soll's erfahren!‹ Und sein Herz wackelte ihm wie ein Lämmerschwänzchen« ...

»Siebene auf einen Schlag!« war es das Spinnrad der Ritterbuschen, oder war's der Brunnen um die Ecke vor Mordmanns Gehöft, was in die Geschichte vom tapfern Schneiderlein hineinrauschte? Siebenzig Lebensjahre auf dem Buckel und die Devise »Siebene auf einen Streich!« auf dem von ihm selber zugeschnittenen, genähten und gestickten Leibgürtel! War es Fritzchen Feyerabend, oder war es der Wirkliche Geheime Obermedizinalrat Feyerabend, der dastand an dem Röhrbrunnen an Zimmermann Mordmanns lebendiger Zaunhecke und es nun aus einem anderen Winterabend herübermurmeln hörte:

»Und der König wachte auf und gab der Frau Königin einen Stubbs, und sie wachte auch auf, und sie sahen einander mit großen Augen an ... Junge, schlaf ein! ... Es wachte alles auf, was die hundert Jahre geschlafen hatte da im Schlosse – die Soldaten auf der Wache, wo sie zu trommeln anfingen, und das Feuer in der Küche unterm Herde, wo sie vor hundert Jahren hatten Eierkuchen backen wollen. Und der Koch gab dem Küchenjungen die Ohrfeige, die er ihm eben auch vor hundert Jahren versprochen hatte. Sie hatten aber auch noch Suppe zu Mittag haben sollen, und so rupfte auch die Magd das Huhn fertig, das sie – alles vor hunder Jahren – im Schoße gehabt hatte, und sagte: Ja, Koch, grade so was hat auch so'n böser Junge verdient, wenn er mich hier bis an den hellen, lichten Morgen sitzen und verzählen lassen will! –?«

Es war jedenfalls der Geheimrat, der eben sagte:

»Nein, das hat sie nicht gesagt, die Küchenmagd, Ritterbuschen! Und dann sind auch immer die Fliegen dabei, die an der Wand aufwachen nach hundert Jahren, Ritterbuschen, und das hast du diesmal ausgelassen.«

Es war Geheimrat Feyerabend, der es in der eben vorhandenen nächtlichen Stunde vernahm:

»I, so'n verflixter Junge! Da sitze ich bis nach Mitternacht an seinem Bett und predige mir den Mund wund, daß ich das naseweise Kind zum Einschlafen bringe, und es weiß immer wieder alles besser. Junge, Junge, bist du mir denn nach Mitternacht gluher als vorher?« ...

Was war das? Eine Kinderstimme hinter Mordmanns Kuhstall her. Eine Kinderstimme und doch auch wieder keine Kinderstimme, sondern die eines alten Mannes, die sich in umgekehrter Weise »setzte« und aus dem dumpfen Krächzen des Greisentums in die schrillen Töne der ersten Jugend umschlug –

»Maikäfer flieg,
Dein Vater ist im Krieg.
Deine Mutter ist in Pommerland,
Pommerland ist abgebrannt –
Maikäfer flieg!«

Ludchen Bock! Ein Schatten im Dämmer und doch die wirklichste Wirklichkeit kam er um die Ecke des Zauns, schwankte unsicheren Schrittes auf das lebendige Wasser zu, das der Röhrbrunnen vor Mordmanns Gehöft wie vor sechzig Jahren in den Trog sprudelte, und an die Röhre, aus der Geheimrat Feyerabend mit der Hand geschöpft hatte, hielt er den Mund und ließ sich dann den ewig jungen Strahl auch über den kahlen Scheitel fließen.

»Der Herre vom Bahnhof!« rief er aber wie im höchsten Schreck, als der Freund aus dem Schatten mit einem »Guten Abend, Ludchen!« auf ihn zutrat, und an allen Gliedern zitternd winselte und schluchzte er wie ein über etwas Verbotenem ertapptes Kind:

»Ich kann nichts dafür! ich kann nichts dafür! die anderen sind es gewesen! Ich habe gewiß und wahrhaftig nicht gewollt, Minchen; aber sie haben mir den blanken Taler weggenommen, Herre, Herre, und haben gesagt, so'n großer Junge wie ich brauchte sich doch nicht alles gefallen zu lassen, und dann sind wir in Beckers Garten alle miteinander, wir Großen, vergnügt gewesen. O Gotte, Gotte, und nun, wo ist mein Taler, den mir der Herre am Bahnhof für Minchen gegeben hat?

> Pommerland ist abgebrannt –
> Maikäfer flieg!
> Maikäfer flieg!«

Von neuem hielt er den Greisenschädel unter die Brunnenröhre; dann schüttelte er die Faust in die Monddämmerung hinein:

»Die Unfläter! Sie haben mich vor die Tür getan und gesagt: Du mußt nach Hause, Ludchen, so kleine Jungens sollten schon lange zu Bette sein, und dein Minchen wartet schon längst mit der Rute. Paß nur auf, daß dich Ritterbusch nicht vor den Burgemeister bringt! O Gotte, Gotte, wenn mir doch der fremde Herre das viele Geld und den blanken Taler nicht gegeben hätte! Ritterbusch tut mir nichts, ach, wenn nur Minchen nicht wäre!«

VIII.

Wer von beiden war nun in dieser Nacht das größere Kind? Ludchen Bock, den die bösen Buben von Altershausen in Bekkers Garten betrunken gemacht hatten, oder Geheimrat Fritze Feyerabend, der nicht bloß aus den Wonneburgen der Walchen, sondern sogar von den »Höhen der Menschheit« zu ihm niedergestiegen war und sich jetzt zu ihm auf den Brunnentrog vor Mordmanns Hofplanke hinsetzte?

So schönes Wetter, und – sie waren eben beide noch dabei!

»Kennst du mich noch, Ludchen?« fragte nach einer Weile der Mann aus der sogenannten Wirklichkeitswelt.

»Sie sind der Herre vom Bahnhof mit dem Taler. Ich bin nur auf den Kopf gefallen und Ludchen Bock. Ich bedanke mich nochmals und wäre auch gleich mit ihm nach Hause gegangen; aber ich habe ihn einem von den großen Jungens gezeigt, und da haben sie gesagt, ich brauchte und sollte mir nicht alles gefallen lassen, auch von Minchen nicht. O Gotte, Gotte, und nun kann ich nicht nach Hause aus Angst, *Fritze*!«

Der große Seelenarzt auf dem Brunnentrog fuhr zusammen und hatte einige Minuten nötig, ehe er das letzte Wort in seine Erfahrungen aus seinen Wissenschaften eingeordnet hatte.

»Du kannst es bezeugen, daß ich mich vor keinem fürchte, Fritze. Vor dem Rektor nicht, vor dem Superdenten nicht und nicht mal vor deinem Vater. Deine Mutter ist auch schon schlimmer; aber – o Gotte, Gotte, Minchen und ich jetzt wieder!... Nun hat sie wieder aufgesessen um mich und Angst gehabt um mich, und an unsere Ziege habe ich auch nicht gedacht, und sie mußte im Bette sein, eh Ritterbusch zum erstenmal rief, und ich sollte schon viel länger zu Bette sein! Fritze, wenn sie mich nur jedesmal hauen wollte, wie mich mein Vater und meine Mutter und dich dein Vater, aber das tut sie ja nicht und kann's auch nicht, das arme, kleine Wurm von Mädchen! O Gotte, Gotte, wenn ich nur erst wieder schliefe und es ihr versprochen hätte, daß es nun aber auch ganz gewiß das letzte Mal gewesen sein sollte! Wenn sie es mir nur wieder erst geglaubt hätte, daß ich es nicht wieder tun würde, und wenn mir auch so'n fremder Herre auf dem Bahnhof hundert Taler schenkte!«

»Soll ich mit dir gehen? Soll ich dich nach Hause bringen, Ludchen?« fragte Geheimrat Feyerabend.

Er erhob sich mühsam als alter Mann von dem Troge und zog sanft dem andern Alten die Hände von dem angstvollen jungenhaften Greisengesicht und ihn an der einen in die Höhe und am Handgelenk wie vor sechzig Jahren mit sich.

»Komm, ich bringe dich zu deinem Minchen, und sie vergibt dir noch einmal – was andere an dir gesündigt haben, armer Tropf!«

Die letzten Worte hatte Fritz Feyerabend nur zu sich selber gesprochen.

»Der Herre, dem ich seine Sachen nach dem Keller getragen habe?« murmelte Ludchen Bock.

»Fritze Feyerabend aus Altershausen!« ...

Der Traum als Wirklichkeit war jetzt vollständig. Es fehlte für zehn Minuten nichts mehr dem Mann aus der großen Welt, was vordem ihm einmal gewesen war! Er war Kind mit dem Kinde, Idiot mit dem Idioten: Schulen, Universitäten, Lehrsäle, in denen man selber vom Katheder sprach, Land und See, alle Weisheiten, Herrlichkeiten und Königreiche dieser Erde, die großen Herren und die großen Menschen darin, alle trônes, principautés, archanges, séraphins et chérubins Schöpfers Himmels und der Erden, wie das alles im Selbstbewußtsein eines Gebildeten längeren irdischen Daseins Inhalt ausmacht und Formen bedingt – weggewischt! Nichts übrig als zwei Jungen auf dem Wege nach Hause – beide mit dem Gefühl, *sich verspätet zu haben!* ...

Und wie vor alter Zeit so häufig, ging Friedrich Feyerabend wieder unter Ludwig Bocks Führung. Er wollte in die Gasse biegen, die von Mordmanns Hofe aus am nächsten zu den Elternhäusern führte; aber Ludchen bog nicht rechts, sondern links um die Planke, und es war ja richtig: er mußte in dieser hellen Nacht doch am besten Bescheid wissen in Altershausen! Ja, da lief der Gartenweg noch in der Mond- und Zauberdämmerung wie vordem, als ob jeder Busch und Baum, jede Hecke und jeder Zaun an Ort und Stelle geblieben wären und nicht sechzig Jahre hingegangen wären, Weltgeschichte gemacht und »epochemachende Veränderungen« verursacht hätten!

Aber je bekannter dem am Ort Fremdgewordenen die Wege unter den Füßen wurden – immer wieder der Geruch! Wahrhaftig sind es nicht die Sinne des Sehens, Hörens, Schmeckens und Fühlens, was einem den Ortssinn und das Heimatsgefühl schärft: die Nase ist, die da sagt: Ja, geh nur mir nach! so roch es hier, und so wird's hier riechen. Heute kommst du mit mir nach zwei Menschenaltern, bringe mich nach zwanzig wieder zur Stelle und hole mich dir voll, wenn das Nest noch steht. Einerlei, ob es Altershausen, Rom oder Berlin heißt! Einerlei, ob du abgelegt wurdest hinter der Hecke unter einem Heuschober oder in Windeln gelegt in den Wonneburgen der Walchen. –

Jetzt bog aus dem Gartenwege der Pfad wieder in eine Gasse ein, die gegen die Stadtmauer zu führte. Deren Bewohner schliefen alle hinter den dunkeln Fenstern in den kleinen Häusern; nur vom äußersten Ende her flimmerte eine Lampe, und Ludchen Bock hielt an und hielt auch den Begleiter am Rockschoß fest und winselte mit weinerlicher Kinderstimme:

»Da hat sie noch Licht! O Gotte, Gotte, wenn ich doch zu

Bette wäre und sie auch! Und ich bringe ihr doch immer alles ehrlich, was mir die Leute schenken – einen Nickel, zwanzig Pfennige, fünfzig Pfennige. Was brauchte mir der fremde Herre das viele Geld zu geben? Sie hält mich doch sonst reinlich im Zeuge und läßt mir nichts abgehen morgens, mittags und abends; und den Taler mußte ich ja doch in der Hand in Bekkers Garten den anderen Großen zeigen, denn sie haben ihn ja alle sehen wollen und nachher mit mir anstoßen wollen, bis sie sagten: ›Nu, Junge, steht sie aber mit dem Stock hinter der Tür, und Ritterbusch hat schon lange gerufen.‹ Ich hätte ja schon längst zu Bette gemocht; aber daß sie lachten: ›Nu weint er wieder!‹, das konnte ich mir doch nicht bieten lassen von ihnen, da ich grade so viele Kraft habe als einer von ihnen. Und wenn mir Becker nicht zugeredet hätte, so säße ich noch bei ihm – vor der Polizei und dem Herrn Bürgermeister habe ich mich nicht gefürchtet! O Gott, wenn ich nur im Bette wäre und ihr alles gesagt hätte! Da sitzt sie und hat allein noch Licht in ganz Altershausen!... Gute Nacht, Fritze!«

Der Wirkliche Geheime Medizinalrat Professor Dr. Feyerabend wäre nicht auch ein berühmter Seelenarzt gewesen, wenn er nicht den letzten Ausruf in seine Erfahrungen hätte einreihen können. Er lief dem armen, greisen, blöden Freunde nicht nach, dem Lichtschein am Ende des Gäßchens zu.

»Gute Nacht, Ludchen!« sagte er nur gerührt und ging langsam dem Davonlaufenden nach, blieb auch im Schatten der Nacht und Hauswände und suchte nur von ferne zu erfahren, wer für den Freund da wach blieb in Liebe und Sorgen und auf den Greis wartete wie eine Mutter auf ihr Kind. Der Lichtschein fiel jetzt nicht mehr aus dem Fenster, sondern aus der engen, niedern Tür des kleinen Häuschens an der Stadtmauer. Es war ebenfalls eine Greisin, welche die Hand vor die im ersten leisen Morgenwehen flackernde Lampe hielt. Was dort gesprochen wurde, verstand Geheimrat Feyerabend nicht; aber schrill und keifend war die Stimme nicht, die dem armen Sünder, Ludchen Bock, jetzt beim Zu-spät-nach-Hause-Kommen den Text las. Er hörte nur das Kind von Altershausen nur noch mal schluchzen, ehe es ins Haus gezogen wurde und die Tür sich hinter ihm schloß.

»Zu unserer Zeit ging's bei den Müttern – und schon nach neune! – lauter her als da bei seinem Minchen«, murmelte Fritz Feyerabend auf seinem Rückwege nach dem Ratskeller. »Wer mag sie sein aus unserer Zeit, die hier heute nach sechzig Jahren an dem armen Alten des Weibes Beruf zum Kinderwarten so in Treue und Güte pflegt?«

IX.

Tönnies, der Hausknecht im Stadtkeller, war so gut gewesen wie sein Glaube an die Trinkgeldbefähigung des »schnurrigen fremden Herrn von gestern abend«. Er war wach und ließ auf das erste Glockenzeichen den Gast, der sich »Altershausen bei Dunkelm besehen wollte«, ein. Er leuchtete ihm auch zu seinem Zimmer hinauf, sah sich einen Augenblick drin um und brummte: »Es wird ja wohl alles in Ordnung sein?«, wünschte eine gutschlafende Nacht, und Geheimrat Feyerabend entließ ihn, ohne ihn zu benachrichtigen, daß er – Fritze Feyerabend aus Altershausen – wahrscheinlich noch allerlei Besuch bekommen werde.

Der kam; aber Tönnies brauchte seinetwegen nicht an der Haustür zu warten und seinerseits wach zu bleiben.

Ein gut Stück Weltgeschichte machte dem Doktor Feyerabend seine Aufwartung in dieser Nacht. Bei der Umschau nach dem Stiefelknecht, vor dem Einschlafen, im Traum und in das hindämmernde langsame Erwachen zu der geschichtlichen Gegenwart von Altershausen hinein: seines Volkes Schicksal, wie er es mitatmend miterleben durfte und mußte seit zwei Menschenaltern, ja seit der Stunde, in welcher er aus einem besseren *Jenseits* in ein zweifelvolles *Hier* mit steigender Verwunderung sich versetzt fand!

In aller möglichen Weise kam es an ihn heran in diesem Ratskeller seiner Kindheitsstadt; und einer der ersten, die wiederkamen, war der merkwürdige Besuch im Jahre 1873, der dem damaligen Professor Feyerabend seine Karte hereinschickte mit dem Mädchennamen seiner Großmutter drauf und lächelnd fragte:

»Sie erinnern sich meiner wohl nicht mehr, Herr Neffe?«

In dem Ratskeller zu Alterhausen erinnerte sich Wirklicher Geheimer Medizinalrat Professor Dr. Feyerabend – Fritzchen Feyerabend seiner, aber aus dem Jahre achtzehnhundertsiebenunddreißig! Der Berggipfel hatte dem Alten über die Dächer zugewinkt, der Berg, auf dem der lange Student, der junge Onkel den Neffen sich auf die Schulter hob, ihm nach allen vier Weltgegenden hin zeigte, wie groß und weit die Welt sei, und dabei die Göttinger Sieben hochleben ließ.

»Bei Ihrem Vater – na, wir nennen uns doch wohl du – und deiner lieben, guten Mutter kroch ich damals, in perpetuum relegiert von der Georgia Augusta, unter«, hatte der wohlbehäbige, stattliche Deutsch-Amerikaner im Jahre dreiundsiebenzig gesagt. »Nun, die sieben gelehrten Thebaner, die mich damals in die Ungelegenheit brachten, sind ja auch ganz behaglich untergeschlupft und haben es nach vollendetem Martyrertum dem alten hannoverschen Engländer zum Trotz zu allerlei Ehren im durchlauchtigen Deutschen Bund gebracht und teilweise allerhand Dummheiten ausgehen lassen – noch neulich Anno sechsundsechzig. Reden wir nicht weiter davon, sondern lieber von deinen lieben Eltern und dir, Fritze. Jaja, auch dich haben die letzten Jahre bei uns aus einem Dutchman zu einem German gemacht und bringen mich heute zu diesem Altersbesuch im alten Lande.«

Und im Ratskeller zu Altershausen im Traumland saß Fritzchen Feyerabend wieder auf der Schulter des langen, um die

Sieben relegierten Göttingers und ließ sich von ihm weisen, wie weit und offen die Welt rundum sei.

»Herunter mit dem Englishman! es leben
Deutschlands Sieben –
Klinge Lied und klinge Pokal!
Es leben die Sieben, die treffliche Zahl!
Sieben der Wissenschaft tüchtigste Kenner,
sieben Demanten im Wappen der Männer!«

klang es aus längst vergangenem Sonnenschein und Wäldergrün von jenem jetzt im Nachtnebel versunkenen Berggipfel hinein in das beste Gastzimmer des Ratskellers von Altershausen, und –

»Da, Junge, guck! *Das* bombardieren sie heute«, sagte eine andere Stimme, und ein Finger deutete auf ein aufgeschlagenes Bilderbuch. »Aussicht vom Libanon, Ptolemais in der Ferne«, stand unter dem Stahlstich, auf welchem der Vater den Finger auf ein Pünktchen am Mittelmeer setzte. Meyers Universum hieß das Buch, und der Ort, der »bombardiert« wurde und früher Ptolemais hieß, war Saint Jean d'Acre. Von der Quadrupelallianz, die damals im Jahre 1840 mit ihren Schiffen gegen Mehemed Ali und Frankreich vor dem Ort lag, verstand der Junge nichts, und weshalb man damals auch in Altershausen sang: »Sie sollen ihn nicht haben, den freien deutschen Rhein«, entzog sich seinem Interesse; aber was »Bombardieren« und »Bombardement« bedeutete, wußte er gar wohl. Auf dem Puppentheater hatte er das Bombardement von Antwerpen aufführen sehen mit Blitz und Gekrach, und der alte Chassé und der brave Mijnheer van Speyk, der sein Schiff, sich und so viele Hundert nichtsnutzige Belgier auf der Schelde in die Luft sprengte, gehörten – auch aus dem Bilderbuch – zu seinen guten Bekannten: wie fuhr das Kindernäschen dem deutenden Finger nach:

»Wo? wo? wo? Oh, da möchte ich dabeisein! Vater, fliegt das auch in die Luft?«

Geheimrat Feyerabend bewahrte daheim unter den Cimelien seiner Bibliothek das Buch aus Hildburghausen mit dem Stahlstich: »Aussicht vom Libanon. Ptolemais in der Ferne«; nun lag es auch vor ihm im Ratskeller zu Altershausen. Er sah den deutenden Finger auf dem Stahlstich, er fühlte die väterliche Hand auf dem kahlen Schädel, er hörte das so lange verklungene, behaglich-kluge Lachen und dazu jene liebe Stimme, die fragte:

»Aber Mann, was geht den Jungen der Türkenkrieg da unten an. Und das Küchenfenster, das er gestern der Nachbarin Bock einbombardiert hat, ziehe ich ihm von seinem Taschengelde ab.«

Er verriet es nicht, daß nicht er, sondern sein Freund Ludchen das Fenster eingeworfen hatte; aber seine erste wirkliche politische Erinnerung blieb das Blatt aus Herrn Joseph Meyers Universum. Wer von den Mitlebenden wußte heute noch von dem Bombardement von Saint Jean d'Acre? Er! und zwar immer in Verbindung mit dem Küchenfenster der Mutter Bock.

Es soll auch anderen – und unter den anderen den bedeutendsten Politikern, Staatsmännern und Staatslenkern – mit ihren »politischen Erinnerungen« im hohen Alter ähnlich ergehen! Was sind politische Erinnerungen im Wirbelsturm der Erdengeschichte dem armen mitumgetriebenen Menschenkinde, wenn sich ihm nichts Persönliches dranknüpft? –

Er schlief recht unruhig diese Nacht in seiner Kindheitsstadt und träumte lebhaft; aber nicht etwa aus seiner Wissenschaft heraus und irgendwie von einer höchsten »Lebenshöhe« herunter. Als es achtundvierzig in der deutschen Geschichte schlug, war der Vater schon tot und konnte nicht mehr seinem Sohn die Hand auf das Haupt legen, auf die Gegenwart den Finger setzen und aus Vergangenem auf Kommendes hinweisen; aber nur im Ratskeller von Altershausen hätte der Wirkliche Geheime Medizinalrat Feyerabend so von dem Schwarzrotgold, den Fahnen, Glocken, dem Kanonen- und Kleingewehrfeuer, dem flüchtigen Niedersteigen des Reichs der Himmel auf die Erde träumen können! Nur hier, hier und des Nachts im Traum ließ sich das alles wieder sehen, hören und empfinden mit den Gefühlen des Jungen, der die schwarzrotgoldene Kokarde an die Sekundanermütze steckte und zum erstenmal von seinen Lehrern mit »Sie« angeredet wurde, wie das deutsche Volk von seinen Fürsten oder sonstigen Regimentsinhabern.

Welch eine wunderliche Uhr, die Stadtuhr von Altershausen!

Eben hatte sie achtundvierzig geschlagen, nun schlug sie dem Geheimrat in seinem Bett im Ratskeller vierundfünfzig. Russen, Türken, Engländer und Franzosen rauften sich an der Donau und in der Krim um die Schlüssel zum Heiligen Grabe, und studiosus medicinae Feyerabend sah im Anatomiesaale zu Heidelberg zum erstenmal seinen Professor das Skalpell einem, wie er sich ausdrückte, »vorzüglichen Objekt«, das heißt einem schönen, reinlichen menschlichen Leichnam, in den Brustkasten stoßen, wobei er das Messer in sich mitfühlte und sich doch an den Platz des sich schaudernd abwendenden Kommilitonen schob, um genauer zu sehen und zu hören und später selber da womöglich besser Bescheid zu wissen als der gegenwärtige Meister!

Und neunundfünfzig schlug die Glocke vom Altershausener Kirchenturm. Nach Zeitberechnung wacher Menschen beanspruchte nun der Traum vielleicht kaum den zehnten Teil der Zeitdauer einer Sekunde: dem Geheimrat im Ratskeller währte er länger. An einem wolkenlosen Junitag stieg der Studierende der Medizin zu Wien aus der kühlen, dunkeln Tiefe des Esterhazykellers in den heißen, blendenden Mittag im Haarhof hinauf, von dem bepelzten Mann am Schenktisch, dem Pfiff Süßen und dem Pfiff Herben in diese glühenden Gassen voll Sonnenlicht, voll in Hast aufgerissener Fenster bis zu den höchsten

Stockwerken, voll aufgeregter, angstvoller, zorniger Menschengesichter:

»Magenta!«

Aber ist das nicht schon achtzehnhundertvierundsechzig, was die Glocke von Altershausen schlägt? Ja, die Zeit geht rasch hin und nicht bloß im Traum. Jetzt schneit es dem Alten hinein, und der junge Privatdozent Dr. med. Feyerabend in Kiel hört durch das Gestöber Kanonendonner, diesmal aus Norden her: in seinem Traum weiß er wieder nicht, was er zu dem gegenwärtigen Minister des Auswärtigen in Berlin sagen und wie er sich gegen ihn als politisches, jetzt selber den Finger auf die Weltkarte setzendes Tier verhalten soll. Sechsundsechzig muß es auf dem Altershausener Kirchturm schlagen und Geheimrat Feyerabend wach im Bett im Ratskeller sich aufrechtsetzen, um es sich von neuem zurechtzulegen, mit wem der Herr von Bismarck damals Krieg führte, ob mit den Dänen oder dem Durchlauchtigsten Deutschen Bunde und Seiner Apostolischen Majestät von Ungarn und Österreich. Er tat es, aber höchst verdrießlich und mit der Frage an sich selber:

»Zum Henker, was ist denn dies? Habe ich meine alten Knochen deshalb zum Besuch von Ludchen Bock hierher getragen, um im Altershausener Ratskeller im Traum deutsche Geschichte zu treiben?« Und mit einem mürrischen »Dummes Zeug!« ließ er sein Haupt wieder auf das Kopfkissen zurückfallen und verschlief die Zahl siebenzig vom Altershausener Kirchturm völlig. – – –

Die Sonne des gegenwärtigen Tages schien hell durch die Fenstervorhänge, als er wieder im Bett sich aufrichtete und hinsaß, aber nicht mit den Kathedergedanken eines Professors der Philosophie der Geschichte, sondern mit dem Stoppelkinn in der Hand und dem Gedanken an seinen Barbier daheim und – den »Raseur« seines Vaters dort in dem Hause am Markt vor sechzig Jahren!

Was bedeutete ihm in diesem Augenblick all sein weltbedeutendes Nachtgeträume gegen den Barbier – den Raseur seines Vaters, Herrn George?...

»Herr George!« murmelte er. Die »Bärte wallend von zwei Spannen Länge«, die Giacomo Leopardi seinem Freunde, dem Marchese Gino Capponi, im Jahre 1836 als höchste, edelste und ersehnteste Frucht des laufenden Säkulums versprochen hatte, hatte er erlebt, hatte sie auf den Gesichtern der Mannheit seiner Zeitgenossen sprießen, wachsen und zum Walde werden sehen und – ließ sich am Ende des Jahrhunderts »rasieren« wie sein seliger Vater, dort im Hause am Markt, im Jahr 1840.

»Der Barbier?« fragte der Kellner. »Werde sofort nach George schicken«, sagte er, und dem Geheimrat am Frühstückstisch blieb der Bissen des Brodes, das er seit sechzig Jahren nicht gekostet und unverändert wiedergefunden hatte, fast im Halse stecken.

»Nach George?« stammelte er: hatte mit dem Brod seines Vaterhauses auch der Barbier seines Vaters hier auf ihn gewartet, während er, zwei Menschenalter hindurch, *draußen* beschäftigt gewesen war?

Er hatte den Kellner, nein, den »Marqueur« seines Vaters mit einer Handbewegung nach dem Revenant weggeschickt und schritt nun, den Traum der Nacht ebenfalls noch spukhaft im Gedächtnis, im sonnenhellen Zimmer auf und ab. Von dem Markt drang das frohe Morgenleben mit all seinen Tönen, all seinen Gerüchen in die offenen Fenster. Von der Wand über dem Sofa blickte das Bild des nun längst höchstseligen Landesvaters, der seines seligen Vaters Anstellungspatente zu unterschreiben hatte, auf ihn herab. Wie lange schon wurde diese Lithographie dieses jungen militärischen Herrn mit dem Federhut im Arm als eine patriotische Rarität gesucht und über ihren Wert bezahlt! Und wie gehörte diese verschollene Hoheit von vor sechzig Jahren mit allem, was von Weltgeschichte an ihr hing, in die jetzige Morgenstimmung des alten Altershausener Kindes, Geheimrats Dr. Friedrich Feyerabend!

So hatte sie von der Wand im Vaterhause wohlwollend herabgesehen, wenn die Meldung kam:

»Der Barbier, Vater. Herr George ist da.«

»Herein mit ihm! Natürlich wieder fünf Minuten zu spät. Aber, Herr George?«

»Der Barbier, Herr Doktor!« meldete der Kellner im Ratskeller zu Altershausen, und Wirklicher Geheimrat Professor Dr. Feyerabend brummte nicht lächelnd wie sein seliger Vater, sondern stotterte nur:

»Herein denn!«

Wie einem der weltgeschichtlichen Erlebnisse aus den Träumen der vergangenen Nacht saß er nun an seinem hellen Frühstückstisch dem Gebilde, das sich jetzt wieder aus dem Nebel der Vergangenheit entwickeln sollte, gegenüber und sah ihm entgegen.

»Na, was gibt es Neues in Altershausen, Herr George?« hörte er seinen Vater fragen, und – »Einen Augenblick, Herr George, ich bin sofort zu Ihrer Verfügung«, sagte er selber, kopfschüttelnd, aber lächelnd und aller seiner Seelenkräfte behaglichst mächtig. Neun schlug's auf dem Kirchturm von Altershausen: was ging es Fritze Feyerabend auf Besuch bei Ludchen Bock nun noch an, wie sich die alte Schäkerin von Stadtuhr in die Weltgeschichte und die Träume der Nacht eingemischt haben mochte? Aus den sonnenhellsten Morgenstunden des Vaterhauses lächelte Wirklicher Geheimrat Feyerabend:

»Aber bitte so behutsam wie Ihr Herr Großvater, Herr George. Nicht schneiden!«

Es war wohl nicht zum Verwundern, daß der junge Mann mit dem Scherbeutel bei dieser Mahnung aufsah und den fremden Herrn im Ratskeller etwas betroffen an. Sie mußten erst eine Weile mit sich allein gelassen worden sein, der alte Medizinalrat und der junge Barbier, ehe sie sich so nahe kamen, wie es unbedingt notwendig war zu unblutiger Mensur.

Nun war der Kellner gegangen, Meister George der Jüngere

schlug seinen Schaum, und Geheimrat Feyerabend, mit der Serviette unter dem Kinn und zurückgelegtem Hals und Kopfe, hörte seinen Vater fragen und fragte ihm nach:

»Na, was gibt's heute Neues in Altershausen, Herr George?«

Wenn er's aber drauf angelegt hätte, von dem zeitgenössischen Schermesser geschnitten zu werden, so hätte er das gewiß nicht bedachtsamer bewerkstelligen können als durch solche Unterhaltung.

»Der – Herr, Herr Doktor scherzen wohl nur. Was – was sollte – man hier, hier – am Orte viel erleben können?« stotterte das jüngere Gespenst, dem älteren die Seife um Kinn und Wangen legend.

»Ihr seliger Großvater wußte immer was, lieber Freund. Hat sich Altershausen seit seiner – meiner Zeit so hierin verändert?«

»Seiner – des – Herrn Doktors Zeit? Hat mein Großvater –«

»Eingeseift und barbiert hat mich der selige alte Herr zwar nicht; aber er war ein sehr guter Bekannter von mir – zum Donner auch!«

Den Schnitt in die Backe hatte der große, seiner Seelen- und Körperkunde wegen so berühmte Unbekannte im Ratskeller zu Altershausen nur sich selber zuzuschreiben. In eigensten Angelegenheiten von Körper und Seele wissen auch die bedeutendsten Ärzte nicht für sich Bescheid. Mit einem »Na, na, aber Herr Wirklicher Geheimrat!« würde schon der Stadtphysikus von Altershausen den Kopf geschüttelt haben.

»Bitte tausendmal um Verzeihung!« stotterte Herr George von heute. »Ein bißchen Heftpflaster – es passiert mir ja nie – aber der Herr Doktor sagten – der Herr Doktor haben meinen seligen Großvater gekannt – haben sich von meinen Großvater barbieren lassen?«

»Mein seliger Vater unter den Händen Ihres Großvaters legte Zunder auf; was aber Ihre Frage anbetrifft, Herr George, so frage ich: Können Sie auch wie Ihr Großvater schweigen, junger Freund? ... Sie können es? Gut! Dann lassen Sie uns unsere Unterhaltung ruhig miteinander fortsetzen und tun Sie derweilen mit derselben Geschicklichkeit Ihr Werk an mir, wie Ihr Großvater an meinem Vater vor – sechzig Jahren.«

»Vor sechzig Jahren!« murmelte wie beruhigt der jetzige Barbier von Altershausen und führte das Messer ohne weitere Fährlichkeiten für den eben noch so gespenstischen Greis, dessen weltbekannte Nase er dann und wann zwischen seine Finger nehmen durfte.

»Ich bin hier auch in die Schule gegangen – damals, Herr George. Beim Rektor Schuster, wenn Sie von dem vielleicht noch gehört haben.«

»Von dem? Oh, an den hat ja auch mein seliger Vater noch hingereicht. Es gibt auch noch heute Geschichten von ihm. Ja, wenn – der Herr Doktor deswegen – nach Altershausen gekommen sind, so ist –«

»Und damals hatte ich hier einen intimen Freund, den ich gern besuchen möchte, wenn er noch am Leben wäre, Herr George. Ihr Großvater wußte meinem Vater immer Bescheid zu geben, wenn er nach Leben und Tod unter seinem Messer in Altershausen fragte. Lebt hier noch ein Herr Bock? Ludwig Bock war sein Name. Damals rief ich ihn Ludchen.«

»Und der Rektor Schuster wollte ihn zum Klügsten nicht bloß hier in der Stadt, sondern in der ganzen Welt machen! Ludchen Bock! Ja, das – die Geschichte davon, Herr Doktor, ist freilich von meinem Großvater her über meinen Vater an mich gekommen! Wer ihn heute sieht, glaubt nicht daran. Ja, er lebt noch! Ludchen Bock lebt noch, Herr Doktor! Aber den wollen der Herr Doktor besuchen?«

»Es war meine Absicht, doch – ich habe Sie gefragt, ob Sie schweigen können, Herr George«, sagte Geheimrat Feyerabend, der eben vor dem Spiegel die Krawatte umband, über die Schulter zu dem jetzigen Barbier von Altershausen. »Ich wünsche von Ihnen zu erfahren, was Sie von meinem Freunde wissen, und die Gewißheit zu haben, daß diese Sache – unter uns bleibt, das heißt bis morgen früh zwischen mir und Ihnen, Herr George!«

»Soll ich es schwören, Herr, Herr – Herr –?«

»Wirklicher Geheimrat Professor Doktor Feyerabend aus Altershausen – nein, das wird grade nicht nötig sein; aber Ihre Berufswege haben Sie wohl so ziemlich beendet?«

»Der Herr, Herr Geheim – rat waren der letzte, der mich befohlen haben«, stammelte Herr George, und Fritze Feyerabend klopfte ihn lächelnd auf die Schulter:

»Nun, Kind, dann haben Sie ja wohl eine Viertelstunde Zeit für einen alten Mann aus hiesigem Orte?«

Die vertrauliche Unterhaltung dauerte eine halbe Stunde. Nachher wußte Geheimrat Feyerabend für seinen Zweck ziemlich genau Bescheid in Altershausen. Es ist merkwürdig und eine Beruhigung, daß sich der Menschheit Kern so gar nicht verändert, daß zwei Menschenalter ebensowenig dabei bedeuten wie zwei Jahrtausende oder nach der Historiker Belieben mehr dessen, was sie Weltgeschichte nennen!

X.

Der »Herr« George seines Vaters war gegangen – fortgeschlichen mit einem letzten scheuen Blick über die Schulter ins beste Zimmer des Ratskellers – und Fritzchen Feyerabend wieder mit sich allein seinem Geburtsort gegenüber, wie mit der Hand auf dem Deckel einer eben zugeklappten, bis auf den gegenwärtigen Tag fortgeführten Chronik. Er wußte alles, was er für sich brauchte aus dem Zeitenverlauf der letzten zwei Altershausener Menschenalter, und was er Schwester Linen nach der Nachhausekunft zu erzählen hatte, wußte er auch. Er kam in den Rock und zur Halsbinde auch ohne die Gute, obgleich er bei Umlegung der letzteren doch mehremale ärgerlich nach Hülfe hätte rufen mögen.

Dabei hörte er es denn zehn schlagen und von dem nahen Schulhofe den Kinderlärm der Gegenwart, und Geheimrat Feyerabend horchte heute nur in das Geschrill hinein, bei dem er vor zwei Menschenaltern so sehr selber beteiligt gewesen war unterm Rektor Schuster. Er blieb am Fenster, solange die »Pause« dauerte, und war heute *mehr dabei* als vor den zwei Menschenaltern. Mit seinem Freund Ludchen natürlich. Ganz gewiß nicht ohne Ludchen Bock! –

Er horchte immer noch in den fröhlichen Lärm, als er schon mit dem jetzigen Ratskellerwirt unter dem Vorbau der Haustürtreppe stand. »Der Herr wollen bei dem angenehmen Morgen einen Spaziergang machen?« hatte der Hospes gefragt, ohne eine Ahnung davon zu haben, auf welchem Spazierwege sein gegenwärtiger, besonders Aufmerksamkeit erregender Gast sich bereits befand.

»Ein Pfauenauge!« rief, ohne auf die Frage achten zu können, Wirklicher Geheimrat Feyerabend. Der schöne Schmetterling kam über den Markt von Altershausen auf einen verstaubten Oleanderstrauch, der unter dem Vordach des Ratskellers den Winter erwartete, zugeflattert, ließ sich auf ihm nieder, seine Flügel zusammenfaltend und wieder auseinanderschlagend, und Geheimrat Feyerabend hatte sich wahrlich erst ihm zu widmen, ehe er die freundliche Frage Nothnagels dahin beantworten konnte, daß der Morgen in der Tat recht angenehm sei und daß er natürlich einen Spaziergang in ihn hinein zu machen beabsichtige.

»Ein feiner Buttervogel!« sagte der Wirt. »Ja, in der freien Natur werden sie nun bald selten; aber diese Sorte hält sich kurioserweise durch den Winter durch. Sie kommen auch mir ins Haus und kleben sich in dunkle Ecken und bleiben am Leben auch beim strengsten Frost. Da geht er wieder ab, um das Letzte von seiner Lebenszeit lieber draußen noch mitzunehmen.«

»Er gehört eigentlich zu den Dämmerungsfaltern«, murmelte Geheimrat Feyerabend. »Was hat er noch in der Morgensonne zu suchen? Ja, da geht er hin zu den Bergen, Herr Wirt, dort über Düselbergs Hausdach, grade als ob er ein Recht an die Mittagssonne hätte wie Parnassius Apollo, sein lichterer Geschlechtsbruder. Freilich, es ist noch einmal ein angenehmer Morgen, Herr Nothnagel, und ich werde dem guten Beispiel folgen und ihn ebenfalls heute noch einmal benutzen.« ...

»So schönes Wetter und das Kind noch dabei!« sagte der Alte, kopfschüttelnd, aber lächelnd über den Markt von Altershausen dem Burgtor zuwandelnd, während ihm Nothnagel von seiner Haustürtreppe nur kopfschüttelnd nachblickte und dann, zu seinem Oberkellner gewendet, sagte und fragte:

»Er scheint hier bekannt zu sein! ... Hat er nichts von der Table d'hote gesagt?« – –

Da war nun das Tor, durch welches, an dem Elternhause vorbei, der Weg führte, den er sich aus dem Monddämmer heraus für das helle Tageslicht aufgespart hatte: der Weg hinein – zurück in das Beste und – Längste von den langen und doch so kurzen siebenzig Lebensjahren! Wem dehnen sich nicht in der Erinnerung glückliche Kindheitstage zu Äonen, während erfolgreichste Arbeitsjahre zu Augenblicken einschrumpfen?

Der Landstraße bergan schloß sich immer noch zur Rechten der Heckenweg an, auf dem man zwischen den Gärten, den Gärten der Optimaten der Stadt, am ersten den Wald erreichte. Und hatte nicht Fritze Feyerabends Vater zu den Optimaten gehört und sein Grundstück da gehabt? Gehörte dieser Weg, der dorthin führte, nicht noch zu den sichersten Erdenbesitztümern des Wirklichen Geheimen Medizinalrats Professor Dr. Feyerabend, nur einen anderen ausgenommen?

Der Weg lief noch so wie vor sechzig Jahren; aber *seinen* Garten, wo seine Mutter »gärtnerte« und sein Vater in der Fliederlaube oder an regnichten Tagen in dem blau angestrichenen »Pavillon« seine Pfeife rauchte, seine Zeitung las und seine junge Alte durch boshafte Kritik ihrer agrarischen Bemühungen ärgerte und seine Freude an ihr und ihnen hatte, mußte er doch erst *suchen,* was auf einem anderen Wege zu einem anderen Besitztum nicht nötig war.

Er fand ihn. Kannte ihn wieder. Zuerst an den zwei Torpfosten, zu denen über den Grasgraben noch immer die schiefliegende Steinplatte führte, die mal eine Grabplatte gewesen war, und der »Pavillon«, freilich sehr vermorscht, doch seines blauen Anstrichs noch immer nicht gänzlich verlustig, hob sich auch noch über die lebendige Hecke: sie hätten beide, Vater und Mutter, noch immer von ihm aus herunterrufen können: »Junge, Waldteufel, wie siehst du wieder aus? Kommst du aus der Schule oder Nachbar Bocks Mistgrube?«

Wo kam er heute her, Fritz Feyerabend, um da so stehen und zum Traumgebild des Lebens von heute *dieses* aus dem Brunnen, aus dem Abgrund heraufholen zu können? Nicht bloß dieses, sondern – alles: den Stein über dem Graben, die alten Türpfosten, und – da, da – da den Apfelbaum dort an der Nachbarhecke – dort, dort, den, den Apfelbaum, dessen Früchte wieder mal eben reif geworden waren wie vor zwei Menschenaltern zu dieser Jahreszeit!

Er, in dem Heckenwege, stand auf einen Stock gelehnt, und ihm, dem Alten jenseits der lebendigen Hecke, hatten sie eine Stütze unterschieben müssen, ihm auch einen eisernen Ring um den klaffenden Spalt im Stamm gelegt; denn er saß seiner Gaben auch jetzt noch voll, und es lohnte sich noch nicht besser, ihn als Brennholz zu verwerten. Geheimrat Feyerabend hatte plötzlich den Schmack dieser Gaben wieder auf der Zunge, wie er alle seine Zähne wieder hatte, wie damals, als er vor dem Katheder Rektor Schusters unterm Schultisch verstohlen in die Äpfel von diesem Baum biß. Und er hing wieder mit Ludchen Bock im Gezweig dieses Baums und hörte aus der Tiefe Schwester Linchens Stimmchen: »Wartet, ich sage es zu Hause! Ihr sollt das noch nicht – sie sind noch nicht reif!« – »Untersteh es dich, dumme Trine, – da halt die Schürze auf und friß selber mit!« Es ist Ludchen Bock, der das von seinem Zweig herunterruft, und – – Geheimrat Fritze Feyerabend stand auf dem alten Grabsteine und legte die Hand auf den alten Türgriff und rüttelte an der alten Pforte. Die Tür war zu, und Geheimrat Feyerabend würde mit Vergnügen seinen Medschidieh-Orden, seinen russischen Wladimir oder Stanislaus, seinen Orden der wendischen Krone oder seinen japanischen Orden der aufgehenden Sonne für den Apfel von – *seinem* Baum dort im Wege an der Buchsbaum-Beeteinfassung gegeben haben! Was waren ihm, als er seufzend durch Licht und Schatten des gegenwärtigen Tages seinen Weg weiter verfolgte, die nächtlichen historischen Träume? Daran, daß man vor sechzig Jahren auch neben der Tür durch ein Loch in der Hecke zu den verbotenen Äpfeln des Paradieses gelangen konnte, dachte er: was waren ihm im augenblicklichsten Wiedererleben des Vergangenen Ptolemais, die Könige Ernst August, Louis Philippe, Friedrich Wilhelm der Vierte? was der Reichsverweser Johann, der Düppelsturm, Königgrätz und die Schlacht bei Sedan? Was Wissenschaft und Kunst und Künste der letztvergangenen siebenzig Jahre? Mit seinen Traumapfel vom Baum der Erkenntnis, sauersüß auf der Zunge, stieg er weiter, der Wirkliche Geheime Medizinalrat Professor Doktor Feyerabend, leise bergan, dem Brunnquell von Altershausen, dem Maienborn, dem größten Wohltäter seiner Heimatstadt, zu... So schönes Wetter und er noch dabei!...

Der Weg machte eine Biegung um den Berg herum. Aus dem Schatten in die Sonne, die einem Greis immer wohltut, und hinter den letzten Stadtgärten wieder in den Schatten, der einem Greis auf dem Spaziergange doch auch wieder ganz willkommen sein kann.

Was sich in der Stadt da im Tal in dem letzten halben Jahrhundert geändert haben mochte, der Wald war geblieben, wie er gewesen war, – unter staatlicher Autorität und Forstverwaltung natürlich, nicht bloß aus eigener Kraft und Machtvollkommenheit. Der Weg zu ihm hin führte wieder über eine sonnige Blöße, wo Ackerfelder und Wiesen die Gärten und ihren Schatten abgelöst hatten: es war dem alten Herrn und Revenant durchaus nicht unangenehm, als er, zuletzt sogar etwas steil aufwärts, endlich die ersten Bäume der »Wildnis« erreichte. Es war zwar neuer Anwuchs hier am Rande des Kulturforstes, aber er hatte Zeit gehabt, wieder mal nachzuwachsen, um die alte Grenze festzuhalten.

Die Gegend war quellenarm; sie hatten wohl Grund, hier den Wald zu schonen: er half mit, ihnen zu Luft, Licht und Ackerfrucht das Beste, nach dem griechischen Wort, zu geben. Eine Viertelstunde weiter in ihn hinein, in einem dunkeln Seitentälchen, entsprang der Born, welcher den Altershausenern nicht nur das Trinkwasser lieferte, sondern aus dem der Storch auch ihnen und ihren Frauen ihre Kinder heraufholte: das eine in unerschöpflicher Fülle, die anderen in genügender Menge gegen ein- und andringendes Semiten-, Welschen- und Slawentum.

In den Fels der Berglehne war da das Brunnenhaus gegraben und gehauen und durch eine schwere Tür verschlossen; draußen hörte man das schöne Wasser nur rauschen in der Tiefe. In Röhren lief es talwärts, und wie stark es auch dem Erdenschoß entsprudelte, in heißen Sommern – Chronikensommern – redete man doch in Altershausen von ihm wie vom Eulenspiegel, der ja auch dann und wann ausbleiben konnte »wie das Röhrwasser«.

An manchem köstlichen Spring der Wonneburgen des Walchenreiches hatte der Alte gestanden im Mittag seines arbeitsvollen Lebens und bei sinkender Sonne. Er hatte die Wasser steigen sehen in sonnigstes, tiefstes Himmelblau und in tropische Sternennächte: nun hörte er sie wieder aus dem Brunnen seiner Kindheit unter seinen müden Füßen rauschen, nur den Mittagsschatten seiner heimatlichen Buchen und Eichen über sich, die deutsche Waldkühle um sich, und – da er aus der Sonne kam, stand er einige Augenblicke geblendet, ehe er bemerken konnte, daß er den Brunnen, aus dem auch ihn der Storch seiner Mutter heraufgeholt und gebracht hatte, daß er den Maienborn von Altershausen nicht für sich allein hatte, aber auch an keinem Orte in den Reichen der Walchen größeres Wunder hätte erleben und erfahren können. –

Es war auch zu beiden Seiten des Brunnenhauses im Halbrund eine Bank in den Felsen gemeißelt, und ein alt Mütterchen saß da und sah von seinem Strickzeug empor und erwiderte scheu mit der Verlegenheit des »niederen Volkes« den Gruß des unbekannten alten Herrn und rückte, trotzdem des Raumes genug war, ein wenig weiter weg, als er sich auch mal wieder nach zwei Menschenaltern auf dieser Bank am Maienborn niederließ.

»Ein recht angenehmer Morgen!« sagte Geheimer Medizinalrat Feyerabend. »Nicht die Witterung, sondern die Unterhaltung darüber bringt die Menschen zusammen!« sagte ja wohl Aristoteles? Wie sollten auch *diese beiden* am Maienborn von Altershausen anders wieder zusammengekommen sein?

XI.

Sie hielten sich an den Händen, das heißt der Alte hatte die der Alten gefaßt und hielt sie fest trotz alles Zurückzerrens und -zupfens. Die Alte hatte sie dem Alten schon lassen müssen, um nicht der Überraschung und der Verlegenheit der Kinder wegen in die Erde zu versinken.

Konnte denn dies die Möglichkeit sein?

Ja! Und es hatte wirklich nur wieder mal ein Wort das andere gegeben. Vom gegenwärtigen schönen Wetter war man auf die Altershausener Witterung im allgemeinen gekommen, von dem angenehmen Platz hier am Brunnen auf die Annehmlichkeiten der Gegend überhaupt, von der Gegend auf die Leute drin und von den Leuten im allgemeinen auf die Leute im besondern. Zum Beispiel als wer jetzt Superintendent sei und wer Oberamtsrichter und wie heute der Herr Bürgermeister heiße und ob er aus dem Orte sei oder aus einer Menge auswärtiger Bewerber gewählt. Daran hatte sich denn sachgemäß, nicht selbstverständlich, vom andern äußersten Ende der Rundbank am Maienborn her schüchtern die Erkundigung geknüpft: der Herr sei wohl schon vor längeren Zeiten hier bekannt gewesen und habe die und die, den und den gekannt? Worauf denn natürlich die Gegenfrage gewesen war: ob wohl am Orte noch einige vorhanden seien, die beim alten Rektor Schuster in die Schule gegangen seien; denn auch darunter könnten sich wohl noch, und auch aus der Mädchenschule, Bekannte aus jenen Zeiten, aus langer, langer Zeit finden lassen.

»Bei Herrn Priesterjan bin ich in die Schule gegangen.«

»Und beim Herrn Rektor ich und – Ludchen Bock! Damals hieß ich Fritz Feyerabend!« ...

Er hatte oft in größer werdende Augen gesehen – lachende, weinende, gierige, giftige, der Herr Geheime Rat, aber nie in ähnliche wie jetzt hier. Er hatte manchmal Menschen auf dem Sitz hin und her rücken sehen, doch nie einen so wie nun. Er war es, der aufsprang; aber nicht um Strickzeug und Wollknäuel höflich vom Boden aufzuheben, sondern um die beiden alten, dürren, zuckenden Weiberhände in seine ebenso dürren, alten zu fassen und zu rufen:

»Ja, Minchen, es ist die Möglichkeit! So kommen Leute wieder zusammen. Wir beide sind es noch und – Ludchen Bock – und wenn meine Schwester Karoline – Linchen Feyerabend, weißt du – zu Hause dies wüßte: wie würde sie jetzt mit ihrer Seele hierbei sein und dich grüßen lassen – ja, Fräulein, und ich sage ja auch nur du, weil sie das auch sagen würde; aber – nun vernünftig: wie geht es Ihnen denn, Fräulein Minchen, und wie ist es Ihnen diese langen Jahre her ergangen?«

»O Herr – Herr, lieber Herr, ich weiß ja gar nicht –«

»Was Sie – was du sagen sollst. Natürlich! Eigentlich weiß ich es auch nicht: weißt du, wir wollen es ruhig als ein liebes Wunder nehmen und uns des Dinges freuen. Meinst du nicht auch?«

»O gewiß! gewiß! Aber – ich weiß nicht mal, wie ich dich – Sie nennen muß, lieber Herr!«

»Fritz heiße ich immer noch. Wie vor sechzig Jahren. Wenn es dir recht ist, hat sich zwischen uns beiden nicht das geringste dran verändert. Es ist dir doch recht?«

Jetzt konnte die Alte nur nicken. Sie schluchzte hinter ihrem Taschentuch, nickte aber heftig. Der Alte drückte sie sanft auf die Steinbank des Maienborns nieder, rückte ihr dicht an die Seite, und eine Weile saßen sie nun stumm nebeneinander.

Wer dann zuerst wieder das Wort nahm, war Fräulein Minchen.

»Bist du denn aber der, von dem letzterzeit so viel in den Zeitungen gestanden hat?«

»Ne!« sagte Geheimrat Professor Dr. Feyerabend. »Damit sollte ich zu Hause meiner Schwester Line kommen! ... Und nun gar hier in Altershausen – heute – jetzt – hier am Maienborn, aus dem uns beide der Storch geholt hat? Ne, ne, ne, Kind! Damit komme *du* mir nicht. Ich gebe dir mein Wort darauf, der, von dem du im Blatte gelesen haben magst, bin ich nicht diesen Morgen hier am Maienborn mit diesem Rauschen und Brodeln unter den Füßen.«

»Wir haben Ihren Geburtstag hier auch gefeiert«, sagte Minchen Ahrens leise. »Ludchen – Ludchen Bock und ich.«

Da war der Name zum erstenmal aus dem Munde, aus welchem der Geheimrat ihn schon längst gern von der Freundin gehört hätte.

»Ja, Freund Ludchen! Nenne mich aber nicht Sie, liebes Mädchen; es schickt sich sonst auch für mich nicht, dich du zu nennen, und ich komme aus einer Welt da hinter den Bergen, in welcher man recht sehr auf Schicklichkeit und Schicklichkeiten hält. Wie geht es ihm? und wo steckt er diesen Morgen? Schade, daß wir ihn jetzt nicht hier bei uns haben.«

»Ach, dort oben in den Tannen beim Schwämmesuchen. Steinpilze und Hahnenkämme. Es ist ja ihre Zeit jetzt und für ihn und mich eine wahre Gottesgabe; nämlich seiner Beschäftigung und Selbstzufriedenheit wegen. Er macht sich so gern nützlich, und dies ist so die richtige Beschäftigung für ihn. Sie – du – wenn Sie es denn wollen! – du wirst ihn ja gleich sehen und als großer Doktor wissen, wie es mit ihm ist. Ich habe diese Nacht wieder mal meine liebe Not mit ihm gehabt. Ein fremder Herr muß ihm für seine Hülfsleistungen, die er da immer hinter meinem Rücken gegen meinen Willen tut, mehr Geld als nötig gegeben haben, und da gibt es auch hier so schlechte Menschen, die ihr Vergnügen und ihr Spielzeug sich aus ihm machen.«

»Der fremde Herr bin leider ich gewesen, Minchen.«

»Sie? ... Du – – – Fritz?«

Sie war zusammengefahren und etwas abgerückt; dann aber glitt ein um so zutraulicheres Lächeln über ihr Runzelgesicht, und sie meinte sogar leise lachend:

»Ja, das konnte ich auch nicht wissen! Und der arme Junge auch nicht! Aber vielleicht ist's gut, daß wir es gestern abend nicht gewußt haben; diese Nacht durch wäre ich gewiß nicht zum Schlafen gekommen. Ein Wunder übers andere. Nein, nein, nein, ist's denn nicht genug, daß ich dieses alles heute morgen in der hellichten Sonne in meinen alten Tagen so spät am Abend noch erleben soll und dran glauben muß?«

Er berichtete nun des Genaueren, wie das Wiederfinden des Freundes sich ihm gemacht hatte vom Bahnhofe bis zum Ratskeller und nachher in der Nacht am Brunnen vor Mordmanns Hause. Und dann, wie er sie, das Minchen Ahrens, auch nach so langer Zeit wiedergesehen habe – mit dem Licht in der Haustür.

Da rief sie zum erstenmal: »O Fritz«, ohne anzufangen: »Herr Geheimrat« und nachher das zu verbessern.

»Es kommt ja leider öfter vor; aber so weinerlich wie heute morgen war er doch selten. Weinen tut das Kind ja immer, wenn es sich an der schlimmen Welt gestoßen hat, aber diesmal wollte er seinen Kaffee nicht – auch noch so süß. Was ich sonst seiner Gesundheit wegen nicht tue – ich stellte ihm die Zuckerdose hin. Er wollte nichts! Ich habe ihm all sein Spielzeug gegeben und mir von ihm in der Küche helfen lassen, was sonst bei so was immer noch am besten hilft; aber diesmal hat es gar nichts geholfen. Da hab ich denn bei dem schönen Wetter das Letzte gebraucht, um ihn wieder zu seiner Ruhe wegen seines bösen Gewissens zu bringen. Was soll man machen mit seiner Angst und seiner Ärgernis, wenn so ein armer Mensche nichts weiß, als einem seit sechzig Jahren wieder sagen, daß er nichts dafür kann, daß es die anderen, die Großen gewesen sind? Es paßte mir heute eigentlich gar nicht, trotz der schönen Witterung. Man hat doch seine Wirtschaft; aber er tat mir zu leid, daß ich zuletzt doch gesagt habe: ›Komm, Ludchen, wisch dir die Tränen ab, ich will dir weisen, daß ich nicht mehr böse bin; nimm deinen Korb, wir gehen in die Schwämme, da kannst du viel mehr Geld für mich verdienen als auf deinem dummen Bahnhof mit unbekannten Leuten.‹«

»Mit unbekannten Leuten«, murmelte der Geheimrat vor sich hin.

»Da ist er nun jetzt da oben in den Tannen kindsvergnügt nach Steinpilzen und Hahnenkämmen aus und meint, er steckt mit allem, was er findet, ein Vermögen für mich in den Korb. Und das muß man ihm lassen, was die Natur anbetrifft, das Gewächse, die Vögel, alles Ungeziefer und die Jagd – da hat er nichts vergessen aus seiner Jungenszeit vor sechzig Jahren. Da hat er nach seinem Unglück noch zugelernt. Ach Gott, wie muß ich wehren, daß er mir nicht alles, was der Schöpfer in Wald und Feld gemacht hat, ins Haus schleppt und in die Kost gibt! Mit Güte und Überredung kommt man aber auch hier immer am leichtesten mit ihm zu einem Vergleich. Seine Schlangen und Molche habe ich ihm abgeredet, aber die Kaninchen kann man ihm ja wohl lassen, und an seinen Dompfaffen und Stieglitzen habe ich selber meine Freude und, wirklich, damit verdient er auch manchmal ein ganz hübsches Stück Geld zu unserm Haushalt! Am Igel habe ich selber meinen Spaß; das sind zu nette und auch im Garten nutzbare Tiere und verhelfen sich auch immer selbst bald wieder zu ihrer Freiheit. Bringt er mir einen Fuchs oder sonst so was, was mir nicht paßt, nu, so helfe ich dem schon bei nächster Gelegenheit von der Kette, und durch Nachbar Kreikenbooms Zaun weiß es sich zu helfen. Es gibt eben in der Hinsicht zu vieles, was bei sich zu Haus am besten aufgehoben ist, aber anderswo, und wo sie es noch so gut mit ihm meinen, nur Heimweh, Angst und Elend leidet. Ach, Herr Geheim – Fritz, es ist ja was ganz anderes, aber doch war es so grade mit ihm oder doch was Ähnliches. Da sie ihn nicht anders machen und ihm helfen konnten, war es das einzige und beste, daß sie ihn da ließen, wo er zu Hause war, und bei mir. Da kommt er!« ...

Ja, da kam es: durch den Hochwald, die Berglehne herunter, mit seinem Korbe am Arm – das unbeholfene greise Kind! Glückselig stolperte es her mit seiner Beute, von Baum zu Baum, von Stein zu Stein im Geröll, so rasch, daß Fritz Feyerabend fast erschreckt aufsprang und Minchen Ahrens wenigstens mahnte:

»Vorsicht, Ludchen! nicht auf die Nase fallen, Junge!«

Aber er kam glücklich mit ungebrochenen siebenzigjährigen Gliedmaßen an beim Maienborn, dem Kinderbrunnen, und stutzte, wie er den »fremden Herrn vom Bahnhof und der vorigen Nacht« bei seiner Pflegerin sitzend fand, natürlich mit ähnlich flämisch-verdrießlichem Gesicht wie Geheimrat Feyerabend vor sechzig Jahren, wenn er aus der Schule nach Hause kam und statt des »Alles steht auf dem Tisch« einen feinen Besuch vorfand, dem er vielleicht gar noch schön tun sollte.

Er konnte es wieder zeigen, Geheimrat Dr. Friedrich Feyerabend, daß er nicht nur durch der Walchen Wonneburgen, sondern auch durch der Erde Krankenstuben, Spitäler und Lazarette geschritten war, und er zeigte es.

»Guten Morgen, Ludchen. Zeig mal deinen Korb. Donnerwetter, Junge, hast du aber das Holz ausgeräubert! Minchen, guck doch mal. Da braucht heute nach ihm kein anderer zu kommen und zu suchen! Meinst du nicht, Mädchen?«

»O Herr Geheimer –«

Er legte den Arm um sie und drückte sie sanft auf ihren Platz auf der Steinbank nieder. Neben ihr sitzend behielt er ihre Hand in der seinigen. Zum Strumpfstricken kam sie an diesem Morgen nicht mehr.

»Kennst du mich gar nicht mehr, Ludchen? 's ist freilich ein bißchen lange her, seit wir zusammen beim Rektor Schuster in die Schule gingen; aber besinne dich nur: Kennst du Fritze Feyerabend nicht mehr, Ludchen? Na nun! nicht wahr? Jawohl, dein Freund Fritze Feyerabend bin ich! Mit den Karnikkeln ließ dir deine Mutter mehr Freiheit als meine mir; aber einen richtigen Papierdrachen kriegtest du nicht zurecht wie ich, und steigen lassen konnte ich ihn auch besser als du. Na, so setze doch deinen Korb hin und sitze auch her zu Minchen und mir!«

Fürs erste wich er nur scheu ein paar Schritte zurück und drückte seinen Schwammkorb fester an sich.

»Der Herre von gestern!« murmelte er. »Der Herre vom Bahnhof und – von gestern Nacht – Minchen!« Das letzte Wort kam heraus, wie wenn ein Kind in Angst und Ratlosigkeit nach seiner Mutter ruft.

»Ja, Ludchen – Ludwig«, schluchzte Minchen Ahrens und faßte seinen Arm, »komm, sitze hin, du brauchst dich nicht zu fürchten: es ist der Herr von gestern und – von – von lange, lange vorher – o Gott!«

Nun war es eine Weile so still, daß sie den Brunnen unter sich jetzt bei Tage so laut hörten, wie er sich sonst dem Ohr wohl nur in der stillsten Nacht vernehmen ließ. Und dann war es Ludchen Bock, der die Unterhaltung aufnahm.

Mit einem scheuen Blick auf den fremden Herrn vom Bahnhof und Mordmanns Brunnen und mit dem Fingerknöchel im Augenwinkel schnuckte er:

»Ich habe es ihr ja schon gesagt, daß ich nichts dafür konnte, und ihr feste versprochen, daß ich es nicht wieder tun will. Deshalb brauchte doch keiner, ich weiß nicht wer, nicht wie damals zu kommen und mich mitnehmen wollen, da *sie* mir doch noch mal es vergeben hat!«

»Die vorige Nacht meint er und die schlechten Menschen, seine Verführer, Herr Geheim – Fritz, und dann, daß sie ihn zu seinem Besten von mir wegnehmen und in einer Anstalt haben unterbringen wollen. Das verwindet er bis zu seinem Tode nicht.«

»Habe ich jemals gepetzt? Beim Rektor Schuster oder sonstwo, Ludchen?« rief Geheimrat Feyerabend. »Hast du nur ein einzigmal durch mich die Prügel gekriegt, die du richtig verdient hattest, vom Rektor, von deiner Mutter, von deinem Vater und manchmal von ganz Altershausen?«

Noch ein kurzes, ängstliches Anstieren des Fremdlings, dann – ein breites, verständnisvolles Grinsen, das sich über das bartlose, kinderhafte Greisengesicht legte –

»Ne, Herre Fritze!« . . . .

Nun wurde nach und nach alles, was bis jetzt doch nur Schemen, Schatten, Gespenst, »Spukeding«, oder wie man es sonst nennen wollte, gewesen war, das, was so plötzlich wie da aus dem Maienborn unter ihnen aufgestiegen und aus fernster Vergangenheit wieder da war, greifbare Wirklichkeit. Mehr und mehr fingen sie, das alte Mädchen und das alte Kind, an, an den Wirklichen Geheimen Medizinalrat Professor Dr. Fritz Feyerabend zu glauben und ihn nicht nur für möglich, sondern sogar für gewiß zu nehmen. Aber nun trat etwas Absonderliches, aber doch Natürliches ein: je mehr Geheimrat Feyerabend sich in die Wirklichkeit und Greifbarkeit Altershausens von heute zu finden und zu vertiefen hatte, desto mehr mußte er sich selber zum Schatten, zum Gespenst werden, und – er wurde es! So feierte er seinen siebenzigsten Geburtstag zum anderen Mal: freilich ein ander Ding als neulich an der Jubiläumsfesttafel, wo man noch *dabei* war im schönen Wetter, im Sonnenschein der Tageslebendigkeit! ...

Immer näher rückten sie sich trotz allem. Das *Kind* spielte um die beiden Verständigen und Vernünftigen her, und Minchen Ahrens gab von sich und Ludchen Bock und den letzten sechzig Jahren Bescheid, wie es sich so machte in Hin- und Widerrede, am Maienborn, auf dem Heimwege zur Stadt und unter ihrem lieben Dach.

Wenn ein Buch möglich wäre: »Mutter Deutschland und ihre Leute«, dürfte wohl auch von ihr ein wenig darin die Rede sein müssen.

XII.

»O Gott, was werden die Leute dazu sagen?«

»Die lassen wir ganz beiseit, Minchen. Deren, die aus unserer Zeit sind, werden wohl nur noch wenige dasein, und die besuche ich auch vielleicht noch, wenn es sich tun läßt; doch jetzt bin ich nur bei dir und Ludchen Bock zu Besuch.«

»So sitze doch ruhig bei deinen Schwämmen, Junge! Sortiere sie hübsch auseinander, daß ich nachher nicht die Mühe damit habe. Was hast du denn, Ludchen?«

»Das ist Fritze Feyerabend nicht, Mädchen! Das ist der Herre vom Bahnhofe und von Mordmanns Brunnen. Fritze ist nur so alt wie du und ich, Minchen; und der da ist viel älter. Guck nur mal!«

»Geh hin und hol mir noch ein paar Tannzapfen zum Feueranmachen, Ludchen«, sagte die greise Kinderwärterin in das scheue, leise Geflüster hinein, und widerwillig, doch gehorsam gehorchte das Kind, immer über die Schulter und um die Baumstämme herum den Fremden so lange als möglich im Auge behaltend.

»Er weiß eben nicht, wie viele Zeit hingegangen ist, Herr Geheimrat – Fritz. Er sieht sich und mich und alles, wie es damals bei seinem Fall und Wiederaufwachen gewesen ist. Er ist zehn Jahr alt oder so geblieben, und ich ihm auch. Vater und Mutter sind uns zweien gestorben, so vieles ist um uns weggestorben oder greis und krüppelig geworden oder auch neu in die Welt gekommen und aufgewachsen: er hat nichts davon gemerkt. Wenn du ihn diesen Tag nicht muffen sehen und zum Weinen bringen willst, muß du es mit ihm machen und ihn nehmen wie ich und ihm nach dem Munde sprechen. Weißt du, so wild wie vor seinem Fall ist er heute nicht mehr. Ach, wenn er heute noch solche Streiche machen wollte wie damals, als ihn nichts zum Weinen bringen konnte, nicht Vater und Mutter und der Herr Rektor Schuster am wenigsten, hätten sie ihn mir doch wohl wegnehmen müssen. Ja, ihr beide! Du liebster Gott, das Wunder wird immer größer, je mehr ich mich drein finde – du, Fritz, warst auch bei so manchem, manchem; nimm es mir nicht übel, und nach euren Eltern und dem Herrn Rektor können die Nachbarn doch nicht mehr gehen mit ihren Klagebeschwerden – o Gott, und nun red ich hier auch so, als ob ich auch noch mit ihm in der alten, alten Zeit steckte! Aber es ist ja auch so: er hat mich mehr bei sich festgehalten, als daß ich ihn durch die Jahre, die langen, langen Jahre in alles Neue, was dem Menschen passieren kann, hereingenommen hätte. Aber nun höre ihn einer da oben in seinem Vergnügen im Dickicht! Und so ist er bei mir doch besser aufgehoben gewesen als in eurem *Halah,* wo sie die armen Blöden hintun zu ihrem Besten und ihn ohne mich hingetan hätten. Ja, und ich – da du es einmal so willst: Fritz Feyerabend –, ich habe auch ein recht gutes, stilles Leben durch ihn gehabt – jaja, wenn es Gottes Wille gewesen ist, so ist es auch der meinige geworden.«

Er hielt die Hand wieder, die sich vor sechzig Jahren so weich auf ein großes Unglück gelegt hatte. Sie wurde ihm jetzt auch schon vertraulicher, zutraulicher, vertrauensvoller gelassen, und die Kinderfreundin sagte lächelnd:

»O Fritz, wenn ich es auch immer noch nicht glaube, daß du es bist, der hier bei mir sitzt, so bist du von ferne aus mir wirklich immer bekannt geblieben. Du hast auch in unserem Blatt gestanden öfters mit deiner Wissenschaft und deinem Namen. Das Kreisblatt hat's immer gebracht, wenn du in Petersburg oder sonstwo als der berühmteste Doktor und Arzt in der Welt in Empfang genommen bist. Und denn aber neulich dein Jubiläum, wo auch wieder in allen Zeitungen gestanden hat, wo du her bist! Da brauchte ich mich doch gewiß nicht zu fragen: sollte das denn der sein, mit welchem du und dein Ludwig in der Kinderzeit so gut Freund warst? Meinem armen Jungen hättest du wohl auch nicht helfen können; aber gefreut hat es mich immer, nicht bloß deinetwegen, sondern auch um Altershausen, wenn du wieder einen neuen Ehrentitel oder hohen Orden, und von allen ausländischen fremden Potentaten, gekriegt hast und ich davon gelesen oder gehört habe. Aber da es sich dabei immer nur um *deine* Kunst und Wissenschaft und nichts weiter handelte, so ist es zwar eine Unverschämtheit von mir, es zu verlangen; aber zu gern hörte ich nun auch von dir, wenn du so gut sein wolltest, wie es dir sonst in deinem Leben ergangen ist und vielleicht wie deiner lieben Familie, seit wir, wie wir waren, hier geblieben sind und du mit deinen guten Eltern von hier verzogen bist.« ...

Das war eigentlich ganz und gar gegen die Verabredung, die Geheimrat Feyerabend vor seiner Abreise nach Altershausen mit sich getroffen hatte. Er hatte andere ausforschen wollen; er, ein anderes jung gebliebenes, altes, greises Kind, wie der da oben beim Tannzapfensuchen, hätte gern Großmütterchen am

Spinnrade aus lange vergangenen Zeiten Wahrheit und Dichtung hermurmeln hören, und nun war er es, der gebeten wurde, zuerst von sich Bericht zu geben und so wahr als möglich zu sein!

Das letztere war wohl leicht mit jener lieben Hand zwischen seinen Händen, und was das Erzählen von sich selber anbetrifft, nun, wenn da mal einer erst angefangen hat, so ist gewöhnlich auf dieser Erde das Aufhören recht schwer und sind die größten und berühmtesten Schweiger oft gradeso redselig wie die anderen aus der Nachbarschaft, der nächsten wie der fernsten. Er für sein Teil benutzte die Gelegenheit, die ihm wahrscheinlicherweise zum letztenmal geboten wurde, und holte auch aus sich selber wieder herauf, was hier *interessieren* konnte. Des Kindes oben am Berge und seiner nahenden Mittagsessenszeit wegen hatte er, Geheimrat usw. Feyerabend, sich kurz zu fassen, und – je tiefer er hinuntergriff, desto mehr tat ihm das leid. Kein Mensch weiß zu jeder Stunde, was er mit dem Erdengrundschlamm an versunkenen Kleinodien aus dem Brunnen heraufholen kann! –

Einen Augenblick hat er es wie eine Phantasmagorie vor Augen: sie stehen mit auf der Haustürtreppe, vor der die Postkutsche hält, hinter der für sechzig Lebensjahre ihm – Fritze Feyerabend – die Heimatberge versinken sollen. Sie, Ludchen Bock und Minchen Ahrens! Sie schluchzen weder, noch steckt Fritzchens bester Freund, wie sonst gewöhnlich bei einem Abschiednehmen, die Zunge heraus – sie stehen nur verblüfft und von Erwachsenen beiseitegeschoben. Die erwachsenen Herrschaften haben die Vorhand, von der Familie Feyerabend den letzten Abschied in Altershausen zu nehmen. Auch er reicht nur Erwachsenen die Hand aus dem Wagen – den Herren und Damen vom Gericht, dem Herrn Bürgermeister, dem Herrn und der Frau Superintendentin – dann ziehen die Pferde an, und mit Altershausen versinken Ludchen Bock und Minchen Ahrens für zwei Menschenalter.

Von diesen zwei Menschenaltern wollte Minchen Ahrens nun erzählt haben, und Fritze erzählte ihr und – sich selber mit! Er wunderte sich selbst mehrmals über das, was er da von sich erfuhr.

Zuerst hatte Minchen nur von Zeit zu Zeit »Ach Gott!« zu sagen mit einem verschluckten: »O, Herr Geheimrat!« Da handelte es sich aber auch nur kurz über den Aufstieg über Schulbänke, Katheder usw., usw. bis zu den Wonneburgen des Walchenlandes. Was hatte Fritze Feyerabend ihr zu unterschlagen über Examinationskommissionen, über Doktordiplome, Mitgliedschaften sämtlicher gelehrten Gesellschaften und Körperschaften der gelehrtesten Welt, die erhabensten Unterschriften, über Anstellungspatente und Ordensverleihungen als der und der und das und das! Wie unwichtig war das alles vor der Frage der jungfräulichen greisen Kinderfreundin am Maienborn:

»Und verheiratet hast du dich auch in deinem Leben? Und hast zu Hause zu allem andern Wohlsein und Ehren liebe Kinder und Kindeskinder! Aber … daß sie dich so – alleine haben reisen lassen?!«

»Ja, das haben sie, Minchen!« sagte der Gast aus der Welt Wonneburgen und mußte wohl das dazu passende Gesicht gemacht haben: die alte Zeitgenossin sah ihn an und fragte zögernd:

»Sie haben dich doch nicht in der Welt –«

Sie brach ab, und Fritz Feyerabend vollendete:

»Allein gelassen? Ja – doch! aber es ist lange, lange her. So lange Zeit, daß viel Gras darüber wachsen konnte, Minchen. Wie über so viele in Alt-Altershausen, Minchen. Ich habe mich darein finden müssen und gefunden.«

Sie sah ihn betrübt an, schüttelte den Kopf und sah am Berge hinauf nach den Tannen hin, wo sie *ihr* Kind noch am Leben wußte und es mit Kinderstimme, ob seines Unbehagens vor dem »fremden Mann« aus Rektor Schusters Schulstube her, singen hörte:

»Ich hatt' einen Kameraden –«

Und sie hatten beide recht.

»Du magst wohl viel anderes erlebt haben, Fritz, und es steht ja auch so in den Zeitungen davon, zu was für hohen Ehren du es gebracht hast; aber du wärest heute nicht hier in Altershausen, wenn das dein Bestes und Höchstes wäre, was du von der Welt gehabt hast! Ach Gott, nimm es nur nicht übel, wenn ich Dummheiten schwatze, denn was verstehe ich davon? Aber ich meine doch, du bist nicht bloß Ludchen Bocks wegen nach hier gekommen!«

»Weshalb denn, Mädchen?« fragte der Greis mit noch tiefer gesenkter Stirn.

»Weil du bei deinem Altersfest Heimweh gehabt hast nach dem – ich weiß ja nicht, aber ich meine, nach dem, was nicht mehr auch dabeisein konnte – dem Besten aus deinen besten Jahren!« …

Sie war im Rechte, und er holte es ihr aus der Tiefe herauf: er war nach Altershausen gekommen und saß hier am Maienborn mit der Vergangenheit auf der Seele, nicht bloß Ludchen Bocks wegen.

Er holte es herauf? Nein, es stieg nun herauf im Sonnenschein der Jugend, beim schönen Wetter des Erdenlebens, wo auch er noch dabeiwar, ganz und gar dabeiwar und vermißt worden wäre wie sein totes Kind von der Mutter, wenn – er seinem Mädchen, seinem Weibe, seinem Kinde hätte ausbleiben müssen im Sonnenschein beim Spiel des Tages.

Nun aber trat ein Merkwürdiges ein. Es blieb für Minchen Ahrens nur das Süße, Liebliche, Lachende über wie – ihm selber! Sie waren eben beide dem Reiche, wo es nicht mehr aufs Erdenwetter ankam, selber zu nahe. Was sollte ihnen da noch verschollenes Leid? Von verblaßtem Menschenglück erzählte Geheimrat Feyerabend der Kinderfreundin derart, daß sie zuletzt nur rief:

»O, da hast du es gottlob doch gut getroffen und gut gehabt,

Fritz! Ich wollte wohl, ich wäre manchmal dabeigewesen, und deine liebe kleine Frau hätte mich auch schon gern haben sollen!« –

Nun vermischten sich den beiden die Zeiten mehr und mehr. Sie sah sich aus ihrem heutigen Alter heraus in seinem jungen Haushalt als greise Kindermuhme, Krankenwärterin, Spinnerin und Beraterin am Familienofen, bis es ihr einfiel und sie wie verwundert fragte:

»Ja, aber weißt du wohl, Fritz, als du dich verheiratet hast und nachher, da bin ich ja auch noch jung gewesen?!«

Er nahm den Blick der Alten bei dem Wort noch in manche stille Reiseerinnerungsstunde zu Hause hinein; aber rasch sank das liebe Runzelgesicht am Maienborn nieder, und das greise Haupt wurde leise hin und her gewiegt: »Ja, ja, ja.«

Dann sagte Minchen Ahrens, seine Hand zum erstenmal von selber fassend:

»Nun möchtest du auch wohl von mir was Näheres hören, da du mir von dir, wie ich es gar nicht verlangen konnte, so gütig und schön, und auch vom Traurigen Bescheid gegeben hast, seit wir uns zuletzt gesehen haben?«

Sie horchte mit der Hand hinterm Ohr am Berge hinauf:

»Wie stille sich der Junge hält! Sonst hört man ihn laut genug; aber es wird immer noch die Scheu vor dir sein. Nu, für jede Essensstunde hat er seine richtiggehende Uhr im Leibe; wenn es zu Mittag geht, wird er schon kommen, ohne daß man ihn zu rufen braucht, und bis dahin reicht es wohl mit der Zeit für das bißchen von mir, was ich erlebt habe, seit wir uns zum letzten Male sahen. Aber Fritz, du bist schuld dran, wenn ich alter Kröppel mir jetzt so vorkomme, als komme ich eben aus der Mädchenschule und als wäre auch beim Rektor Schuster die Schule aus und Ludchen faßte mich wieder beim Zopf. Weißt du, *seine* Scheu vor dir habe ich nicht mehr, wenn ich mir nur nicht zu dumm bei all diesem großen Wunder von heute morgen vorkäme!«

XIII.

So wurde ihm von dem Freunde, den er, siebenzig Jahre alt, zu besuchen gekommen war, erzählt, und er hatte vor keinem Lehrstuhl seiner Lehrjahre nachdenklicher gesessen als wie heute hier am Maienborn zu Altershausen.

»Es ist grade, als wäre er von dem Unglücksbaum da oben mir in die Arme gefallen«, sagte Minchen Ahrens. »Ich weiß nicht mehr, wie ich sie mit meinem Geschrei hergerufen habe; aber sie waren bald da und schoben mich von ihm und trugen ihn zu seinen Eltern hin in die Stadt. Der Doktor ist auch gleich dagewesen und der Chirurgus, aber was konnten sie tun als nur den Kopf schütteln? Und du, Fritz, warst auch noch kein berühmter Mensch und Arzt! Nachher bin ich fürs erste nicht zu ihm gelassen, und weißt du, da ich ihn jetzt bei sich zu Hause in der Pflege wußte, hatte ich auch gar kein Verlangen danach, und meine Puppe war mir immer doch noch lieber als er; denn was ginget alle ihr Jungens uns an, da ich keinen Bruder hatte. Er aber von euch allen vom Rektor Schuster hatte uns zu oft und zu arg geärgert und gequält. Mich besonders, wie ich meinte. Ja, so lange, bis sie sagten, daß er im Sterben liege, habe ich nur gedacht: Das geschieht ihm recht! na, warte du, wenn du 'rauskommst und ich fürs erste *dich* mal zwingen kann! – Aber so ging die Sache leider Gottes nicht. Es wurde lange, lange niemand von uns zu ihm gelassen, und wir Kinder standen nur und guckten nach dem Fenster, wo die Mutter Bock ein Bettlaken vorgenagelt hatte, und sagten: Dahinter liegt er! – Der Herr Rektor soll in seiner Schule sehr betrübt um ihn gewesen sein und geseufzet haben: es wäre mit sein Bester, wenn nicht sein Allerbester, gewesen, und sie sollten alle mit ihm den lieben Gott bitten, daß sie ihn doch noch mal auf seinem Platz auf der Bank zu sehen kriegten. Er soll manchmal Tränen in den Augen gehabt haben, der gute alte Rektor, und hat ihn doch so viel hauen müssen! Als gutes Beispiel hat er ihn nunmehr aufgestellt und ist tagtäglich hingegangen und hat an seinem Bett gesessen, so betrübt um das Unglück wie sein Vater und seine Mutter. Wochenlang hat dieses gedauert, bis es auf einmal in der Stadt geheißen hat, es sei als ein Wunder anzusehen, aber Ludchen Bock komme mit dem Leben davon! ... Fritz, ich lüge nicht, die frohe Botschaft hat mir gar nichts gemacht, und ich habe weiter nichts gedacht als: Nu, denn ist's ja gut! – Seine Mutter hat das Bettlaken vom Fenster wieder abgenommen, und am Fenster habe ich ihn mit seinem verbundenen Kopf zum erstenmal wiedergesehen. An Mordmanns Brunnen sind wir alle zusammengewesen, Jungens und Mädchens, und alle haben gefragt: ›Hast du ihn gesehen?‹ – Wärest du, Fritz, hier noch in Altershausen anwesend gewesen, so hätte man dich als seinen besten Freund gewiß zuerst zu ihm gelassen; aber das konnte ja nun nicht sein. Es hat noch eine ziemliche Zeit gedauert, ehe ihn der Doktor ganz frei und unter seine Kumpane zurückgelassen hat. Die haben auch wohl grade so große Scheu gehabt als wir Mädchen, wie er mit seinem verbundenen Kopfe auf der Bank vorm Hause saß, – du weißt ja, wie er war, und besonders gegen uns aus der Mädchenschule! Es wird wohl so sein müssen, viel anders bist auch du in deiner damaligen Zeit gegen uns nicht gewesen, Fritz. – Erst nach und nach rückten wir, die Jungens zuerst, zu ihm auf die Bank vor seiner Haustür, und da er noch lange nicht feste auf den Füßen stand, schoben wir es darauf, daß er sich nunmehr viel geduldiger anfassen ließ als vor seinem Fall vom Baum. In die Schule kam er fürs erste nicht, das wollte der Doktor nicht; aber mitspielen durfte er, und da ist es zuerst herausgekommen, daß mit ihm nicht alles in der richtigen Ordnung war: er ist so weinerlich gewesen, und er hat sich zu uns Mädchen gehalten! Er blieb bei uns und unseren Puppen unter der Hecke, und seinen Kumpanen sah er nur wie angstvoll nach, wenn sie ihre wilde Jagd anfingen; sie kümmerten sich auch bald gar nicht mehr um ihn: es sind ihrer immer genug füreinander gewesen, zu unserer Zeit wie heute. Mit dem Sich-um-ihn-Kümmern ist es erst anders geworden, als der Doktor gesagt hatte, diesmal sei es noch merkwürdigerweise gut abgelaufen, er könne nun alles wieder mitmachen, und als er da wieder auf seinem Platze beim Rektor Schuster saß... da wurde es nach und nach klar, daß nicht alles gut abgelaufen war und daß nicht mehr alles wie vorher war und daß er nicht mehr alles mitmachen konnte wie sonst!...

Zuerst hat es natürlich der Rektor gemerkt, denn er ist ja sein Bester gewesen. Du mußt das mir nicht übelnehmen, Fritz; wieviel weiter du es auch in der Welt gebracht hast als er: in eurer Rektorschule hat er doch immer über dir gesessen! Er hat zuerst angefangen, den Kopf über ihn zu schütteln, den Rektor meine ich, Gott hab ihn selig. Unter uns Mädchen haben wir noch gar keine Veränderung an ihm gemerkt als zum Bessern, nämlich bei seinem Zusehen und mit Mitspielen bei unsern Puppen und sonst so, und außerdem, daß er jetzt so leicht weinte. Aber bei den Jungens ist bald nach des alten Schusters erstem betrübten Aufmerken schon das Necken und Herken und Foppen angegangen für ihn hier in Altershausen, ja, von damals an bis heute über sein siebenzigstes Jahr weg. Ach Fritz, ich meine doch, du hättest ihm nicht so mitgespielt wie alle ihr anderen! – Beim Rektor Schuster hat's sich gezeigt, daß er nicht mehr mitgekonnt hat, und was er bis dahin gelernt hat, das hat er manchmal noch gewußt, aber nicht immer, und nach und nach immer weniger, als was die Wissenschaft anbetrifft. Neues zulernen hat er gar nicht gekonnt, und wenn *ein* Mensch Kummer darum gehabt hat und sein möglichstes getan hat, es zu ändern, so ist's der gute alte Rektor Schuster gewesen! – Wir sind alle gewachsen mit den Jahren und er auch: mit dem Verständnis ist er nicht mehr gewachsen. Er hätte bald der Unterste nicht bloß auf der ersten Bank, sondern auch in der ganzen Schule sein müssen; aber der Rektor hat ihn auf seinem Platze sitzenlassen. Er ist keinen Morgen in die Schule gekommen, der gute alte Mann, ohne daß er seinem vordem Besten die Hand auf den Kopf legte und seinen kummervoll dazu schüttelte. Du hast es vielleicht gar nicht gehört, Fritz, daß er leider bald verstorben ist, euer alter Lehrer; und der andere, der nach ihm gekommen ist, den haben sie von euch hergeschickt, und er hat nichts von Ludchen Bock und seinem Unglück gewußt, als was ihm erzählt worden ist und hat das richtige Mitleiden mit ihm nicht haben können, wie sein richtiger erster alter Lehrer. – Konfirmiert hat man ihn seinerzeit auch mit seinen Zeitkameraden, und die sind dann alle ihres Weges weitergegangen, jeder zu einem Geschäft, in die Lehre, aufs Feld oder wohl auch zu was Höherem. Mit meinem armen Jungen hat man das eine wie das andere wohl auch versucht, auch noch mit Strenge; aber wie heute hat er sich damals gegen alles gewehrt, wie er es nur noch konnte, mit Kinderweinen. Das haben eben, die es am besten mit ihm meinten, aber die Schlimmsten auch, nicht aushalten können, daß die Tränen ihm, dem großen unmündigen Kinde, so lose saßen ... das Lachen aber gottlob auch nicht! Und weißt du, Fritz, das beides ist's gewesen, was mich zu ihm gebracht hat für unser ganzes Leben, sein Weinen und sein Lachen! Ausdrücken kann ich es dir nicht, und ich weiß nicht, ob du mich verstehst; aber gewesen ist es so. Ich habe es an mir gehabt wie er mit dem Weinen und dem Lachen auf Erden, und mit ihm habe ich besonders mit weinen müssen, wenn er weinte, und mit lachen, wenn er lachte. Ich ... habe aber nicht wie die anderen lachen können, wenn es weinte – es, das große ausgewachsene Kind ... *mein* Kind, Fritz, mit dem ich heute noch lache und weine wie vor sechzig Jahren, Fritz.« –

XIV.

»Siehst du, wie ich es gesagt habe, er hat seine Uhr im Magen, und sie geht ganz genau und richtig«, sagte lächelnd Minchen

Ahrens. »Da kommt er den Berg herunter und will nach Haus zum Essen.«

Geheimrat Feyerabend hob das Haupt, wie aus einem Traume emporgerufen. Es kostete ihm einige Mühe, sich wieder zu überzeugen, daß er wirklich noch in dem gegenwärtigen Tage, in dem schönen Wetter, in der schönen Sonne von heute mit vorhanden sei. Das alte Weibchen an seiner Seite hatte ihn zu tief in eine Welt, in der auch er mal mitgespielt hatte, mit den anderen und mit ihr gegenwärtig gewesen war, hinuntergezogen! Und – es behielt den Zauberstab in seiner Hand, vertraulichst, zutraulichst, ohne die geringste Scheu und jeglichen Respekt vor den Lehr- und Hörsälen der Erdenwelt und am allerwenigsten vor den Wonneburgen der Walchen. –

Sie sahen die schwerfällige, wackelige Gestalt ihren Weg die Berglehne hinab zu sich herunter nehmen.

»Nicht fallen, Junge!« rief Minchen, und der Geheimrat sah seitwärts auf das verrunzelte Profil neben ihm, und wie aus weiter Ferne, von Lesbos her, kam es wie Zitherklang und verhaltenes Schluchzen:

»O süße Mutter,
Ich kann nicht weben;
Denn Herz und Finger
Vor Liebe beben –«

und mit dem Finger im Munde stand Ludchen Bock mit seinem Korb voll Tannzapfen am Arm, und Minchen Ahrens meinte, zu Fritz Feyerabend gewendet:

»Ja, siehst du, selbst seine Scheu vor dem fremden Mann, sein Respekt vor dir hält dagegen nicht stand, daß es Mittag wird und es Zeit ist, nach Hause zu gehen und an die Suppe zu denken. Nun weißt du was? Bis an die Stadt gehst du mit uns, das fällt keinem auf, und nachher gehst du nach dem Keller zu deinem Mittagsessen, zu unserm kann ich dich mit dem besten

Willen nicht einladen, auch – seinetwegen. Und wenn du dein Schläfchen gemacht hast, dann trinke Kaffee bei mir in unserm Garten. Du kennst ihn gewiß wieder. Es hat sich wenig drin verändert, seit du zum letztenmal da im Apfelbaum gesessen hast. Den freilich habe ich vor zwanzig Jahren schon abhauen lassen müssen; er war geborsten und zu lebensgefährlich für die Nachbarschaft, ich meine die Jungen, die nach dir über die Zäune gekommen sind, und für – ihn auch.«

»Du erzählst dann aber weiter.«

»Wenn du noch von ihm hören willst.«

»Von dir und ihm!«

Sie wickelte ihr Strickzeug zusammen und erhob sich von der Bank am Maienbronnen:

»Es haben so viele Doktors an ihm Anteil genommen: schade, daß du nicht früher gekommen bist! Vielleicht hättest du bessern Rat als die anderen gewußt. Jetzt ist es zu spät; – o Gott, wenn er mir heute, heute, jetzt aufwachte mit seinem gesunden Verstande!« . . . .

Sie wanderten nun den Weg, den der seltsame heutige Gast von Altershausen vorhin allein zum Maienborn heraufgekommen war, zusammen zurück. Das »Kind« bald vor, bald hinter den beiden »Erwachsenen«, doch immer auf der Seite des »Mannes vom Bahnhof und Mordmanns Brunnen«. Es schien sich zwingen zu wollen, keine Angst mehr vor diesem Fremden zu haben. Wer konnte wissen, was ihm doch vielleicht aufstieg in der verdunkelten Seele aus fernen, vergangenen, lichten Tagen?

Und sie studierten sich auf diesem Wege vom Maienborn herunter, beide einander, der Lebens- und Seelenklare und der Blöde. Der große Psychiater aber den armen Freund wahrlich nicht mehr auf seine Leibes- und Seelenheilkunst hin: das Heimweh nach der Jugend – nach dem *Leben* hatte den Greis nach Altershausen getrieben, und er mußte es nur herausbringen, *was Ludchen Bock dazu zu sagen hatte!*

Auf dem Wege zur Stadt war das nicht zu erledigen; aber im Ratskeller, an der Wirtstafel schon wurde er sich klar darob. Selbst in Altershausen trat er da über die Schwelle der Traumwelt, in der er die letzten zwei Stunden durch am Maienborn gesessen hatte, in sein gewohntes Dabeisein an seinem Lebenstage zurück. Der Wirt vom Keller fragte höflich den »Herrn Doktor«, ob er einen interessanten Morgenspaziergang gemacht und wie er hiesige Gegend gefunden habe. Fritz Feyerabend bejahte das erstere und über das zweite konnte er sich auch nur lobend aussprechen: Ludchen Bock war bei der Beantwortung beider Fragen sehr beteiligt.

Geheimrat Dr. Friedrich Feyerabend nahm ihn nach Tisch mit auf sein Zimmer hinauf und mit hinein in seinen Mittagsschlaf. –

Er fand sein Zimmer nach dem heißen Morgengang kühl und schattig und träumte in dem altväterlich bequemen Ledersessel am offenen Fenster einen Traum. Was davon aufs Konto Altersschwäche oder nach Goethe auf das tröstliche Wort »Erneute Pubertät« zu schreiben war, und vor allem, wieviel davon ihm von seinem *mütterlichen* Erbteil zukam, mochte er später daheim, im gewohnten Alltag, sich zurechtlegen.

Das Wunder kam und verlief folgendermaßen. Es ist schon berichtet worden, daß er von seinem Fenster im Ratskeller die Aussicht auf seiner Eltern letzte Wohnung in Altershausen hatte. Die lag nun im Nachmittagssonnenschein, und aus seinem Schatten heraus erlebte er, die nächste halbe Stunde durch (länger hat's der Uhr nach nicht gedauert), das Abenteuer. Im Traum währte es viel länger; aber das ist ja schon eine uralte Erfahrung der Menschheit, und solches nicht bloß aus den Märchen der Tausend und einer Nacht heraus, sondern auch aus dem hellsten, grellsten, nüchternsten Werkeltage.

Am Maienborn war er gewesen mit Ludchen Bock und Minchen Ahrens; aber wohl hatte er sich bis jetzt gehütet, Winkel aufzusuchen, in denen er nichts mehr von dem finden konnte, was für ihn in Altershausen noch dasein sollte. Nun, in seinem Traum ging er doch so aus auf die Suche: zurück und hinein in die Zeit, wo Friedrich Wilhelm der Vierte König von Preußen, Nikolaus der Erste Zar aller Reußen, Louis Philippe König der Franzosen und Pius der Neunte Papst war – hin in seine letzte Weihnachtsstube in Altershausen. –

Aber wie?

Der Weg in der heißen Morgensonne hatte in Verbindung mit dem Mittagstisch des Ratskellers dem alten Mann die Gliedmaßen doch recht steif gemacht. So bequem der Sessel am Fenster war, der Sopha erschien dem Wirklichen Geheimrat Feyerabend doch noch bequemer.

»Nur für fünf Minuten!« sagte er, wollte die Arme, um sich zu erheben, auf die Stuhllehnen legen, fand, daß das nicht ging, daß sie ihm am Leibe herunter fest anhafteten wie einem frontmachenden Kriegsmann. Aufrecht stand er mit einemmal, ganz ohne sein Zutun, in des Zimmers Mitte, und an seinem Leibe, an seinen Beinen heruntersehend, war's ihm, als ob es auch damit nicht im geringsten seine Richtigkeit habe. Wie kam er zu diesem behaglich gewölbten Bauch, wie kam er in diese eng anliegenden gelben Lederhosen, wie in diese lackglänzenden Husarenstiefel? Und wie stand er plötzlich als der letzte Nußknacker der Familie Feyerabend im hellen, nüchternen Nachmittagsschein auf dem Markt von Altershausen?...

Und niemand verwunderte sich über ihn. Sie trieben ihre Gassengeschäfte, sie handelten in den Kramläden, sie standen in ihren Haustüren oder saßen an den Fenstern, die Leute des Orts, aber nicht einer nahm Notiz von der Verwandlung des Wirklichen Geheimrats Professor Dr. Feyerabend in den Geliebten der Freiin Emerentia von Schnuck-Puckelig-Erbsenscheucher in der Boccage zum Warzentrost. Daß ihm solches unangenehm gewesen wäre, konnte er nicht sagen; aber verwunderlich erschien sie ihm doch: kam er selber sich doch ziemlich auffällig vor.

Er ging. Wie – das wußte er nicht; die Beine klebten ihm zusammen, wie die Arme am Leibe herunter hafteten. Er konnte sogar Treppen so ersteigen; plötzlich stand er auf der obersten Stufe der Haustürtreppe seines Vaterhauses und sah hinunter auf den Markt von Altershausen und versuchte zu »salutieren«, mit der Hand am Federhut. Ja, wenn's nur möglich gewesen wäre!

Da lag der Markt, auf dem er mit Ludchen Bock gespielt hatte, und es hatte sich kaum etwas dran verändert seit der Zeit vor sechzig Jahren. Da lag der Ratskeller, von dessen Fenster aus, sozusagen, er eben ausgegangen war – und *es schneite erst leise Flocken hinein in den Sonnenschein, dann heftiger* aus sich senkendem, immer dunkler werdendem Gewölk. Nacht war es plötzlich geworden. Wo eben noch die Fenster im Tageslicht geglänzt hatten, da leuchteten sie nunmehr von innen heraus erleuchtet in den Winterabend hinein, bald mehr, bald weniger, je nachdem die Lampe war, die das Licht gab.

Es waren aber nicht die Lampen allein, die Licht gaben; hinter mancher gefrorenen Scheibe, hinter manchem Vorhang leuchtete es vielflimmerig: das waren an den »Christbäumen« die Kerzen der letzten Weihnachtsnacht, die Friedrich Feyerabend mit den Eltern und Schwester Linchen in Altershausen begangen hatte, und Fritz war wieder darin und mit dabei in seiner wunderlichen Verwandlung aus dem Wirklichen Geheimrat Professor Doktor und Gast der Wonneburgen der Walchen zum Nußknacker von seinem letzten Altershausener Weihnachtstisch; aber – die »Großen« und Schwesterchen Lina waren zu Bett gegangen – *er hatte das Fest für sich allein!* In der »Blauen Stube« war er allein mit der erloschenen Weihnachtstanne. In der *Blauen Stube* stand er nach sechzig Jahren wieder; aber sie schliefen alle, und er allein war wach geblieben, ein Nußknacker des Elternhauses; aber – *nicht der letzte.* Wie es sich ausweisen sollte!...

Das war die Blaue Stube. Da hatte eben noch seiner Mutter

helles, liebes Lachen geklungen und Linchen, die neue Puppe im Arm, vom Arm des Vaters nach der höchsten Zuckerpuppe an der Lichtertanne gegriffen, als *er* – nicht Fritzchen Feyerabend – mit zur Familie und zur Blauen Stube gehörend, sich als der Nußknacker vom vorigen Jahr seinem – Nachfolger gegenüber fand!...

Aus dem Sessel am Fenster des Ratskellers, durch das Fenster und über den Markt von Altershausen war er, wenn auch in dem absonderlichen Kostüm, so doch in seiner vollkommenen Menschengröße nach Meter und Zentimeter Reichsmaß gestiegen; nun – und er wußte wiederum nicht, wie es zugegangen war – fand er sich plötzlich eingeschrumpft, zusammengefallen, auf das Maß von seinesgleichen – Nürnberger Fabrikmaß – herabgesunken, und, bei einem neuen Blick an sich herunter: *wie sah er jetzt aus!...*

Wie hatten eben noch im Sonnenschein auf dem Markt der rote Frack, die weiße Weste, die gelben Hosen und die Husarenstiefel geleuchtet! Und nun? So schlimm wie mit dem, den in Nizza Karl Buttervogel aus dem Kehricht auflas, war es ja wohl nicht mit ihm; aber arg war's doch, und er hätte nimmer gedacht, daß er sich je so schäbig selber vorkommen könne wie jetzt in der Blauen Stube. Und wenn Hosen, Jacke und Weste noch das Schlimmste gewesen wären! Das, was in der roten Jacke, den gelben Hosen, den ritterlichen Stiefeln gesteckt und hochaufgerichtet die Wonneburgen der Walchen durchschritten hatte, wie knickebeinig war das in der Blauen Stube, der Weihnachtsstube des Elternhauses des Jahres 18??!? Knacke einer mal Erdennüsse bis zu seinem siebenzigsten Geburtstage und behalte er die vordem so genialisch »grellblauen Augen« und lasse er nicht den seinerzeit so glänzend schwarzen Schnauzbart greis, dünn, abgerupft über die »alt und müde gewordenen Lippen« hängen! . . . .

Und was war denn das? Wie kam er von dem Pflaster des Markts von Altershausen auf den Weihnachtstisch der Blauen

Stube? Hätte er die Hand von der Hosennaht, auf der sie festlag, losmachen können, so konnte er sie grade auf das Dach der Arche Noah neben ihm legen!

Das war nun seine körperliche Höhe, und seine Gefühle dazu waren plötzlich die eines Nußknackers mit müden Kinnbacken. Das Seltsamste aber war, daß er die Blaue Stube mit den Bildern der Großeltern an der Wand und allem übrigen als etwas Selbstverständliches nahm; aber als etwas ebenso Selbstverständliches, daß alles, was sonst dazu gehörte: Vater, Mutter, Schwesterchen, Hund und Katze, Knecht und Magd nicht dabeiwar; daß alles zu Bett gegangen war und er niemand vermißte: *Er, der Nußknacker vom Feste vergangenen Jahres!* Und als der Nußknacker vom vorigen Jahr hatte er sie alle, alle um sich, die nun neu aus der Schachtel gekommen waren, die ganze große Familie aus Holz, Papiermaché, Blech, Zinn, Leder, Tüll, Gaze, Gold- und Silberflitter, der Welt buntesten Farbenkasten nicht zu vergessen!

Was war denn aber das? War das nicht das Gesicht seines Nachfolgers im Amte, auf dem Lehrstuhl, in der Wissenschaft, in den Glanzsälen der Wonneburgen der Walchen und im Verehrungsbedürfnis der Menschheit?

Nein, es war nur der neue Nußknacker, der vom diesmaligen Heiligen Abend. Frisch aus der gegenwärtigen Kulturentwicklung mit schwärzestem Schnauzbart, rotestem Rock, leuchtendstem Federbusch, gelbester Weste, weißesten Beinkleidern und – in Stiefeln, wie er sie getragen hatte und sie für die seinigen halten konnte, wenn er sich nicht an die *seiner* Vorgänger hätte erinnern müssen.

»Guten Abend, Kollege!«

Er fuhr auf die unvermutete, höfliche, ja achtungsvolle Anrede ein wenig in sich zusammen; aber schon versammelten sie sich alle um ihn in der Blauen Stube seines Vaterhauses zu Altershausen – – die Puppen, die jetzt am Reich waren und es festzuhalten glaubten.

Er hatte sich über den Empfang nicht zu beklagen; Komplimente hatte er zu erwidern nach allen Seiten hin und Blicke und Grüße, die wirklich vom Herzen zu kommen schienen; bis es plötzlich aus dem untersten Gezweig der Tanne, hinter dem Noahkasten her, kreischte: »Er hält sich ja gar nicht mehr auf den Beinen, der Alte. Darf ich Ihnen meinen Arm bieten, Herr Geheimrat?«

Es war die Rute, die selbstverständlich beim Feste nicht fehlen durfte und jetzt mit einem in allen sieben Farben des Prismas spielenden Bande um die Taille herwackelte, die alte, scheußliche, unfruchtbare Megäre, und grinste: »Vom Anfang der Affenkomödie warte ich auf Sie, Herr! Sind Sie endlich da, um mir zu helfen, dem Gesindel zu sagen, was es wert ist? Kritik, Kritik, Alterskritik! Sagen Sie, zeigen Sie durch und an sich selber der jungen Narrenwelt, worauf alle ihre Herrlichkeit hinausläuft. Kommen Sie, Gerippe – wurmstichiger Klotz, lassen Sie sich besehen – von allen Seiten, von dem Torenvolk auf seine vergängliche Farbenpracht hin besehen. Begehen, feiern Sie jetzt die wirklich schönste Stunde Ihres Daseins, machen Sie es der Krapüle von heute deutlich, was Sie Ihrer Zeit wert gewesen sind: ich stelle mich Ihnen mit allen meinen Reisern und Kräften zur Verfügung, Herr Professor! Verwenden Sie mich, wie und wo es Ihnen beliebt, Herr Doktor; es wird mich freuen, dadurch in Erfahrung zu bringen, wieviel Gift und Galle Sie durch Ihre siebenzig Jahre in sich hineingeschluckt haben. Sehen Sie doch auch, wie ich nur Ihretwegen für diese Nacht Toilette gemacht habe!«

Geheimer Rat Professor Dr. Friedrich Feyerabend war's, der als Nußknacker vom vorigen Jahre doch für einen Augenblick imstande war, den rechten Arm von der verblaßten gelben Hose loszubringen und den regenbogenfarbigen Schleifenzipfel, der ihm unter die abgeblätterte Nase hingehalten wurde, damit von sich wegzuschlagen, und zwar mit einem Kraftwort aus der Walchen Wonneburgen: »Via, puttanaccia! und – ihr, Kinder, junges Volk, da ich noch dabeibin, so gönnt mir eure Gesellschaft und nehmt mit meiner vorlieb. Ertragt noch für ein Viertelstündchen den Alten mit seinen Abgebrauchtheiten, Grillen und Schrullen. Gönnt mir mich noch einen Augenblick unter euch!«

Ein allgemeines »Ah!« und liebenswürdiges Zudrängen ging durch die Versammlung in der Blauen Stube. Ja, sie gönnten ihm sich unter sich – nein, sie waren sogar so liebenswürdig, sich ihm zu gönnen – alle, alle, der ganze Weihnachtstisch: Bürgerliches Volk, Kriegs- und Hofleute, schöne und schönste Damen in allen Kostümen der Puppenstube und die ganze Menagerie, wie sie Vater Noah mit in die Arche nahm, – alle, alle liebenswürdig, zärtlich, immer zärtlicher, immer liebenswürdiger.

Was wollte die Rute in dem glänzenden, duftenden, leuchtenden Gedränge edelsten Puppentums, das ihn umgab, umrauschte, umflüsterte, ihn, den Nußknacker vom vorigen Jahr?

»Hinter den Spiegel, Popanz!«, und mit einem schrillen, zirpenden Schrei, wie ein Hadesgeist aus der Odyssee, entschwirrte die Bestie – »Krikrikrikriki-tiiiik.« Sie verzog sich nach dem Wort aus dem Volke, die Schöngegürtete, und wurde nicht mehr gesehen bis auf einen Zipfel des siebenfarbigen Bandes, der hinter dem Spiegelrahmen in der Blauen Stube hervorhing, aus der Welt vor sechzig Jahren stammte und – nur an mütterliche Liebe und Sorgen erinnerte.

Wie kam das junge, süße, lockige Kind in rosa Flor, das die Augen nicht nur niederschlagen, sondern sie auch aufmachen konnte, himmelweit und himmelblau, an seine Seite? Wie kam der Blumenstrauß in das Knopfloch seiner schäbigen Husarenjacke?

»Ihr Lieben, Lieben, lasset mir Luft, ihr Lieben!« stammelte Geheimrat Feyerabend. »Ihre Hand, Nachfolger im Reich des Nüsseknackens! Liebchen, junges Leben, lassen Sie mir auch die Ihrige und mit beiden die Gewißheit, daß die Welt nicht untergeht, trotz des Kehrbesens, der morgen meiner wartet!« ...

Ein Laut allgemeiner entrüsteter Mißbilligung durch unseres Herrgotts ganze Nürnberger-Tand-Schöpfung – eine höfliche Abweisung des melancholischen Worts, die sogar aus dem Herzen kam; denn selbst Püppchen eben aus der Schachtel hatte ein Gefühl, daß ihre Sache mit verhandelt werde, und flüsterte dem Alten zu:

»O nein, nein, nein! O bitte, sagen Sie doch so was nicht! Bitte, bitte, Exzellenz!«

Ein junger Offizier, ebenfalls neu aus der Schachtel, der ihr zulächelte, brachte sie aber sofort von dem betrüblichen Thema ab und auf das immer Wichtigste. Sie nahm seinen Arm, und auch alle übrigen hatten sich bald an dem Helden vom vorigen Jahr satt gesehen. Zuletzt hatte er es eigentlich nur noch mit seinem jugendfrischen, frischlackierten Ersatzmann zu tun und – gottlob! – er konnte ihn anlächeln mit herzlichem Wohlwollen und den besten Wünschen. Übrigens ist's manchmal gar nicht unangenehm, einer »Neuwelt« als Gespenst zu erscheinen, wenn es nur »ganz in Stahl« geschieht, und der verbrauchte Nußknacker in der Blauen Stube seines Vaterhauses hatte so eine Art von Gefühl davon, als ob das augenblicklich der Fall sein könne.

Es war ja aber auch in der Blauen Stube, und er war darin nicht die wissenschaftliche Größe seines siebenzigsten Geburtstages, sondern nur der Nußknacker vom vorigen Jahrgange dem des jetzigen gegenüber. Und, er wußte nicht, wie's zuging, als Holz, wurmstichiges Holz und Lack, bunten, aber abblätternden, verblaßten Lack fühlte er sich noch, jedoch seine Gliedmaßen hatte er sämtlich wieder zu freier Verfügung. Er konnte seinem Nachfolger die Hand auf die Schulter legen und ihn freundlich auf den Glanz der frisch funkelnden Epauletten klopfen:

»Überwinden Sie Ihr Mißbehagen über meine Gegenwart

bei Ihrem Feste, lieber Kollege! Ich habe Ihren augenblicklichen seelischen Mischmasch von Triumph und Katzenjammer ebenfalls in meinen Daseinsnotizen. Ich gehe und Sie kommen – wir werden nicht alle! Ich habe meine Freude an Ihnen, Kollege, also lassen Sie auch mir meine so vergänglich gewesenen Genugtuungen! Sie machen ein Gesicht, als ob Sie glaubten, ich scherze boshaft; aber wirklich, es würde mir eine posthume größte Genugtuung sein, wenn es Ihnen gelingen würde, alle durch mich getäuschten Erwartungen zu erfüllen! Sie erlauben wohl –«

Wirklicher Geheimrat Professor Doktor Feyerabend griff eine Nuß unter dem Weihnachtsbaum in der Blauen Stube, der Weihnachtsstube seines Vaterhauses, auf, schob sie dem Nachfolger im Reich irdischen Erfolges zwischen die weiß glänzenden jungen Zähne, faßte ihm um die Schulter herum nach dem Zopf und – drückte – drückte, und – es knackte. *Er* knackte, der Kronenerbe, er knackte trefflich; aber – – – sie kamen ja beide, der Alte wie der Junge, aus der nämlichen renommierten Fabrik, und wenn auch die Welt, wie sie war, nicht unterging: viel anders wurde sie auch nicht durch den neuen Ersatzmann . . . .

Den Kern der eben geknackten vergoldeten Nuß in der Hand, sagte der Alte lächelnd:

»Die Welträtselnuß war es noch nicht, die durch Ihre Vermittelung ihr Innerstes herausgab, lieber Kollege. Das Resultat ist diesmal recht gut. Knacken Sie ruhig weiter, es gibt immer noch Besseres, und – wenn Sie sich müde gekaut und geknackt haben und ernüchtert vor dem Schalenhaufen stehen, dann machen Sie's wie ich: ärgern und grämen Sie sich nicht! Zu seinem Ärger und Überdruß hat man doch manchmal seinen Spaß und sein Vergnügen und zu seinen Schanden seine Ehren. Sehen Sie sich auf dem Tische um: vorm Jahr, als ich hier jung war, war's dieselbe Gesellschaft um mich her.«

»Es wird weitergeknackt!« schluchzte der Nachfolger im Erdengeschäft. Er brachte zwar in der Umarmung des verbrauchten Seniors die Arme nicht vom Leibe los, aber zwei Harztränen entrangen sich dem Zirbelholz, aus dem er gedrechselt war. Und rundum in der alten Blauen Stube duftete es immer lieblicher und glänzte es immer bunter und zauberhafter. Die vom Vater Feyerabend ausgeblasenen Wachslichter an der Tanne flammten dem Sohn zur Nachfeier seines siebenzigsten Geburtstags noch mal auf, aber mit magischem Lichte sub specie aeternitatis. Der ganze Weihnachtstisch, die Arche Noah nicht ausgeschlossen – die Sündflut-Schiffbauer, den bösen Ham eingeschlossen – alles, alles erhob sich zum Jubelruf:

»Es wird weitergeknackt!«

Nur – die Schönste – die wunderschöne junge Dame mit der Courschleppe und dem rosigen Wachsgesichtchen, jene Reizendste, Jüngste, die vorhin zuerst mitleidig dem verjährten Krüppel das lebenswarme weiße Händchen hingehalten hatte, sie schlug plötzlich die Hände mit dem Spitzentaschentuch vor die Augen und weinte bitterlich.

Und nunmehr war es nicht mehr der Nußknacker vom vorigen Jahr von dem Weihnachtsabend vor sechzig Jahren: es war wieder der Wirkliche Geheimrat Professor Doktor Feyerabend, der in der Blauen Stube stand und seufzte – nicht mehr das Wort an den Nachfolger richtend:

»Ja, was soll man den armen Kindern zum Troste sagen? Daß ihre Töchter so schön werden wie sie?« . . . .

Es war wahrlich nicht mehr der Nußknacker vom vorigen Jahr, sondern es war der Wirkliche Geheimrat Feyerabend, der die alte Jette, seine alte Jette, in der Blauen Stube des Vaterhauses am Markt zu Altershausen brummen hörte:

»Sapperment, wie kommt denn die alte Kröte da untern Weihnachtstisch? Aber du kommst mir grade recht zum Feueranmachen! Da Fritzchen nun einen neuen hat, wird er nach dem alten Greul wohl nicht mehr suchen – – –«

»Herr Doktor verzeihen, wenn ich anfrage, ob ich Herrn

Doktor den Kaffee auf dem Zimmer servieren soll?« fragte der Oberkellner im Ratskeller zu Altershausen.

XV.

»Wa – wa – was?« stammelte der ortseingeborene Inkognitogast im Ratskeller zu Altershausen. Da saß er aufgeschreckt und ein wenig verdrießlich, dem jungen, höflichen Mann vor ihm Objekt einer wenig respektvollen und jedenfalls etwas heiter-vergnüglichen Vorstellung gewesen zu sein, und brummte:

»Ich pflege zu klingeln, wenn ich etwas brauche, lieber Freund.«

Da unter ihm lag der Kindheitsmarkt und da drüben das Haus mit der Blauen Stube. Er saß noch immer in dem allzu bequemen Fenstersessel, und an seinen Beinen hinuntersehend durfte er sich überzeugen, daß sie wirklich nicht in gelben Hosen und blanklackierten Husarenstiefeln steckten. Es schneite auch nicht in eine Christmondsnacht von vor zwei Menschenaltern hinein, sondern alles lag noch im schönsten Nachmittags-Spätsommersonnenschein in dem laufenden Jahr, in welchem er noch einmal *dabeiwar* in Altershausen, wo er eingeladen worden war, Kaffee zu trinken mit Minchen Ahrens und seinem Freunde Ludchen Bock!...

Eine halbe Stunde später sagte Minchen:

»Das ist zu freundlich von dir, Fritz; aber nun mußt du auch mit uns vorliebnehmen. Komm nur gleich in den Garten.«...

Was ihm kein Traum geben konnte, lieferte ihm nun die Wirklichkeit: alles, was er von seiner Lebens-Heimweh-Fahrt nach der Jugend – nach *Altershausen* verlangen konnte!...

Es hatte sich nichts verändert. Die dürre Hand, die die seinige in der Haustür faßte, war noch die weiche Kinderhand von vor sechzig Jahren. Es löste sich nichts in Phantasmen und Fratzen auf, und kein neuer Nußknacker löste den alten ab: das große offene Weltgeheimnis lag in seiner ganzen Schönheit und Herrlichkeit vor ihm im Lichte des eben gegenwärtigen Tages, und – er freute sich, daß er *mit in der Welt war* und zu dem Wunder mit gehörte. ––––––––––––––––––––––

»Dein blaues Wunder wirst du haben«, sagte Minchen. »Ich habe es ihm glaubhaft machen wollen, daß sein Freund Fritz zum Besuch dasei, und wenn er dich auch nicht so ästimieren kann, so hat's ihn doch darauf gebracht, alle eure Jungensherrlichkeiten von dazumal herauszulangen. Ich weiß nicht, wie es möglich gewesen ist, daß sich das alles so lange erhalten hat; aber es ist wirklich da, und vielleicht erkennst auch du noch was von dem wieder, was dir wohl mal mitgehört haben mag oder was du ihm bei eurer Abreise zurückgelassen und geschenket hast... Aber nicht wahr, hier bei mir hat sich auch nicht viel verändert, wenn du dich daran erinnern kannst?!«

O wie wohl kannte der greisenhafte Gast alles wieder! Von der Haustürschwelle an durch den dunkeln Gang mit dem Herdfeuer im Hintergrund und durch die Hoftür das Sonnenlicht und Gartengrün.

»Aber du kommst wohl zuerst wohl wieder mit in die Stube?«

»Jawohl, jawohl! Führe mich, aber an der Hand, durch deinen Zauber, Minchen, liebes Mädchen.«

»Jawohl, gern. Da guck nur mal, was er dir zu Ehren und Liebe gemacht und zusammengetragen hat! Es ist noch der Tisch, an dem ihr eurerzeit so oft die Köpfe über den Rektor Schuster seinen Aufgaben und, ich darf's wohl sagen, euren Dummheiten und Nichtsnutzigkeiten zusammengesteckt habt. Sieh mal, da steht noch dein Name eingeschnitten. Er kriegte damals Prügel drum von der Mutter.«

Geheimrat Feyerabend legte die Hand auf die Narbe des alten Eichentisches. In keinem Hör- und Lehrsaal, in keinem Prachtsaal der Wonneburgen der Walchen war ihm je das Herz so heiß in der Kehle heraufgestiegen wie jetzt in der Familienstube des Ackerbürgerhauses von vor sechzig Jahren. Was vorhin der Traum aufgebaut hatte, das hatte der »Junge«, sein Freund Ludchen Bock, ihm jetzt in der Wirklichkeit aus den Winkeln und Verstecken fernster Kindheitsvergangenheit hervorgeholt und – zu Ehren hingelegt als einer, der im ersten, schönsten, jüngsten Lebenssonnenschein und Kinderspiel der Erde noch immer mit *dabei war! wirklich mit dabei war!*

»Er macht heute noch sich alles wieder, was ihr damals zu eurem Pläsier brauchtet; aber es ist auch viel Altes dabei, auch aus deiner lieben Eltern Zeit. Da sieh, alle die Bilderbücher, die du ihm bei eurem Auszug hiergelassen hast. Einer der Herren Doktoren, die seinetwegen hier gewesen sind, hat mal gesagt, da sich so was nicht hielte in der Welt, so wäre manches Buch 'ne Kuriosität. Ich verstehe das nicht; aber guck – erkennen kann man ja von der Farbe nicht viel dran; aber aus deines Vaters Hause stammt auch der! Das weiß ich noch ganz genau, wie er ihn dir für eine von ihm gemachte Schlüsselbüchse abhandelte. Den Schlüssel hatte er seiner Mutter gestohlen, und woher ihr das Schießpulver hattet, weiß ich nicht; aber das nichtsnutzige Ding platzte dir beim ersten Abbrennen in der Hand. Der Doktor mußte damals auch um dich geholt werden; aber es ging glücklicher ab als nachher mit ihm. Euer Teil kriegtet ihr aber beide, er von seinem Vater und Mutter und du von deinen lieben Eltern. Ja, das ist der alte Knacker noch, Fritz. Die Kinnladen kann er wohl noch bewegen; aber eine Nuß knackt er euch nicht mehr.«

Da hatte er nun in der Wirklichkeit in der Hand, was er vorhin im Traum selber gewesen war. – Den alten, verblaßten, kinnladenlahmen Nußknacker, der einmal vor undenklicher Zeit so gut geknackt hatte, auf den er in der Blauen Stube seines Vaterhauses so stolz gewesen war und den – Ludchen Bock gerettet hatte, hielt er in der Hand.

»Sieh, das sind noch seine Schulbücher noch vom Rektor Schuster her«, sagte Minchen. »Er meint ja, er sei immer noch bei ihm drin in der Schule und werde aus ihnen aufgerufen. Du hast auch was drein geschrieben, Fritz, und auch gemalt. Da, guck mal, was! Ihr könnt euch heute noch gratulieren, daß das damals euer Herr Rektor nicht gesehen hat. Und noch dazu in die dicke Bibel und den Ziegenbeins Katechismus, den wir damals hatten – auch wir Mädchen. Heute haben sie einen andern, man sagt, einen bessern, aber das ist einerlei, Gottesfurcht habt ihr zwei damals nicht viel gehabt, und wie es jetzt damit in der Schule steht, was das Verschmieren von Büchern angeht, weiß ich nicht. Doch nun komm in den Garten! Er traut dir immer noch nicht und hat dir seine Ehre, diese hier mit seiner Schatzkammer auf dem Tische, wohl auch aus Furcht und Bangnis angetan; aber er steht im Gange da hinter der Tür schon lange und wartet auf dich, weil es ihm mit dem Kaffee zu lange dauert. Wie ich dir schon gesagt habe, darin ist er recht nach der Stunde geblieben. Unsere Laube wirst du auch wohl wiedererkennen: ich habe nicht viel aufzuwenden gehabt, und so ist alles natürlich so geblieben, wie es war und sich halten ließ. Wo mal ein Bein an der Bank oder am Tisch abmoderte, da ist er geschickt genug. O ja, was so was angeht, kein Mensche hätte mir mein Wesen hier so in Ordnung halten können wie dieser Arme, vom Schicksal Geschlagene, dein und mein Freund Ludchen!« –

In derselben Welle kann man nicht zum zweitenmal schwimmen, aber an demselben Tische kann man wieder sitzen, auch nach Menschenaltern. An der Hauswand zwischen kümmerlichen norddeutschen Weinranken war die Bank befestigt, vor dem der alte Tisch des Vaters und der Mutter Ahrens, zierlich gedeckt mit dem Kaffeegerät, den alten Töpfen und Tassen des Hauses, den Geheimrat Feyerabend erwartete. Nicht mehr in roter Jacke, gelben Hosen und Lackstiefeln – in der Jacke und den Hosen, aus der er seiner Mutter wieder mal herausgewachsen war, stand er da in Minchen Ahrens' Hausgarten, der Professor Geheimrat Dr. Friedrich Feyerabend. Er mußte sich am

Türpfosten halten dieser neuen Verzauberung gegenüber. Rundum alles, wie es *damals* gewesen war. Mit den Hecken und Zäunen und Wegen und den Hausmauern und Giebeln und Scheunendächern der Nachbarschaft wachten auch alle Namen auf. Da Korbmacher Sievers' Anwesen hinter dem alten Birnbaum und dem Bienenhaus, in dem seit hundert Jahren kein Bienenkorb mehr gestanden hatte! Dort Tischler Engelkes Hausdach, wo man durch den Zaun zu des Nachbars Zwetschenbaum gelangen konnte! Da die alte Ahornlaube und die Esche, die ein Urgroßvater gepflanzt haben sollte. Und auf den Beeten, was um diese Jahreszeit damals gestanden hatte, heute noch drauf. Und nur die alten Blumen, nicht das neue bunte Zeug aus allen Weltteilen! Und dann die Stimmen rundum, die alten Laute von damals, Kinderstimmen und Vogelstimmen, Gänsegeschnatter und dann und wann das Muh einer Kuh aus einem näheren oder fernern Stall. Jetzt auch wohl das Keifen einer Frau Nachbarin, das Heulen eines Säuglings. –

»Aber Junge, so komm doch endlich! Schäme dich! Ein so großer Junge und will sich noch vor Frem – vor seinen besten Freunden fürchten? Aber Junge, sieh dir doch unseren Besuch jetzt ganz genau an: kennst du den Fritzchen Feyerabend nicht mehr? Komm Fritz, komm Ludchen, setzt euch hin! Und wenn es auch heute nicht Sonntag ist, so kriegst du doch ein Stück Zucker mehr; – nein, Ludchen, du sollst dir selber nehmen dürfen!« . . . .

Nun saßen sie einander gegenüber – die zwei Freunde. Der eine mit einer Welt von Erlebnissen zweier Menschenalter, der andere – – –

»Kannst du noch Mühle?« fragte der – andere. »Willst du noch mal?«

»Aber Ludchen?« stotterte Minchen Ahrens. Doch der Geheimrat winkte ihr und holte selber vom Tisch in der Stube das alte abgegriffene Spielbrett in den Garten.

»O Gott, Gott, aus Eurem Hause, Fritz, stammt das nicht

mehr. Ich habe es uns kaufen müssen. Wir spielen es ja wohl manchen Abend lang zusammen, und ich bin nicht immer die beste«, flüsterte Minchen, stets von neuem die Hände ob des Wundertages faltend. »Weißt du, unsererzeit war deine Schwester mein Gegenpart. O Gott, was würde die sagen, wenn sie dich und uns jetzt so sehen könnte. Erzähle ihr nur ja nicht davon; glauben kann sie es doch nicht! Ja, hier geht es noch immer nur um türkische Bohnen beim Spiel.«

Beim Mühlenspiel geht es heute noch nur um die Ehre, und der – andere hatte, wie vor sechzig Jahren, eine Zwickmühle, ehe Fritze Feyerabend es sich versah.

»Ludchen, du hast gemogelt! Du hast den Stein da verschoben!« rief Geheimrat Feyerabend, lächelnd aus all seiner Überlegenheit heraus, aber doch mit vollstem Ernst – trotz ihr mit vollstem Jungensernst bei der Sache.

»Willst du wieder was, Fritze?« Und in den Greisenaugen des – andern blitzte die ganze Jungens-Taugenichtigkeit wie vor sechzig Jahren. »Komm an, wenn du was willst!«

»Aber Kinder! Jungens! ... Herr Geheimer Rat!« rief Minchen Ahrens. »Schlingel, Ludchen!« Und zu dem Gast in Altershausen sich wendend, sagte sie: »Er hat es auf den Kuchen abgesehen und verlangt für seinen Triumph ein Stück.«

»Gib es ihm«, seufzte Geheimrat Professor Doktor Feyerabend, und, um eine abgebrauchte Redensart in einer sehr ernsten Lebensstunde anzuwenden: die Stirn sank ihm tief in die Hand. – – –

»Das Stillesitzen hält er nicht lange aus«, sagte Minchen. »Weißt du was, Junge, geh du nur noch ein bißchen in den Holzstall an unser Winterholz. Du hast dich die letzte Zeit doch viel zu viel drum weggeschoben.«

»Fritze bleibt noch?« fragte Ludchen mit einem bedenklichen Blick auf den Freund und den Kuchenteller.

»Ja, ich bleibe noch«, sagte der Geheimrat. »Aber da! Nicht wahr, Minchen, den Kuchen darf er mitnehmen?«

Minchen Ahrens nickte, halb seufzend, halb lachend, und nun klang in das, was sie noch zu erzählen und am Maienborn abgebrochen hatte, geraume Zeit seine Säge herein. Wie am Maienborn waren sie dicht aneinandergerückt, die beiden Alten, und es kümmerte sie gar nicht, daß sie nachbarliche Zaungäste zur Genüge um sich hatten. Zumeist Kinder, doch auch Erwachsene, und da vorzüglich Frauen mit Kindern auf dem Arm.

Was nur der fremde Herr in Ahrens' Garten wollte? ... Den ganzen Morgen schon sollte er mit der Jungfer Ahrens am Maienborn gesessen haben! ... Und mit dem Stadt-Ludchen sollte er wie mit einem richtigen, verständigen Menschen umgehen ... War es noch mal ein Doktor und wollte der so spät im Leben seine Kunst an ihm probieren und ihn gesund machen wollen? ... Oder – er sah so fremd-vornehm aus! – war das einer aus Amerika, der Minchen Ahrens eine Erbschaft nach Altershausen brachte? ...

Die Greisin hatte ihren Strickstrumpf wieder aufgenommen. Das können *sie,* wenn sie sich mit den größten Heldentaten, die auf Erden geschehen können, beschäftigen oder davon auf Andringen erzählen; und da Minchen Ahrens dem Kindheitsfreunde von einer solchen Bericht gab, hielt sie ihm jetzt schon ganz vertraulich ihr Werk aus grauer Wolle hin, einen Strumpf, in welchem der ausgewachsenste Elefantenfuß aus Deutsch-Ostafrika sich hätte wohlfühlen können.

»Er sorgt da im Stall für mich und ich hier für ihn. Man muß wirklich schon an den Winter denken, und was seinen Verbrauch hiervon betrifft, Fritz, so ist's damit noch gradeso wie in eurer Jungenszeit.«

»Er schnauft tüchtig bei seinem Sägebock«, sagte der Wirkliche Geheimrat nach dem Stall hin horchend.

»Ja, so dick und unbeholfen ist er nicht immer gewesen; aber er ist's früh geworden. Sie meinten, das hinge mit seinem Zustand zusammen. Nachdem wir aus der Schule gewesen sind –

ihn haben sie mit hineingehen und hinsitzen lassen mit den anderen, seine Eltern und der Herr Rektor, weil er zu Hause im Wege gewesen ist –, bin ich eine Weile mehr von ihm abgekommen. Ich war eben auch ein frisches, junges Ding und lachte gern und dumm und ließ mich nicht gern um was aufziehen von anderen. Ich will es gestehen, ich ging gern aus dem Wege und sah nicht hin, wenn sie ihren Schabernack mit ihm trieben. Ich schämte mich, mich aus Mitleid und Ärgernis lächerlich machen und zum Weinen bringen zu lassen. Heute nun schäme ich mich noch; aber damals konnte ich nicht anders: die Welt ist einmal so, und ich bin meinerzeit nicht besser als die Welt gewesen und auch mal ein junges Mädchen.«

Es war, als liefe so etwas wie ein rosiger Schein über das Altjungferngesicht neben dem Wirklichen Geheimrat, und er brauchte nicht zu fragen:

»Woher der Abglanz?«

Es klang ihr wie Tanz- und Schützenhofsmusik, es glänzte ihr wie Pfingstmaiengrün aus dem neunzehnten Lebensjahr, und – sie legte einen Augenblick ihr Strickzeug auf den Tisch – sah, nein, horchte nach dem Holzstall, wo die Säge Ludchen Bocks noch immer im Gange war, nahm es wieder auf, sah mit jungjüngferlichem Augenniederschlag auf ihre Nadeln und lächelte:

»Jaja, Fritz, alte Bekannte hier aus der Zeit sagen, ich sei auch mal ein hübsches Mädchen gewesen.«

Ob der gelehrte Mann, der Mann aus den Wonneburgen der Walchen, ihr wohl hätte sagen dürfen, wie schön sie noch sei und was an der Welt schön sei?

Er machte den Versuch nicht einmal durch eine Handbewegung, und sie erzählte ihm weiter von Ludchen Bock und sich.

»Zu Hause hatten sie ihn jetzt mit an die tägliche Arbeit genommen; aber da ging erst das rechte Leiden an. Daß er beim Rektor Schuster nicht weiterkam, sondern ein Kind blieb, begriffen sie; daß er aber auch ein Kind auf dem Felde, im Stalle, in jedem Handwerk – in all unserer Hantierung hier bleiben sollte, das konnten sie nicht einsehen. Und von da an und daraus ist sein weinerlicher Ton angegangen, den nun seit so langen, langen Jahren eigentlich keiner ertragen kann als wie ich, die ich mich nach Gottes Willen nach und nach in der richtigen Weise dran gewöhnen lernte – konnte.« ...

Gewöhnen *konnte.* Konnte!

Welch ein Lehrer wäre der berühmte Gelehrte gewesen, wenn er es seinen Schülern hätte beibringen können, was alles von dem, was die Welt zusammenhält, in diesem Verbum neutrum irregulare aus Minchen Ahrens' Munde lag! Aber wer konnte je in einem Lehr- und Hörsaale den Leuten auseinandersetzen, wie Mutter Natur bei der Arbeit ihr Kind weinen hört und singend die Wiege mit dem Fuße tritt? –

»Ja, ja, ja, Fritz, es war eine lustige Zeit, die Zeit, wo unsereins, ich meine uns Mädchen, nicht aus dem Kichern und Lachen herauskommen kann! Des Abends auf der Bank vor der Tür und am Brunnen und Sonntags sogar in der Kirche und nach der Kirche erst recht, und alles von Rektor Schusters Jungens, was eine sonsten bis zum Heulen und Brüllen erboset, geärgert und an den Zöpfen gezogen und allen Schabernack angetan hat, nun auf einmal ganz anders. Ein paar Flegel natürlich nur gröber und unverschämter; aber die Besseren und Feinern – und, lieber Gott, doch die meisten! –, die Besseren nicht bloß anständig, sondern so manierlich und blöde, daß man da zwar hinter ihrem Rücken erst recht mit dem Kichern und Lachen herausplatzt, aber doch wieder bei Nacht so was wie Gewissensbisse hat und sich über sich selber ärgert und meint, daß man doch ein bißchen höflicher und nicht so grob hätte sein können.«

Der Schein auf dem Greisengesicht war immer rosiger geworden. Nun sah sie verschämt, verlegen und doch wirklich schalkhaft den Freund von der Seite an:

»Herr Geheimer Rat – dich meine ich, Fritz Feyerabend, du

mußt es dir ganz allein auf deine Rechnung schreiben, daß ich so dumm schwatze. Wir sind doch eigentlich heute morgen vom Maienbrunnen her wie die Kinder aus ihm herausgekommen und sitzen hier so zusammen! So was wie Ludchen Bock und mir kann doch noch keinem auf Erden durch einen Besuch passiert sein, und ich kann ja auch immer noch nicht recht daran glauben.«

»Ich glaube an dich von ganzem Herzen, Minchen! Versuche es also auch weiter mit mir: glaube an den armen Schatten wie ich an dein junges, blühendes Leben. Das Wetter ist so schön, und ich möchte wirklich noch mal dabeisein – beim Kinderspiel der Erde!«

Plötzlich legte sie nun ihre Hand auf die des Freundes.

»Weißt du, Fritz, wie ich es machen will? Du hast mir so gut und ruhig von deiner lieben jungen Frau und deinem armen kleinen Kindchen erzählt: nun will ich mir denken, ich säße auf eurem Kirchhofe, wo sie liegen, bei ihren lieben Gräbern und will da, weil du es willst und noch dazu nach hieher jetzt gekommen sein mußt, weiter mir vom Herzen abschütteln, was drauf liegt seit – seit – ja, wie lange ist's eigentlich her?«

Der Weltwanderer und Gast von Altershausen sah verwundert ob der Frage auf; aber sie – die Freundin – hatte wohl Recht dazu an diesem Orte, in diesem Hausgarten, mit diesen Zäunen, Dächern und allem übrigen rundum – in diesem verzauberten Winkel, wo sie der Welt Schönheit zwei Menschenalter verschlafen hatte wie Dornröschen in ihrem dornenüberwachsenen Königsschloß! –

Die Säge Ludchen Bocks hatte schon seit einer Weile sich nicht hören lassen, und nun geschah etwas recht Absonderliches.

Um den Pfosten der Stalltür herum erschien das geschwollene, bartlose Jungens-Altgesicht des Freundes, und Ludchen Bock winkte dem Wirklichen Geheimen Rat, winkte vergnüglichst-vertraulich grinsend:

»Komm, Fritze, ich will dir mal was zeigen!«

Das war der Ton von vor sechzig Jahren, und Minchen Ahrens sah fast erschrocken auf und hin nach ihrem Schützling. Sie stotterte es fast hervor:

»Nun, was ist's denn, Ludchen?«

»Er hat meine Kaninchen noch nicht gesehen. Ich schenke ihm wieder mal eins mit roten Himbeeraugen für seine Mutter.«

XVI.

Als der Geheime Rat aus dem Stall von der Besichtigung der Kaninchenzucht seines Freundes zu dem Kaffeetisch zurückkam, hatte er lächend, mit einer behaglich beruhigenden Handbewegung, dem betreten melancholischen Kopfschütteln der Freundin ein Ende zu machen.

»Jetzt sind wir auf dem richtigen Fuß miteinander – nun erzähle mir weiter von euch, du Gute, Treue, wenn – wenn du dir deinen Frieden nicht zu sehr dadurch verstörst.«

»O nein, nein, nein! Im Gegenteil!« rief Minchen Ahrens, nun gleichfalls wieder lächelnd. »Ich bin ja wie eine Katholikin im Beichtstuhl und mache mich von einer lange, lange getragenen Seelenlast los. Zu wem in aller Welt hätte ich die lieben langen Jahre durch hier in Altershausen je so sprechen können als wie heute zu dir, meinem Wundergast vom Maienbrunnen, und hier im Garten und an diesem Tisch, Fritz Feyerabend?«

»So schönes Wetter, und – *ich* noch dabei«, murmelte der Greis. –

»Ja, wo hatte ich denn aufgehört mit meinen großherrlichen Lebensereignissen? Ach so! Ja, und nun weiß ich es nicht, wie es kam, daß sie anfingen, mich mit ihm, Bocks armem Ludwig, aufzuziehen. Sieh mich nur nicht an, Fritz, denn es ist mir, als müßte ich heute noch rot werden; – wenn nicht ein halb Jahrhundert zwischen der Zeit und dieser Stunde läge und du, du da säßest und so über mich heute morgen am Maienbrunnen gekommen wärest, könnte ich auch gar nicht darüber reden. Nämlich, ich hatte damals einen, mit dem ich nicht bloß Mitleid hatte, sondern von dem ich dachte, daß ich eigentlich am liebsten sterben täte, wenn ich nicht mit ihm leben sollte. Du hast ihn auch gekannt, er ist auch mit euch zum Rektor Schuster gegangen. Vielleicht erinnerst du dich noch an ihn – Otto Kaiser – vom reichen Lohgerbermeister Kaiser hinter der Oberförsterei? Das Haus ist abgebrannt und keiner von der Familie mehr hier am Ort.«

»Nur an den Namen, Minchen.«

»Ach, wenn ich das manches schlimme Jahr durch auch nur gekonnt hätte! ... Jetzt in meinem hohen Alter ist er mir nichts weiter. Er liegt auch nicht hier in Altershausen begraben, daß ich ihn unter meiner Vergangenheit auf meinen Wegen nach dem Kirchhofe da mit meinen anderen mit besuchen könnte. Es ist zwischen uns nichts draus geworden, außer daß er mich viel zum Weinen gebracht hat, aber zuletzt auch mit deinem unglücklichen Freunde Ludwig zusammen – fürs Leben – für Leben und Tod. So wunderlich mag wohl selten eine Liebesgeschichte ihr Ende genommen haben!«

Eben jetzt kam Ludchen Bock aus seinem Holzstall zurück in den Garten, setzte sich den beiden anderen gegenüber an den Tisch; Minchen schob ihm den Kuchenteller zu und sagte: »Bist ein guter Junge, da, aber heb dir ein paar Stücke für morgen auf. Es ist nicht alle Tage Festtag im Leben.«

Das große Kind lachte jetzt ganz vertraulich und vergnügt und nickte beistimmend in alles folgende hinein.

»Das erste passiert alle Tage«, fuhr Minchen Ahrens fort, auch mit freundlicher Gelassenheit. »Nämlich, daß man zum Weinen gebracht wird auch in seiner lustigsten Zeit. Weißt du, Fritz, für so was bin ich jetzt hier am Ort schon seit lange die richtige alte Rat-hole-Tante geworden bei dem jungen Volk –

beim jungen Volk jederzeit seit Jahren. Da, wo du hier bei mir sitzt, hat erst vorgestern so eine wie ich damals gesessen, mit dem Kopf in den Händen. Ja gradeso wie ich mal; aber ich mit meiner seligen Mutter hier auf der Stelle, wo ich sitze, meiner lieben Mutter, die mir nicht den Arm um den Nacken legte, wie ich der vorgestern, sondern mich am Arm gefaßt hielt und mir das nasse Taschentuch wegzog und mir alle Kindskümmernis zu kosten gab, weil ich Otto nicht mehr wollte, aber er noch so tat, als ob es ihm noch bitterer Ernst darum sei. Wie das kam, das ist so tausendfach dagewesen und kommt immer wieder, daß ich dir davon nur reden könnte wie vom Gras, was Heu wird. Wünschest du es?« ...

Er hatte mit dem Kaiser und mit den Großen in den Wonneburgen der Welt gesprochen, Könige der Erde gehörten in seine Bekanntschaft: seinen Schulbankgenossen Otto Kaiser hatte er bis auf den Namen vergessen, und nun – wohl nur selten hatte er einem Erdgenossen in seinen Lebenserinnerungen so tief nachgegraben wie dem – dem gelassenen, beruhigten Bericht der Greisin und dem Idiotenlächeln des Kindheitsfreundes gegenüber! Und mehr und mehr dämmerte er ihm auf, auch dieser Jugendfreund. War's nicht seine Mutter, die er sagen hörte: »Deinen Freund Otto darfst du mir noch am ersten mit ins Haus bringen, der tritt sich wenigstens die Füße vor der Tür ab und ist auch sonst gut erzogen gegen deine übrige Rasselbande!« –?–

»Was soll man sich in unseren Jahren zieren, wenn die Vergangenheit so zu Besuch kommt wie du heute, Fritz?« sagte Minchen Ahrens. »Wer mir das heute morgen gesagt hätte, daß ich heute nachmittag so im Beichtstuhl sitzen würde! Ja, so lieb du deine Braut gehabt hast in ihrer Schönheit und Lieblichkeit, so, mit solchem Glauben habe ich auf meinen Otto gesehen und an seiner Treue und Güte herauf. Ach, wie vergnügt sind wir eine Zeitlang zusammen gewesen, und ich – wie stolz! Auf ihn wie stolz! ... Ja, Junge, du darfst noch ein Stück Zucker –

es ist Festtag heute. Aber nein, Kind, der Geheimrat – Fritz dankt.«

Sie schob die Hand mit der Blechdose, die Ludchen Bock dem Freunde nickend hinhielt, zurück und fuhr seufzend fort in ihrem Wundertagsbericht. Aber vorher reichte sie erst ihrem Wundergast die Hand:

»Wie hat es mich gefreut, daß dahin, wo dein junges Glück begraben liegt, heute wie immer die Sonne scheint; dir scheinen darf. Du bist viel geworden in der Welt und hast viel Gutes getan durch deine Wissenschaften – das sagen die Zeitungen. Daß es dir gut gegangen ist und du viel Frohes und Schönes erlebt hast, hast du mir erzählt; aber möchtest du den grünen Platz, von dem du mir auch erzählt hast, missen mit dem Sonnenschein drauf? Ich habe meine Eltern dort im Frieden und Sonnenschein, hier aber mein lebendiges Kind... Ludchen, Junge, jetzt hört's aber auf! was soll der Herr Geheim – unser Fritz von uns denken, wenn du so den Teller ableckst. O lieber Gott, Fritz, wie soll ich es dir so spät in den Jahren ausdrücken, wie das damals gekommen ist in den Tagen, wo einem jeder Tag, wie man meint, mit Pfingstmaien vor der Tür aufgehen muß?«

»Minchen!« ...

»Was denn, Ludchen? ... Nein, nein Junge, es ist nichts; sei nur ruhig. Siehst du, Fritz, er kann mich nicht weinen sehen und sieht mir immer nach den Augen wie ein treuer Hund. Du glaubst nicht, Fritz, wie ich mich da in acht nehmen muß vor dem Kinde, vor ihm! Ja, und, gottlob, ich kann es! Ich kann dir ruhig bei meinem Strickzeuge davon erzählen, wie er mir zur Hülfe gekommen ist im rechten Augenblick. Ein armer Hund, dem sein Geschick mit drohender Faust gesagt hat, daß er zu Hause bleiben soll beim Lebensplläsier und der doch nachschleicht und im rechten Augenblick mir zuspringt, von nichts weiß, aber zuspringt und zur Hülfe da ist mit seinem Bellen und Blaffen, ja auch mit seinen Zähnen. Lieber Gott, und wie wenig ist dran gewesen! Nichts weiter, als was alle Tage passiert unter jungem Volk und was auch mir altem Weib passiert ist in jungen Tagen. Bloß ein bißchen von dem, was so bei der Orgel auf dem Jahrmarkt gedruckt verkauft wird und bei der Arbeit – in der Küche, auf dem Felde und im Garten – von uns armen, dummen Dingern gesungen wird zum Vergnügen! Ach Gott, wenn es sich nicht um unser Ludchen handelte, um den, um dessentwillen du heute zu uns gekommen bist und dasitzest, so wäre –«

»Erzähle mir doch davon, Minchen. Jetzt sitze ich nur dessentwegen hier. Und nimm dir Zeit. Die haben wir beide jetzt.«

»Ich wohl! Aber du auch?« meinte Minchen Ahrens, ihren Strickstrumpf niederlegend.

»Mehr als du«, sagte der weltgelehrte und -berühmte Mann, und Minchen nahm den Strickstrumpf wieder auf.

– –

Gedichte

Auswahl in zeitlicher Folge

Türmers Töchterlein

Sie neigt sich herab übers Turmgeländ,
So eisig die Stirn, so glühend die Händ;
Der Vater das Sünderglöcklein zieht,
Durch die Gassen hallt das Totenlied –
Jetzt holen sie ihn aus dem Kerker.

Die Trommel wirbelt – Choralgesang!
Wie so hell tönt der Sünderglocke Klang!
Ihr Auge ist starr, ist tränenleer,
Wie ist das verödete Herz so schwer –
Und sie führen ihn vor das Rathaus.

Die Sonne so hell, die Luft so weich;
Ist die blühende Welt nicht ein Himmelreich?
Klein Vogel neben ihr zwitschert und singt,
Und die Armesünderglocke klingt –
Sie haben den Stab ihm gebrochen.

Sie neigt sich, sie beugt sich, sie schauet herab,
Sie lächelt, sie lacht: Schön Schätzel im Grab,
Im Grabe ha'n wir uns wieder;
Was wollen die traurigen Lieder? –
Und sie schleifen ihn zur Richtstatt.

Tief unter ihr dehnt sich das Häusermeer,
Der Markt so voll und die Straßen so leer!
Dumpf rauscht es, dumpf wogt es, die Trommel erschallt,
Und leise das Sünderglöcklein hallt –
Der Ring ist geschlossen.

Sie neigt sich, sie beugt sich, sie faltet die Händ:
O Schätzel, o Schätzel, jetzt ist es am End!
O Schätzel, o Schätzel!... Ein schriller Schrei,
Die Trommel, die wirbelt – vorbei, vorbei –
Sie fanden im Grabe sich wieder.

Die schönste Blum im Garten mein,
Die hat der Sturm zerbrochen;
Das schönste Wort im Herzen dein,
Ist in den Wind gesprochen!
O falsche Lieb, o böse Lieb!
Was von der Welt noch übrigblieb,
Ist eitel Trauer und Grämen!

Vorhang herunter,
Trauerspiel aus!
Führ jetzt mein schluchzendes
Schätzchen nach Haus.

Scheint auch der Mond nicht,
Leucht't auch kein Stern:
Amor geht mit uns,
Trägt die Latern.

Ach du armer Prinz!
Ach du armer Marquis!
O du böse Prinzessin
Eboli!

Ein wilder Sturm
Faßt mich und hebt mich,
Trägt mich empor
Über Menschenschicksale
Und Menschenweh!
Völker und Könige
Kämpfen da unten
Auf der kleinen Erde
Ihre kleinen Leiden!...

Aber ich, dem die Götter
Die herrlichste Krone,
Die Krone der Liebe
Auf die träumende Stirn drückten:
Über den Wolken,
Über den Wettern
Streck ich die Hand aus,
Und aller Kampf
Und aller Schmerz
Und aller Zwiespalt
Im Himmel und auf Erden,
Über mir, unter mir
Wird Harmonie,
Wird seliger Friede,
Wird schönste Ruhe.

Über den Marktplatz zu schweifen,
Durch die Gassen zu streifen,
Licht aus Schatten zu greifen,
Das ist Dichterberuf!--

Alles Genießliche
Hab ich genossen;
Alles Verdrießliche
Hat mich verdrossen.

Brauch es jetzt wacker
Nur auszuschrein,
Um ein gelesener
Dichter zu sein.

In schönen Frühlingstagen
Hat hoch mein Herz geschlagen;
Die Welt hab ich durchritten,
Hab ritterlich gestritten.

Von Lieb wußt ich zu melden,
Von kühner Tat der Helden;
Bis einmal ich vernommen,
Der Winter sei gekommen.

Da schaut ich auf mit Grauen:
Kein Grün war mehr zu schauen,
Kein Vogel sang im Walde,
Der Winter ging über die Halde.

Mein Haupt, einst braun gelocket,
Das war nun weiß beflocket;
Vom Rosse mußt ich steigen,
Das Haupt zur Erde neigen.

Wie war mein Herz so traurig!
Wie war die Welt so schaurig!
Die Harfe tu ich schlagen,
Mein Leid davon zu sagen!
Die Welt muß ich durchziehen
Mit müdem Fuß und Knieen!

Zum Schillerfest am 10. November 1859

I

Die Zeit ist schwer! Dumpf grollt des Volkes Klagen:
Will nie der Morgen ob den Wassern tagen?
Die Zeit ist schwer! Wann kommt der Strahl der Sonnen?
Wann haben wir den neuen Tag gewonnen?

Die Zeit ist schwer! In Millionen Herzen
Bewegt sich neu das alte Wort der Schmerzen:
O Vaterland – so klingt es fort beständig –
Nicht tot bist du und bist doch nicht lebendig!

Wird nie ein Retter kommen diesem Lande?
Wird kein Befreier lösen unsre Bande?
Wird der Messias nie erscheinen in der Welt?
Wird nie der Baum blühn auf dem Walserfeld?

So geht es um in aller Städte Mauern,
In Wald und Feld, bei Bürgern und bei Bauern,
Bei reich und arm, bei Männern und bei Frauen –
Tiefinnre Hoffnung und geheimstes Grauen!

Schwer ist die Zeit, doch hat sie gute Zeichen;
Es will die Nacht dem lichten Morgen weichen.
Nicht stets gehört die Zeit den Neidern und den Hassern,
Denn Gottes Geist, der schwebt ja auf den Wassern!

II

Es galt in unserm Volk einst diese Sitte:
Ward in Gefahr ein Fürst gewählet in der Mitte
Der Besten, hob man ihn laut jauchzend auf den Schild
Und zeigte so in ihm dem Volk des Volkes Bild.

Und so auch jetzt! In diesen bösen Tagen
Ward neu die Art der alten Heldensagen:
Der Freiheit Sänger auf den Schild gehoben,
Wie hält das Vaterland so hoch, so stolz ihn droben!

Um *einen* Führer scharen sich die Stämme,
Die Schranken fallen ein, gebrochen sind die Dämme;
Der Franken Herz, das Herz der Schwaben, Bayern, Sachsen
Zum Herz des Vaterlands in ihm zusammenwachsen!

Das deutsche Reich, so ist's noch nicht verloren,
Der Deutschen König ist aufs neue so erkoren,
Des Geistes Reich aufs neue fest gegründet,
Des Geistes Volk zu Kampf und Sieg verbündet!

Schwer ist die Zeit, doch gut sind ihre Zeichen,
Wohl muß die Nacht dem Licht der Sonne weichen!
Nicht mehr gehört die Welt den Neidern und den Hassern,
Ja, Gottes Geist schwebt immer auf den Wassern!

Die Glocken hallen, und die Banner wehen
Dem großen Feste, das wir heut begehen!
Die Herzen schlagen, und die Augen glänzen
Dem stolzen Bilde, das wir heut bekränzen
Am Krönungstag des Geists, in Tat, in Wort, in Liedern –
Ein einig einzig Volk, ein einzig Volk von Brüdern! –

Königseid!

Es sprach der Priester ihm Verrat ins Ohr:
»Der Eid ist nichtig, den du hast gegeben!«
Es drängte sich der Edle dann hervor:
»Brich diesen Eid, willst du als König leben!«
Sie sprachen beide: »Schreite, schreite vor,
Wir wollen dich, ein starker Wall, umgeben!«
Er schwankte lang, doch in der bösen Stunde
Entfloh das böse Wort aus seinem Munde.

Er brach den Eid! Er war ein stolzer Sieger
In mancher Schlacht; der Welt schrieb er Gesetze;
Sein Wink bewegte hunderttausend Krieger,
Er blickte stolz auf hunderttausend Schätze.
Sein Schwert, sein Gold ihm zeigten die Betrüger,
Er brach den Eid und fiel in ihre Netze:
Sein Reich, in tausend Jahren aufgerichtet,
Es hat *ein* Wort, ein einzig Wort, vernichtet.

Da ging ein großer Schrecken durch die Lande,
Ein Bangen ging durch Hütten und Paläste;
Es schlug die Furcht ein jedes Herz in Bande,
Der Baum des Volkes fühlt' durch alle Äste,
Daß seine Wurzeln hafteten im Sande,
Daß sich der Wurm in seinem Marke mäste.
Ein Schrei klang auf aus grenzenlosem Leide:
»Der König brach den Eid! Was gelten Eide?«

Und Stille ward's; es lächelten die Schlimmen,
Sie hatten ja das große Spiel gewonnen.
Sie hörten nicht die leisen Klagestimmen,
Sie hoben stolz das Haupt im Strahl der Sonnen!
Sie sahen nicht die bösen Funken glimmen,
Verschlossen hielten sie der Wahrheit Bronnen.
Er brach den Eid; er lag in ihren Ketten!
Er brach den Eid! Wer kann den König retten?

Nun schießt die Saat; sie wuchert im geheimen
Und füllt die Welt: Der König brach den Eid!
Aus falschem Worte Tausende entkeimen,
Aus *einem* Leid wächst tausendfältig Leid!
Wer will mit Schweiß und Blut die Krone leimen?
Die Treue weicht, Untreue weit und breit
Fährt um im Land und droht an allen Enden;
Er brach den Eid! Wer will das Unheil wenden?

Und stille bleibt's nicht. Horch, ein leises Klagen,
Das Murren wird und dann zu dumpfem Grollen!
Wer will den Kampf nun mit der Wahrheit wagen?
Wer wehrt den Andrang jenem fernen Rollen,
Das wächst und wächst? Wer will in Fesseln schlagen
Die großen Wetter, die nun kommen wollen?
Herbei, ihr Priester! Helft, ihr stolzen Ritter!
Er brach den Eid; nun schützt ihn im Gewitter!

Die Trommel dröhnet durch der Städte Gassen,
Der Kriegsherr ruft; in Scharen ohne Ende
Ziehn auf im Eisenschmuck des Heeres Massen,
Es ballt das Volk die waffenlosen Hände.
In öder Kirch den Priester hat's verlassen,
Daß es dem König diese Botschaft sende:
»Der Glaube lügt! Du König hast gelogen!
Du hast dich selbst, du hast dein Volk betrogen!«

Dann bricht es los! Es senken sich die Speere,
Die Wahrheit soll an ihnen sich verbluten!
Ihr gegenüber tritt die Söldnerehre
In stolzen Reihn, darob die Banner fluten.
Im Bürgerkrieg begegnen sich die Heere;
Die Treue muß vergehn in seinen Gluten:
Er brach den Eid, der Fürst von Gott gesendet;
Gott ist die Wahrheit; Gott sich von ihm wendet!

Im weiten Lande alle Glocken hallen
Zum Volkeskampf; es steht die Welt in Flammen!
Was gilt der Eid der Bauern, der Vasallen?
Der Bürgereid? Es stehen nicht beisammen
Zwei Herzen mehr; die stärksten Stützen fallen!
Es stürzt des Reiches Pracht in sich zusammen!
Der König brach den Eid! Das zieht hinunter
Ihn in die Tiefe, und sein Reich geht unter!

Ja, in die Tiefe! Donnernd durch das Land
Kreist nun der Aufruhr, und in Wirbeln schlinget
Er um den Fürst sich, dem nicht *eine* Hand
Sich bietet, dessen Ruf im Hohn verklinget,
Der seine letzte Kraft hat aufgewandt,
Des Reue nicht empor zum Himmel dringet.
Wer glaubt dem König? Falsch hat er geschworen;
Er brach den Eid! Der König ist verloren!

Wie rast das Volk! Wie drängen sich die Haufen!
In Waffen drohn dem Herrscher sie entgegen!
Die Plebs konnt er mit Golde wohl erkaufen,
Das Volk kann er mit Golde nicht bewegen!
Schon droht es, Sturm auf den Palast zu laufen:
Was nützt der Speer, was der Trabanten Degen?
Stets näher wogt des Kampfes Brüllen, Heulen,
Und zitternd neigen sich der Hofburg Säulen.

Wo sind sie nun, die Herrn im Eisenkleide,
Daß ihre Banner um den Thron sie scharen?
Der Priester und der Edle schwanden beide;
Der König muß den bittern Schmerz erfahren:
Sie lassen ihn allein in seinem Leide,
Sie lassen ihn allein in den Gefahren!
Wie schnell sind sie in Nacht und Nichts zerstoben,
Als wilder stets die Fluten ihn umtoben!

So steht er einsam in den hohen Hallen,
Um die die Wogen seines Volkes rollen,
Durch die die Schatten seiner Ahnen wallen;
Er sieht sie nicht – er ahnet nur ihr Grollen; –
Sein tausendjährig Reich, es muß zerfallen,
Nicht Kraft hat er, zu denken und zu wollen.
Was retten könnte, hat er selbst vernichtet;
Mit eigner Hand hat er sich selbst gerichtet.

Gute Stunde

Es zechen die Götter im hohen Olymp,
Wir sitzen auf grünendem Hügel;
In der Mitte zumal,
Zwischen Äther und Tal,
Da wachsen dem Herzen wohl Flügel.

Nun drücket den blühenden Kranz auf das Haupt
Und jauchzet: Es lebe das Leben!
Und den Göttern sei Heil,
Die so wonniglich Teil
Von Himmel und Erd uns gegeben!

Hemm keiner den pochenden Herzschlag der Brust,
Wir sitzen in heiliger Runde;
Blickt nicht vor, nicht zurück,
Denn das flüchtige Glück,
Es haftet ja nur an der Stunde.

Und so hebet die Becher ins Abendrot,
Gold haltet dem Golde entgegen;
Schlürft die selige Stund,
Doch mit lästerndem Mund
Nicht reizet das Schicksal verwegen.

Und so klinget die vollen Pokale an,
Doch weckt nicht die Götter vermessen;
Denn ihr Neid hat beim Mahl
Im olympischen Saal
Nur minutenlang uns vergessen!

Beruhigung

Auf alle Höhen
Da wollt ich steigen,
Zu allen Tiefen
Mich niederneigen.
Das Nah und Ferne
Wollt ich erkünden,
Geheimste Wunder
Wollt ich ergründen.
Gewaltig Sehnen,
Unendlich Schweifen,
Im ewgen Streben
Ein Nieergreifen –
   Das war mein Leben.

Nun ist's geschehen; –
Aus allen Räumen
Hab ich gewonnen
Ein holdes Träumen.
Nun sind umschlossen
Im engsten Ringe,
Im stillsten Herzen
Weltweite Dinge.
Lichtblauer Schleier
Sank nieder leise;
In Liebesweben,
Goldzauberkreise –
   Ist nun mein Leben.

Dies sang ein Dichter,
Der in dem Gelichter
Der luftigen Schar
Der leichteste war.

Dem kühnen Seemann gleich ich bin,
Steuernd mein Herz durch wonn'ge Nacht,
Hoffend auf seligsten Gewinn,
Trauend auf neuer Sterne Macht.

Ja, fremder Lichter fremder Lauf,
Sternbild der Liebe himmlisch hehr,
Stieg mir zu Häupten glänzend auf,
Zieht seine Bahnen vor mir her.

Nun schwebt mein Herz in Wonnen hin
Durch fremde, nie geahnte Pracht;
Ob ich im Traum, im Wachen bin,
Wer sagt mir das in solcher Nacht?

Wie ist mein Himmel sternenvoll!
Wie ist mein Leben überreich!
Und wenn ich morgen scheitern soll,
Den ew'gen Göttern bin ich gleich!

Die Regennacht

Ein armer Mann lag er auf seinem Lager
Und horchte, wie der Regen niederrauschte;
Ein altes Weiblein, giftig, gelb und hager,
Krankheit genannt, hielt Wacht,
Und es war Nacht,
War lange, schaurig kalte Regennacht.

Dem Manne weh, der einsam und verlassen
In solcher Nacht sich quält mit seinem Leben,
Der horchen muß dem Regen in den Gassen
Und zählen muß den Glockenschlag
Bis zu dem Tag,
Dem langen, grauen, öden Wintertag!

Das Auge fängt sich in des Vorhangs Falten,
Nur matten Schein verhüllt die Lampe wirft,
Schatten und Nacht! Und in der Nacht Gestalten
Und Tongewirr! Der Regen niederrauscht,
Die Seele lauscht
Und ängstet sich, verliert sich in sich selber!

Ein fröstelnd Feuer! Bei dem Rauschen, Rauschen
Geseufz des Winds vor dem verhangnen Fenster.
O unerträglich qualvoll, schmerzhaft Lauschen,
Das an den Nerven zerrt und zuckt!
Der Tod, der guckt
Sich überbeugend ins Gesicht dem Opfer.

Und wie die Tropfen unaufhörlich fallen,
Und wie es klingt und klopft und gießt und plätschert,
Da hört er leise Geistertritte hallen,
Und tote Jahre, Tage längst entschwunden,
Vergeßne Stunden
Ziehen lebendig durch die bange Seele.

Denke daran, in Sonne lag die Welt,
Wacht hielt die Mutter über dich im Schatten,
Ein Kind warst du auf einem Blumenfeld,
Denke der Kindheit, armer kranker Mann,
Denke daran,
Wie sich die Blüten schaukelten im Weste!

Denke daran, du standst auf Bergesgipfel,
Es hielt dein starker Arm die Braut umschlungen;
Tief unter dir der Tannen dunkle Wipfel
Und weit der Täler, Hügel grüner Kranz
Im sonngen Glanz –
Denke der duftgen, hoffnungsreichen Ferne!

Denke daran, die Lerche sang im Blauen,
Als in dein Haus du führtest die Geliebte,
Denk, wie im Segen prangten reich die Auen!
Denk, wie die Häupter neigeten die Ähren,
Die hoffnungsschweren,
Denk, wie die Sichel blitzte in der Sonne!

Weh, welche Nacht! Will nie der Regen enden?
Zu glühndem Feuer wird ein jeder Tropfen!
Was hilft's, die bange Seele abzuwenden?
Ein Leichenduft kalt ins Gesicht ihm schlägt,
Vorüber trägt
Vor dem geschloßnen Aug man seine Särge!

Ein armer Mann lag er auf seinem Lager
Und horchte, wie der Regen niederrauschte;
Ein altes Weiblein, giftig, gelb und hager,
Krankheit genannt, hielt Wacht,
Und es war Nacht,
War lange, schaurig kalte Regennacht.

Blitz und Donner auf dem Meere,
Schwarze Wolken hagelschwer,
Aus den Wolken ganze Scharen
Weißer Möwen schießen her.

Ums Gestein, der Mutter Knochen,
Ziehn die Vögel wilde Kreise,
Im uralten tragischen Wehe
Singt die See die alte Weise.

Uranus und Tellus kämpfen
Mit Neptun um Reich und Macht,
Über Reich und Kämpfer schreiten
Wird zuletzt die ewge Nacht.

Seelen sind die weißen Vögel,
Flatternd in dem Sturmesgraus,
Licht und Erde, Meer und Seelen
Löschet die Vernichtung aus.

In der Brandung stöhnt die Mythe,
Hallt im Donner und im Wind,
An den Fels mit wildem Schreien
Klammert sich das Menschenkind.

Gespräch in der Wüste

Der große Sultan Saladin
Und Richard von Engelland,
Die traten vor ihre Kämpfer hin
Und reichten sich die Hand.

Auf dem glühenden Plan um den Palmenbaum,
Unter dem die Könige schreiten,
Bis an des Horizontes Saum
Die Heeresscharen sich breiten.

Kein Kampfgeschrei, nur Flüsterwort –
Die Waffen leuchten und blitzen!
Um das Heilige Land sie werben dort,
Wo die beiden Könige sitzen!

Es reckte den Hals das Abendland,
Der Orient spitzte die Ohren;
Und wie auch die Sonn auf die Scheitel brannt,
Sie standen wie festgefroren.

Manch guter Knappe, manch braver Baron
Bedachte, was sie wohl dächten;
Manch Reiterfürst, manch Wüstensohn
Es gerne zusammenbrächten.

Der König Richard Löwenherz
Schaut dem Sultan ins Gesicht,
Sie sprachen von – mancher schönen Frau,
Vom Heiligen Grabe nicht!

Roderichs von der Leine
gereimte Linzer Erlebnisse

I

Grau verschleiert schaun die Berge
Auf die fremde Stadt herein,
Unablässig rieselt's nieder,
Und ich gähne kläglich drein.

Gott, o Gott, o woll es wenden,
Gott, Erbarmen habe du!
Sende mir in dieser Trübsal
Einen deiner Engel zu.

Goldgelockt, mit blauen Augen,
Schlank und weiß von Angesicht
Laß ihn sein, um mich zu trösten, –
Flügel – Flügel braucht' er nicht.

Von dem Dome summt die Glocke,
Und die frommen Christen schleichen
Durch den Schmutz der Stadt zur Messe;
Gott, o Gott, laß dich erweichen!

Einen Engel send hernieder
Oder einen Sonnenstrahl;
Lasse mich nicht untergehen
Hier in dieser Jammerqual!

II

Bläulich ringelnd, sanft verwehend
Schwindet der Zigarre Duft;
Unablässig rieselt's nieder,
Und ich schnappe wild nach Luft.

Aus dem Fenster halben Leibes
Häng ich jetzt und hör die Tropfen
Drunten in der engen Gasse
Auf die Regenschirme klopfen.

Und das Auge, schläfrig müde,
An dem Hause gegenüber
Von dem Keller bis zum Dache
Kriecht's hinauf und senkt sich wieder.

An des Metzgers Tür dem Hammel,
Ausgeweidet, halb zerfetzt,
Ach, wie gleicht ihm schauderhaftig
Meine arme Seele jetzt!

III

Hinter hohen Spiegelscheiben
In dem blanken Messingbauer
Kreischt ein grüner Papageie
Und erweckt mir neue Schauer.

Eine Dam in rotem Sammet
Füttert ihn mit Zuckerbrocken.
Merci! kreischt er, klettert, flattert –
Alle meine Pulse stocken;

Denn ein neues Bild ist er mir
Aus dem wildbewegten Leben,
Denn mit Flattern, Mercisagen
Hab auch ich mich abgegeben.

Und 'ne Dam in rotem Sammet
Reicht' auch mir einst Süßigkeiten;
Merci! merci! rasend werd ich,
Denk' ich heute jener Zeiten.

O du grüner Papagoye
In dem blanken Silberringe,
Häng dich auf an deiner Kette:
Sauer werden süße Dinge.

IV

Und von neuem, schläfrig gähnend,
Heb ich jetzt die Augenlider;
Hoch und höher schweift das Auge,
Nah dem Dache haftet's wieder.

Nah dem Dache – Gott, was seh ich?
Gott, o Gott, kann's möglich sein?
In des Regens trostlos Plätschern
Schießt ein Sonnenstrahl herein!

Nah dem Dach ein offen Fenster,
Ganz von Bohnenblüt' umwoben!
Gott, o Gott, du hast gerettet!
Dank dir, Dichtergott dort oben!

Nah dem Dach ein offen Fenster,
Und darin ein Engelsköpfchen,
Blaue Augen, weiße Arme,
Rosig Mündlein, goldne Zöpfchen!

Nah dem Dach der ganze Himmel;
O wie fern dem Erdenschmutz!
Nah dem Dach die ewge Wonne!
Schöne Heilge, deinen Schutz,

Deinen süßen Schutz erfleh ich –
Nicht mit Winken – kaum mit Blicken;
Schöne Heilge, schöne Selge,
Willst du nicht herniedernicken?

Ach sie hebt sich von dem Sitze;
Elfenhaft, im Blütenkranz,
Um den Mund ein Engellächeln,
Steht sie hold im Sonnenglanz.

Alle Teufel! Tod und Hölle!
Gott, o Gott, was soll das wieder?
Schönster Engel! Süße Heilge!
Gott, sie läßt den Vorhang nieder.

V

Unablässig rauscht's herunter,
Und ich seufze klagend drein;
Grau verschleiert sehn die Berge
Auf die fremde Stadt herein.

Und das rote Reisehandbuch
Greif ich auf und sink zurück
Schwer und mit gelösten Gliedern
In den Sessel, und der Blick

Sucht die Stelle, wo es lautet:
»Linz ist eine schöne Stadt,
Die schlecht Pflaster, einige Menschen
Und auch ein Theater hat!«

Linz, o Linz am Donaustrande,
Ewig, Linz, gedenk ich dein;
Deinem Ruhme und Theater
Will ich diese Verse weihn.

Linz, o Linz am Donaustrande,
Linz in Oberösterreich,
Denk ich deiner, wird das Auge
Feucht, und wird das Herze weich!

Jener weiße kleine Vorhang,
Vor dem Fenster nah dem Dach –
Denk ich sein, was wird da alles
In dem dummen Herzen wach!

Alle Götter und Göttinnen
Sind dem Dichter stets zur Seit,
Geben ihm durch Blut und Flammen,
Durch – den Regen das Geleit.

Jenen weißen kleinen Vorhang,
Liebchen, Liebchen, laß ihn zu!
In der holden Götterdämmrung,
Liebchen, lieblicher bist du!

Ich sah in den Gassen des Volkes Geist
Und kenne der Könige Gänge,
Und meine Mittel erlaubten es mir,
So säng ich die höchsten Gesänge.

Es regt sich der Frühling unbedingt
In der Knappschaft edelsten Gliedern,
Es springen die Knospen, es springen auch
Die Knöpf an der Jungfrauen Miedern.

Es schwingen sich hoch im unendlichen Blau
Des Weltalls liebliche Töchter,
Ein jeglicher Knappe blickt schmachtend empor,
Und was er nicht kann, das möcht er.

Da hört ich von ferne, so leise, leis,
Des Weltballs Herzschlag pochen,
Und unter süßer Betäubung kam
Meine Muse in – die Wochen...

Dem Ritter wird man das tapfere Schwert
Mit Suppenlorbeer umgürten,
Und dem, der wie ich itzt, die Leier schlägt,
Besteckt man die Wurst mit Myrten.

Wer klug sein Schifflein zu steuern weiß,
Den muß man höchlichst preisen,
Doch vitam impendere vero ist
Das Wort der Helden und Weisen.

Nun tret ich einher mit erhobenem Haupt
In Platenschen Parabasen
Und halte den Honig, das Salz und den Senf
Der Knappschaft unter die Nasen...

Debout, ihr Kavaliere!
Ihr Pagen und Hartschiere,
Werft auf die Flügeltür!
Vor einem Fächerschlage
Wird itzt die Nacht zum Tage,
Klymene tritt herfür.

Sie neiget sich im Kreise;
Die Damen flüstern leise:
»Le sue spine ha!« –
Was kümmert es die Rose,
Klymene lächelt lose,
E passo passo va.

An Otto Müller

Unter manchem Schenkenzeichen haben heiter wir gesessen
Und des Lebens ep'sche Breite an dem Honorar gemessen;
Riß die Sturmflut des Geschickes heute uns von der Frau Motz,
Fanden wir uns morgen wieder in der Ledergass bei Stotz;
War der Trunk des Daseins sauer, fraß in uns des Grams Trichine.
Weinte mit mir meine Bertha, weinte über dich Alwine:
Immer soll es also bleiben, und im Land der biedern Schwaben
Wird der Dünne mit dem Dicken stets durch dick und dünne traben.

Stuttgarter Stammbuchblatt

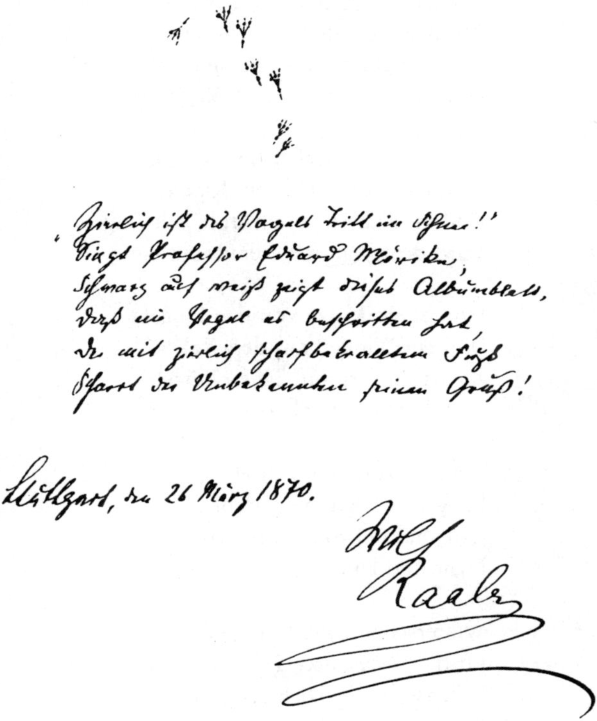
„Zierlich ist des Vogels Tritt im Schnee!"
Sagt Professor Eduard Mörike,
Schwarz auf weiß zeigt dieses Albumblatt,
Daß ein Vogel es beschritten hat,
Der mit zierlich scharfbekralltem Fuß
Schafft dem Unbekannten seinen Gruß!

Stuttgart, den 26 März 1870.

Wilh.
Raabe

Abschied von Stuttgart

Einmal sah er noch vom Wagen
Auf der Freunde Kreis zurück,
Und der Glanz von Jahr und Tagen
Drängte sich in *einen* Blick.

Aus der Ferne welch ein Klingen,
Aus der Nähe welch ein Klang!
Und im Rauschen mächtger Schwingen
Wird dem Wandrer fremd und bang.

Horch, ein Rufen von den Hügeln, –
Und ein Winken aus dem Tal!
Ziehst du fort auf eignen Flügeln?
Ist's dein Schicksal? deine Wahl? –

Sieh, da kommt's von allen Seiten,
Lang vergessen, neu erlebt,
Grüßend im Vorübergleiten,
Licht und Dunkelheit verwebt;

Winterschnee und Blütenbäume,
Lustger Weg durch Feld und Hain,
Lebensnot und Dichterträume,
Klug Gespräch beim Lampenschein!

Und die trauten Stimmen sagen:
Weißt du noch?... o denke dran!
Alles mußt du mit dir tragen,
Was dich hieher binden kann!

Über deinem Haupte Schwingen;
Aber Blei an deinem Fuß!
Stets in deinen Norden dringen
Wird des Südens warmer Gruß! –

Und vom Wagen in die Runde
Reicht der Freund jetzt still die Hand;
Leuchten wird in ferner Stunde,
Was im Augenblick verschwand!

Wen ein Gott
In früher Stunde
Hinausführt, ihm leitend
Den kindlich unsichern Schritt,
Und stellt ihn auf den Berg
In die junge Sonne,
Wahrlich, der wird
Ein anderes sehen,
Als der erhabene Unglückliche,
Welchem der Dämon
Um die Stunde des Mittags
Auf halbem Wege
Des Menschenlebens
Die Stirn berührt.

Es wird wachsen mit dem Tage
Das Kind,
Wird mit dem Auge des Adlers
Den feurigen Ball
Vom Aufgang zum Niedergang
Ruhig verfolgen.
In die Saiten der Leier,
Über welche der Knabe
Mit kindischer Hand
Lächelnd fuhr,
Wird greifen der Jüngling
Sieghaft und königlich
Und wieder lächeln.
Es wird der Mann
Dem Sturme stehen
Und seine Brüder
Mit leuchtendem Schilde
Gelassen decken.
Es wird der Greis
In heiterm Sinnen
Der dunkeln Nacht
Entgegenblicken
Und hoher Ahnen
Göttliches Winken
Im klingenden Herzen
Hinübergehen:
»Mehr Licht!«

Aber der andre
Aus kreischendem Wirrsal
Empörter Städte
Verliert sich im Wald
Von glühender Heide.
Es folgen ihm fernher
Fluchwort und Drohwort,
Seufzen der Freunde,
Triumphgeschrei des Feinds.
Da steht er und zaudert,
Die Schrecken des Todes
Sind um ihn und in ihm;
Gestein und Gestrüppe
Versperrt ihm den Weg.
– – – – – – – – – – –
– – – – – – – – – – –
– – – – – – – – – – –
– – –

Die Tür war zu. Verschlossen war die Tür.
Jenseits ihr Spielplatz! Jenseits alle hellen Wege
Für ihre kleinen Füße.
Jenseits der Garten und der Frühling; –
Diesseits der Tür die Dämmrung und das Fieber,
Die Dämmerung, die zur Nacht wird, und der Weg,
Der langsam, langsam abwärts führt –
Wohin? Wohin?!

Und an die Tür kam's dreimal,
Dreimal drückte ein kleiner Mund sich an das harte Holz,
Dreimal erklang's – hell,
Helle und noch heller:
Adieu!
Adieu!…
Adieu!.....
So trennten sich die Wege.

Einfälle

Aphorismen in zeitlicher Folge

1864

Für ein großes dramatisches Schaffen und Dichten ist unser individuelles Leben nicht bunt genug und das Völkerleben zu bunt. 3.5.64

Die schrecklichen Augenblicke, in welchen man in so kalter Verzweiflung zusammenzählt, wieviel man noch aufgeben könne, ohne die letzten Bedingungen seines Daseins aufzugeben. 23.6.64

Das Mal der Dichtung ist ein Kainsstempel, welcher einem auch nicht gratis aufgedrückt wird.

Man muß in den Dreck hineingeschlagen haben, um zu wissen, wie weit er spritzt. –

Eine Dame, von der man behauptete, daß nicht nur ihr Bild schon mehrfach in Privatbesitz übergegangen sei. –

Reden ist *Silber,* Schweigen ist Gold
Schweige o Mensch und iß.

Es ist doch eine schöne Zeit, in welcher der Mensch noch meint, daß das endliche und glückliche Zusammenkommen des Liebhabers und seines Mädchens das Letzte und Höchste ist, mit welchem das Drama oder der Roman sich abgeben könne.

Je mehr ihm das Leben entglitt, desto mehr wurde er Dichter.

Es gibt mehr Leute, als man sich vorstellt, welche eine gewisse Angst vor dem Gelde haben.

Die träumerische Viertelstunde eines Poeten oder Philosophen ist oft wichtiger für die Menschheit als der Lärm einer tagelang währenden Feldschlacht.

So oft eine neue überraschende Erkenntnis durch die Wissenschaft gewonnen wird, ist das erste Wort der Philister: es sei nicht wahr; das zweite: es sei gegen die Religion; und das dritte: so etwas habe Jedermann schon lange vorhergewußt.

So zogen wir durch das Land und kamen an einen vertrockneten Graben mit welchem die Vernunft aufhörte und das Land Mecklenburg anfing. –

1865

Ein Schriftsteller resp. Dichter, welcher den Baum zu stark schüttelt, daß mit den reifen auch die unreifen Früchte herabfallen. – 6.5.65

Die meisten Leute – welche aber immer den gebildeten Pöbel bilden – sprechen in Gesellschaft nie [um] der Sache willen; sondern nur, um ihre eigene Persönlichkeit, wenn auch nur für den Augenblick, in den Vordergrund zu schieben, und da dieses durch Tadel viel leichter zu bewerkstelligen [ist] als durch Lob (das Lob anderer nimmt für den Augenblick der eigenen Persönlichkeit immer was), so ist es erklärlich genug, woher in der Welt die vielen ungerechten, bornierten, albernen Urteile, und zwar nicht allein über Kunstwerke und Poesien, kommen.

18.7.65

1866

Als ich noch jung, imponierte mir Rom und Hellas oder ähnliches; heute, wo ich nicht mehr jung bin, vermag schon ... mir zu imponieren. 16. 4. 66

Die Mehrzahl der deutschen Menschheit rettet sich aus dem Werkeltagsleben in die Politik als ein Ideal und baut auch richtig so etwas danach auf. Für den Poeten aber ist die Beschäftigung mit der Politik ein Herabsteigen und man findet häufig, daß gerade die Dichter diese Gebilde des Tages am nüchternsten und verständigsten ansehen. 10. 5. 66

Der niedrige Grabhügel überragt oft die höchsten Gebirge der Erde. 30. 5. 66

1871

Das Pathos der Mittelmäßigkeit: Große Männer [sind] allein dadurch groß, daß sie sich von demselben nicht fortreißen lassen. 13. 6. 71

Man kommt nicht in die Welt, um sich »auszusuchen«, sondern um »vorlieb« zu nehmen.

Der Pöbel sagt stets »Du« zu einem großen Mann, der ihm nichts bessers zu fressen und zu saufen gibt oder ihn auf dem Schlachtfeld verhauen läßt, und verlangt durch alle Stände, daß man »Sie« zu ihm sage. –

1873

Die Illusion, daß jemand sich von den Füßen, auf denen er steht, »rühren« könne! Wie viele brave Gesellen beiderlei Geschlechts hat *die* Täuschung schon ins Elend geführt!

Wenn dieses Sündflutgewässer reclamierter Literatur sich senkt, dann wird sich abheben eine Insel mit schroffen, schwer zugängigen Landungsstellen, zornig und drohend anzusehen; aber im Innern voll von Blumen und Palmen, süßen Stimmen etc.

Wie unendlich sind die Zwischenräume des Raums, und wie natürlich ist es, daß die Eiche, die *hier* wächst, dort durch die Palme abgelöst wird, und diese durch das isländische Moos.

Wer ist ein Humorist? Der den winzigsten aller Nägel in die Wand oder die Hirnschale des hochlöblichen Publikums schlägt, – und die ganze Garderobe der Zeit und aller vergangenen Zeit dran aufhängt.

Man muß Bücher schreiben, die gewinnen, wenn das Geschlecht, das sie später liest, andere Röcke und Hosen trägt.

1874

Im Augenblick, wo der echte Künstler schafft, hat er weder Weib noch Kind und am allerwenigsten Freunde. Februar 74

Das war eine Rede, die floß gleich einem Bach, in den die umwachsenden Bäume und Büsche ihre Blüten geschüttet hatten.
Februar 74

In dem Augenblick, in welchem du dem Volke dein Bestes zu geben dich abhastest, ruft der Pöbel unter deinem Fenster: Racha! oder gar: Du Narr! Februar 74

Die Menschen irren sich. Man hat nur Freude an dem, was einem *nicht* gehört. Alles Übrige ist eine Last. 16. 3. 74

Knie dem Philister auf der Seele und du drückst doch keinen Geist heraus. März 74

Einen mit der Faust niederschlagen – das ist der Held; aber im Gedränge sich vorlegen mit dem rechten Ellenbogen, um durch die Massen totzudrücken, das ist der Philister. Da kann man wegrennen (Alibi), wenn die Polizei kommt. März 74

Nur die Leute sind und tun was, die *allein* stehen. 3. 6. 74

»Sei nur stille«, sagte *der* –, »ein Engel des Lichts werde ich am Throne schweben, derweil du heulend liegst.« Juni 74

Wie Cincinnatus baute er seinen eigenen Kohl, nur auf eine andere Weise – er versorgte ein halb Dutzend Literaturblätter damit. Juni 74

O Mensch, laß dich nie mit einer Menschenart ein, heirate nie in eine Familie, die beim dritten Wort stets unterbricht oder bemerkt: »Ich finde aber, daß ...« Juni 74

Es ist mit den Menschen wie mit den Büchern, die man liest: das eine ist einem ans Herz gewachsen und daraus geschrieben, wie Wahrheit und Dichtung, und andre liest man nach Tisch auf dem Sofa liegend, wie Soll und Haben. Juni 74

Er war durch den fortwährenden Umgang mit sich selber grenzenlos verwöhnt worden. Juni 74

O, Du als ein antiker Heide solltest doch nicht so christlich fluchen! Juni 74

Jedes Wort blitzt wie Tau auf der Blume. Juni 74

Talent für Lebensbehagen: etwas zu machen aus dem Qualm, der von dem Feuer der Leidenschaft noch in der Luft schwebt. 20. 4. 74

Das, was den Menschen den Aufenthalt in dieser Welt am unbehaglichsten macht, ist ein zu zartes Versenken in die Gefühle und Zustände der andern. Weiber sind dem am wenigsten ausgesetzt. 27. 7. 74

Mittel für einen Egoisten, um den Verdruß der Gegenwart zu überwinden: Man sagt sich, du wirst 80 Jahre alt und begräbst das alles. 27. 7. 74

Das Geld liegt auf der Straße. Für den deutschen Poeten aber liegt es leider in der Gosse. Will er's aufheben, so steht dem nichts im Wege. Juni 74

Nicht die behaglich Hinlebenden, sondern die –?–, die Unglücklichen bilden das rechte Kriterium für Dichterwerke. 1. 8. 74

Was ist der Mensch! Mittags fidel Table d'hote, abends mit dem Magenkrampf im Bette. 3. 8. 74

Die schlechte Taschenuhr. Sie hat mir durch die kritischsten Perioden durchgehalten. Ich werde ihr Picken nicht gegen den kostbarsten Chronometer vertauschen. 8. 8. 74

Es ist ein verflucht süßes Gefühl, sich als Märtyrer zu fühlen, welches nur die Edelsten in der Menschheit leider nicht kennenlernen. 18. 10. 74

Die Viecherei bleibt dieselbe, ob man sich heut mit Gewehr und Chassepot zu Leibe geht oder wie vor längeren Jahren und Jahrtausenden seinen Stein in die Schleuder legt und sich den an die Köpfe wirft. Oktober 74

Euch wird auch noch einmal das Porzellan euerer rechtlichen, gefälligen ästhetischen Bedenklichkeiten um die Ohren fliegen. Oktober 74

Heute nach 60 Jahren gibt es eine ...-Literatur. Dann wird man herumgeschnüffelt haben und herumschnüffeln, und – ein Vivat all denen, die mir heute Gutes tun und getan haben.
Oktober 74

Je freier man wird, desto mehr fügt man sich der Sitte.
1. 11. 74

Ein Charakter, der stets Hübners Zeitungslexikon, seinen »Hausschatz« nachschlägt, um zu wissen, wie der deutsche Philister in irgendeinem Fall über irgend etwas denkt.
19. 11. 74

Das ist, wie wenn Leute im Laufe eines langen Lebens Geld erworben haben und ein Haus bauen. Sie ärgern sich während des Baues, ziehen ein und sterben an den feuchten Wänden.
November 74

Dem ungebildeten Menschen erscheint alles als Einzelheit, dem gebildeten alles im Zusammenhange. Es gibt da aber allerlei Nuancen. November 74

Die Sonne schien ununterbrochen seit Monaten. Es schien, als solle die Welt diesmal durch Liebenswürdigkeit umgebracht werden, und [es] fing an, Leute zu geben, die die Frage stellten, ob es doch nicht angenehmer sei, alles in allem genommen, ersäuft zu werden, wie das erste Mal. November 74

Es ist fraglich, ob mehr von ihm übrigbleiben wird als das Faktum, daß er ein dummes Urteil über ... abgegeben habe.
Dezember 74

Ein wirkliches Buch muß so geschrieben sein, daß ihm weder eine Handvoll Druckfehler, noch eine schlechte Ausstattung, noch alberne Reklamen und dumme Kritiken im Laufe der Zeiten etwas anhaben. Es muß aus allem Wust und Unsinn auftauchen können – und es wird's. – 9. 12. 74

Wenn ich nicht ein großer Poet bin auf dem Papier, bin ich [es] doch in der Wirklichkeit. Ich habe in meiner Seele die Existenz von Hunderten von Individuen durchgekostet und – meinethalb mag nun das theatrum mundi zu Grunde gehn.
17. 12. 74

In früheren Jahrhunderten mußte jemand, der auch geistig etwas erleben wollte, hinausgehen und sich persönlich in das Getümmel mischen. Heute sitzt man still, und die großen Wogen kommen doch zu einem – gehen mit ihrer Ideenfülle einem über den Kopf weg. 24. 12. 74

Es wird sehr vieles dem bösen oder guten Willen des einzelnen in die Schuhe geschoben, was doch nur das Schicksal ist und wofür und wogegen einer wie der andere nicht das geringste vermag. 27. 12. 74

Die Menschen sind nur allzuhäufig imstande, wenn das Lebendige unter dem Toten erscheint, das erstere für das Gespenst zu halten. Dezember 74

»Was ist die Glocke?« – »Seht nach der Sonne.« – »Dummes Zeug! *Die* geht nicht richtig. Haben Sie denn keine Uhr?«
Dezember 74

Sie sprechen von Unkraut. Ohne das Unkraut würde doch mancher Fleck in der Welt recht klar und grau aussehen.
Dezember 74

Wenn du die philosophischen Konsequenzen nicht gelten lassen willst, so kannst du sagen: es ist eins der größten Gedichte, welches die Menschheit hervorgebracht hat. Dezember 74

Daß der gestrige Tag nicht wiederkommt, weiß ich, und weiter kümmert mich die Uhr nicht mehr. Dezember 74

Es fällt immer eine erste Schneeflocke, was für ein Gewimmel nachher kommen mag. Dezember 74

Ein ordentlicher Dr. ist neutrius generis und sieht, schmeckt, hört und riecht nichts weiter als seine Patienten.
Dezember 74

Es will alles nach seiner Natur behandelt werden: Das Feuer im Ofen und das Wasser, wie es den Berg herunterläuft. Wer sich darauf versteht, der versteht auch mit Menschen umzugehen. Dezember 74

Nur diejenigen Kunstwerke haben Anspruch auf Dauer, in denen die Nation sich wiederfindet. Dieses kann auf die mannigfaltigste Weise geschehen. Auch teilweise. Idyllisch – im großen Epos – im Drama. Aber ein Werk kann technisch noch so vollendet sein und doch tot bleiben.
Nationales Leben im Landprediger von Wakefield und Hermann und Dorothea. Werther. Faust. Doch nicht im Wilhelm Meister etc. Dezember 74

Nur *der* macht etwas, der den Mut hat, sich selber zu folgen. Das Talent macht nur nach.

Wenn man die Nuß knackt und hohl gefunden hat, wirft man sie weg. Die Welt aber verlangt, daß man sie für ... voll nehme und ihren Kern lobe.

Es werden sich schon Leute finden, die für mich Panier aufwerfen.

Das Original macht Fußtapfen. Die Nachahmer treten in diese Tapfen, aber *schief*.

Diese deutsche Nation gibt mehr für papierene Vatermörder und Halskragen aus als für *bedrucktes* Papier.

Es wird einem nichts schwerer in der Welt gemacht, als *seiner* Natur zu folgen. Die Natur, die ihm folgt, scheint das con amore gewöhnlich unmöglich machen zu wollen. Das Ganze setzt sich wider das Einzelne.

Die Sonne geht wohl klar und ... wundervoll auf; aber die Menschen, die auf die Berge klettern, um den Sonnenaufgang zu genießen, haben überwachte Körper, heiße Stirnen, trockene Handflächen und wenig Vergnügen davon. Die, welche die

Sonne wirklich aufgehen sehen, merken eben gar nichts davon, das sind die, zu deren Existenz es gehört, daß die Sonne früh aufgeht und sie an ihre Arbeit.

Ein Mund so reizend, daß er selbst das Wort »Kartoffelsuppe« nimmer ausgehaucht haben konnte.

Das Geld fällt vielen Menschen zu wie ein Denarius in eine Kloake.

1875

Die sonderbare Gemütsstimmung, die bei geistig bevorzugten Naturen ein längeres Leben hervorbringt; daß sie unter den Lasten des Lebens verwundert stehen und sich fragen: Weshalb *ich*, den es nichts angeht – nichts mehr angeht? Weshalb nicht den andern, die mit Leib und Seele dabei sind? Aber man zahlt eben die Rechnung des Lebens für die andern mit. Neujahr

Heute behältst *du* recht, heute über hundert Jahre habe *ich* es.
2. 1. 75

Solche Schriftsteller, die ihrer Natur nach, und wenn sie noch so viel geschrieben haben, Dilettanti sind, hört man in ihrem Gedruckten sprechen, wenn man sie persönlich kennt.
5. 1. 75

Kauft euch den Hungerpastor, das schöne Buch Abu Telfan und den Schüdderump, damit doch die armen Verleger etwas davon haben, wenn auch nicht der arme Autor, dem ja aber zu seinem Trost, so oft er kommt, der Himmel offensteht.
9. 1. 75

Ich war in einer Laune! Wenn Sie mir damals die Nase abgeschnitten hätten, würde ich Ihnen wie für eine Zerstreuung dafür dankbar gewesen sein. 18. 1. 75

Gegen ein Vorurteil im kleinen wie im großen ist's stets das nützlichste, sich unter dem Winde einzuschleichen; den feinsten Geruch des Bessern hat das Vorurteil, der Irrtum etc. in der Welt. 22. 1. 75

Man mochte mit dem Knöchel anpochen, wo man wollte, es klang immer taub. 29. 1. 75

Verschroben, verrückt, ja langweilig – tut alles nichts! Nur nicht herzensroh. Letzteres tötet die Gesellschaft. Januar 75

Was heute nicht ist, kann morgen werden; – wird morgen sein, ist vielleicht besser gesagt, vorzüglich von Hypochondristen. Es ist das alte tua fabula narratur. Februar 75

Die mit Gedanken zu tun haben, retten sich häufiger zum natürlichen Tode als die, welche mit Zahlen zu schaffen haben. Februar 75

Das wahre Kunstwerk ist seiner selbst wegen da, nicht dessen, der vor ihm steht, sitzt oder liegend auf dem Sofa ihm beizukommen sucht. Was geht den Lear, den Macbeth, den Hamlet etc. das an, was ihr über ihn denkt, – schreibt oder drucken laßt? Jetzt zeigt mir das neue Werk, dem das letztere einerlei ist! 2. 2. 75

Je älter man wird und klarer, desto ruhiger sieht man hinein in die Stimmungen zusammenlebender oder -treffender Menschen, die sich kreuzen und Konflikte hervorbringen, die nicht mehr die unsrigen sind und höchstens nur scheinen. 5. 2. 75

Das sind Bedingungen meines Daseins, die ich mit in den Kauf zu nehmen habe. Dazwischen klingt es mir doch immer: Das geht und du bleibst. So läßt sich jeder Tag ertragen mit allem, was er bringt. Wer mit den einzelnen Fratzen zu rechnen anfängt, der ist freilich verloren. 14. 2. 75

Es ist in allen Erdendingen das Praktische, das da ist und überall will. Das sieht *kein* Mensch ein und wundert sich deshalb, wenn er auf das stößt, was er sein Unglück nennt, mag es Krankheit, Tod, Zerknicken einer Lieblingsneigung, Verschwinden eines Ideals etc. etc. sein. Man kann Levkojen, Reseda und Nelken im Februar ins freie Land säen, aber ob sie gedeihen, das hängt von der Praxis der Natur ab. 16. 2. 75

Seine schönsten Gedanken kamen mir aber so merkwürdig bekannt vor. 19. 2. 75

Wo das *Tier* zum Vorschein kommt, bleibt dem *Menschen* nichts weiter übrig, als unendlich geduldig zu werden.

19. 2. 75

Er sieht das höchstens mit den Augen eines belesenen Buchbinders an. Februar 75

Gibt es nicht Völker, in denen vergessen zu werden eine Ehre ist? März 75

Als Paraklet steht Goethe höher als Shakespeare, weil er viel weniger befangen in den Dingen ist als dieser. März 75

Den Narren gehört der Tag, die Nacht den Weisen – in der sie gottlob nicht mehr zu wirken nötig haben, weil sie das Ihrige abgetan haben. März 75

Der Narr rechnet nach Jahren, der Kluge nach Tagen, der Weise nach Minuten. 7.3.75

Der Mann, der heute, d. h. in diesem Augenblick, Genie ist, ist im nächsten Talent und wieder im nächsten Dummkopf. Der Mann von Talent ist aber gewöhnlich Talent, und der Dummkopf ist immer Dummkopf. 7.3.75

Ein echter Schmerz, wie ein echtes Gefühl, setzt sich am leichtesten über alle äußeren Zeichen weg. Dann spricht im ersten Fall die Gewöhnlichkeit von Gefühllosigkeit, im andern meint der Philister: »Er meint es nicht ernst; man weiß nie, wie man mit ihm dran ist.« 7.3.75

Ein echter Dichter sagt *Ich!* Dieses heißt: die Gebilde seiner Phantasie haben eine solche Wirklichkeit, daß sie die Gebilde des Tages ihm vollständig zurückdrängen oder *sich* subsumieren. – Nachher spricht die Nation von Vaterlandslosigkeit und dergleichen. 7.3.75

Die Bücher sind die besten, die der Verfasser selber nicht zum zweitenmal »machen« kann, über die er sich selber wundert.

8.3.75

Was ist solch ein unbedeutendes Gemetzel wie bei Cannä, Leipzig oder Sedan gegen [die] fort und fort um den Erdball tosende Schlacht des Daseins? 8.3.75

Wenn längere Zeit nach dem Tode eines geliebten Wesens einen der alte Schmerz überkommt, so überlege man, was der Tote versäumt habe, während man selbst und die andern weiterleben. 15.3.75

»Hu, welch ein Wetter!« So? Glaubst du wirklich, daß überall, wo du dich aufhältst, die Sonne auf deine Engelhaftigkeit scheinen muß? 24.3.75

Einer der fleißigst arbeitenden Menschen; denn er arbeitete sich sogar bis zu einer Zelle im Irrenhause hin. 27.3.75

Ein drollig Buch, das sich einige Generationen durch lebendig hält, ist immer ein ernst anzusehendes Buch. 28.3.75

Der Mensch ist groß, wenn er menschlich ist; will er göttlich sein, wird er kindisch, und denkt er tierisch, wird er zum Vieh. März 75

Ein Buch herunternehmend: »Du Inbegriff der holden Schlummerkräfte!« März 75

Was hilft es, wenn die Nation an der Grenze oder über die Grenze hinaus die größesten Schlachten gewinnt und hinter sich währenddessen die verhungern läßt, um die es sich einzig lohnt, daß ein Volk Schlachten schlage und gewinne. Das Fressen, Saufen und Kinderzeugen würde an ihrer Stelle auch der sogenannte Feind besorgen. 5.4.75

Wem nicht jeder Satz, den er schreibt, der wichtigste ist, soll das Schreiben lassen. 6.4.75

Die wirklichen großen Herren in der Welt knöpfen erst im Tode ihren Oberrock auf, um ihren Stern zu zeigen. 9.4.75

Den meisten modernen Kunstwerken jeder Art sieht man das atemlose Bestreben an, sich der Bekanntschaft des Publikums aufzudrängen. Deshalb fehlt ihnen denn auch die wirkliche

Vornehmheit und damit das erste und letzte, was nötig ist zur Dauer. 16.4.75

Lieber drei Jungfern als eine Witwe heiraten. 20.4.75

Einem Mann, dem Goethe, der Optimist, und Schopenhauer, der Pessimist, zu einer Einheit wurde, dem wird Shakespeare zu einem Unterhaltungsschriftsteller. 23.4.75

Dem Kleinen ist der Große widerlich, denn wo jener hinkommt (meistens durch Zufall), ist dieser bereits gewesen. 26.4.75

Meine Bücher gewonnen, mein Leben verloren! April 75

Ihr sollt in meinem Denken und Reden, Tun und Lassen nicht den und den, dessen Bild ihr grade vor Augen habt, gelten lassen; sondern mich – mich selber. 30.4.75

Die Leute behalten nicht nur das Schlechte, sondern auch das Gute, was sie vom Nächsten denken, bei sich, und so geht die Welt ihren Weg. 17.5.75

Sie duldete keine Spinne in ihrer Behausung, weil sie die einzige darin sein und bleiben wollte. 17.5.75

»Um Himmels willen laßt uns niedersetzen,
Erzählen trübe Mär vom Tod der Könige –«
wahrlich, wenn irgendwo der Dichter mit dem König geht, so ist es hier. 20.5.75

Um wieviel mehr als »lasset die Toten ihre Toten begraben« darf man sagen: »Lasset die Lebenden für die Lebenden sorgen.« 15.6.75

Die interessantesten Zeiten des Menschendaseins sind nicht die, in welchen man sich der Illusion hingibt, sein Leben selbst führen zu können, nach rechts oder links abzuweichen, zu beharren oder aufzugeben, sondern die, in denen man den Flügelschlag des Schicksals deutlich über seinem Kopfe rauschen hört. Und trotz aller möglichen Unruhe und Aufregung sind die letzten auch, so paradox es klingen mag, die normalen. 7.7.75

Dieser Mensch hat alles *erlebt*. Shakespeare kann man begreifen, Goethe nicht. Der eine zieht das Gewächs aus und zeigt es euch von der Wurzel bis zur Blüte, vom Samen bis zum Welken. Der andere hebt den Boden mit aus, zeigt euch den Grad der Feuchtigkeit, zeigt euch die Gegend bis über den Horizont und den Himmel darüber. Er ist der *Welt*weise; der andere kennt nur den Menschen allein und in seinen Beziehungen zur Welt. 7.7.75

Nur *die* Pflanze, die mit Wurzeln und anhängendem Boden aus der allnährenden Mutter emporgezogen wird, wächst weiter. So das rechte Kunstwerk. 15.9.75

Die Kunsttätigkeit der Neuzeit hat uns einen neuen Maßstab für die Berechnung des Wertes der Individualitäten gegeben. Je häufiger und je lieber sich ein Mensch photographieren läßt, desto weniger steckt hinter ihm. 29.9.75

Von Biographien kann man dreist sagen: die am schlechtesten geschriebenen sind die besten, d. h. wahrsten. 10.11.75

Ruhm ist: mitgedacht zu werden, wenn an ein ganzes Volk gedacht wird. 29.11.75

In überströmender Begeisterung sprang er auf, trat auf die Enden seines Schlafrocks, fiel mit dem Stuhl zu Boden, und als er sich dann wieder erhob, schien er nicht nur, sondern war auch gefaßter und von neuem vollkommen nüchtern. 27. 12. 75

Das Leben ausnutzen heißt nicht, sich dem hingeben, was die Leute so nennen, sondern seiner eigenen Natur folgen, sie in ihren vorteilhaften Seiten ausbilden und, was sie groß nennt, tun, wenn auch die Welt es gering und langweilig schätzt.

Ich will sie in ein eleusinisches Mysterium einführen: Die Welt ist viel trivialer, als sie sich dieselbe vorstellen. Welt d. h. das Erdenleben der Menschen.

E. B. d. alle Ph. d. M. enth. [Ein Buch, das alle Philosophie der Menschheit enthält], ist eben keine Unterhaltungslektüre.

Bitte, suchen Sie mich einmal zu verstehen.

Was ist mir eine Leiche, nachdem ich die meiner Mutter gesehen habe?

Das Mißbehagen der Menschen steigt verhältnismäßig. Ein Glücklicher wird grade so arg durch kleine Unbequemlichkeit gequält, wie ein Unglücklicher durch großes Malheur.

Man sieht einem großen befruchtenden, wenn auch wildem Weltereignis zu, wie einem Gewitter mit nachfolgendem Landregen. Man trinkt mit dem Erdboden. Und es ist ein Behagen in der Unbehaglichkeit, die man persönlich von wegen der Nässe auszustehen hat.

Wer nicht ein widerwilliges Publikum auf seinem Wege mit sich fortziehen will, der soll das Schreiben lassen. *Mit* dem Publikum zu gehen, ist behaglich und lukrativ, freilich.

Was ist Geschichte der bildenden Kunst? Antwort: Wenn Lübke mit Kaulbach in die Stube tritt und vor der ganzen Gesellschaft dem Maler auf die Schulter klopft: »Hören Sie, lieber Freund, Sie sind ein Esel!« – und sodann die alleinige Aufmerksamkeit durch eine geistreiche Abhandlung über Raffael Sanzio etc. in Anspruch nimmt. 6. 1. 76

Sie fielen in die Welt, beide von derselben Größe und Rundung, aber der eine als ein Schwamm und der andere als eine Kanonenkugel. 19. 1. 76

Eine von den wenigen Behaglichkeiten, die der deutsche Nationalcharakter erzeugt hat, sind die deutschen Mittelstädte. 21. 1. 76

Gestern hatte ich Anteil an der ganzen Welt, und *nun gehört mir nichts mehr.* 22. 1. 76

Es gibt für mich nichts Bedenklicheres als ein neues Buch, das ich lesen soll. 23. 1. 76

In keiner Zeit so wie in der jetzigen, wo uns die ganze Welt mit Bequemlichkeit offensteht, gilt der alte Spruch: »Hic Rhodus, hic salta« – und wird soviel dadurch erreicht! 23. 1. 76

Du mußt dir immer vor die Seele halten, daß derselbe Kerl, der dich heute als Herr Schmidt tadelt, dich über fünfzig Jahre als Herr Schulz loben wird, und danach des Tages Meinung schätzen. 7. 2. 76

Wenn einer eine Leiter emporgeklettert ist und sie nicht mehr braucht, dann kümmert's ihn auf der Höhe auch nicht, wenn ein anderer die Leiter wegträgt und seinerseits sie zum Emporklettern an eine andre Wand lehnt. 7. 2. 76

Wir sollen jetzt Römer sein und dem Staat alles geben und sind doch moderne Menschen mit ausgebildetsten individuellen Bedürfnissen und Gefühlen. 23. 2. 76

Wie Buffon sich stets nur im Staatskleide an den Schreibtisch setzte, so setzen sich andere Völker in jeglichem Handwerk an den Arbeitstisch und haben Respekt vor ihrem Werk. Der Deutsche aber flegelt sich sch . . .ig hin und macht verdrossen Pfuscherarbeit und achtet auf nichts als auf die Glocke, die ihn aus seinem Stall in die Kneipe entläßt. 2. 3. 76

Ausfüllen muß jeder sein Leben. Mir zum Exempel ist es ganz einerlei, ob ich in Br. oder in Neapel wohne, was ich esse, wo ich esse und – was für ein Getöse außerhalb meiner vier Wände herrscht, vorausgesetzt, daß innerhalb dieser vier Wände alles still und alles an seinem Fleck bleibt. 29. 3. 76

Auch dadurch, daß der Mensch mit dem Teufel in Person verkehrt, erhebt er sich über die allgemeine Menschheits-Gleichheitslinie. 29. 3. 76

Das fürchterliche Warum? des alles in seinem nächsten Bereich, d. h. bis zu den fernsten Sternen erkennenden menschlichen Individuums. 6. 4. 76

Solange die Sonne scheint und der Regen regnet, die Kälte beißt, ist's mir gleichgültig, wie unverschämt und frech das Menschenvolk ist. Ich bin es auch und lasse mich ruhig bescheinen oder naßregnen. 7. 4. 76

Die Abc-Bücher bleiben die verbreitetsten Bücher in der Welt, und je tiefsinniger ihr Inhalt zusammengestellt wird, desto weniger findet er und andere Geisteserzeugnisse Eingang bei den Menschen. 12. 5. 76

Der ernste furchtbare Tag, an dem der Mutter die Gewißheit wird, daß das Kind, welches sie geboren hat, ein Anderes ist als sie selbst. 15. 6. 76

Der Erdenmensch erlebt in einer Minute mehr Elend als das Tier der Erde vom Anfang bis zum Ende. 18. 6. 76

Man sieht die größten Talente im Tumult untergehen und lebt Salzdahlumer Straße 3. 21. 6. 76

99 Prozent der jungen Damen bringen ihr Pianino als Summe des ästhetischen Fonds mit, den sie zu einer jungen Haushaltung liefern. Ein ästhetisches Gewissen haben sie nicht, wohl aber ein Gefühl, daß es »dazu gehört«, im Besitz desselben geglaubt zu werden. Das zugeklappte Musikding repräsentiert und ersetzt dann sehr hübsch dieses Gewissen. 25. 6. 76

Ich bin ein Anhänger der Todesstrafe, aber köpfen kann ich darum doch keinen. 26. 6. 76

Furcht ist nichts weiter als eine etwas prägnanter hervortretende Form als Äußerung des Egoismus. 1. 7. 76

»Und der Hund? Hat er sich tot gegrämt auf dem Grabe seines Herrn?« »Ne, wegen seiner Treue aber hat er schnell einen Liebhaber gefunden. Man hat zehn Taler mehr für ihn gegeben, als er wert war.« 15. 7. 76

Was ein bedeutender Mensch Mittelmäßiges gemacht hat, das ist von größerem Wert für die Menschheit, als was ein mittelmäßiger Mensch Bedeutendes gemacht. 28.7.76

Ist es richtig zu sagen: Der Menschheit ganzer Jammer packt mich an? Sollte es nicht heißen: Der Tierheit ganzer Jammer etc.? Das, was den Menschen vom Tier trennt, ist eben doch über den betreffenden Jammer erhaben. 2.8.76

Den richtigen »Lesepöbel« hat einzig und allein das »Volk der Denker« aufzuweisen. 6.8.76

Das Entwickeln der Charaktere mit zunehmendem Alter. Wie z. B. ein Ehepaar, das in jungen Jahren trefflich miteinander stimmte, allgemach von Tag zu Tage, von Woche zu Woche, von Jahr zu Jahr mehr auseinander kommt. Die *vollständige Schuldlosigkeit* beider Teile in dieser Beziehung. 19.8.76

Dieses Deutschland hängt wie ein nasser Waschlappen zwischen den Völkern der Erde. – 24.8.76

Eine französische vornehme Dame sagte einmal: »Wer geniert sich vor seinem Kammerdiener!« Das ist das Kennzeichen eines Genies, sich nicht mehr vor seiner Nation zu genieren – und der Gipfel der Verachtung von derselben. 24.8.76

Das hervorstechend Angenehme, was die Franzosen gezeugt haben, ist Paris, das, was den Deutschen gelungen ist, sind die deutschen Mittelstädte. 3.9.76

An nichts auf Erden sieht man es deutlicher, wie von rechtswegen alles zueinander passen muß, um ästhetisch zu wirken, wie an einem Gespann. Fuhrwerk, Pferde und Kutscher. Ein bärtiger Hofkutscher in großer Livree einen Mistwagen und zwei abgelebte Bauerngäule führend. Ein blaubekittelter Bauerlümmel zwei edle Rosse und Ihro Exzellenz oder noch höher zum Theater fahrend etc. Kann man sich vorstellen, sind aber undenkbar. 15.9.76

Grundgedanke des Sozialismus ist, daß ein jedwedes Individuum den ganzen Staat in sich zu repräsentieren wünscht, während sonst der Mensch nur durch die Polizei mit dem Staate mehr oder weniger in Berührung gerät. Ich danke für die höhere Würde der Gesamtrepräsentation. 16.9.76

Die Sonne muß die Frau in die Ehe, das Haus, mitbringen.
30.9.76

Was ist alles Schlepperauschen und Fächerspiel lachender, elegantester, zierlichster Weiblichkeit gegen das graziöse Behagen einer Akazie in ihrem Sommergewande im Sommerwinde?
5.10.76

Die alte Jungfer sitzt immer als »Gast« selbst im Familienkreise, soweit es sich um Brüder und Schwestern handelt.
10.10.76

In Deutschland hat mehr als in irgendeinem andern Lande der Welt nur der Pöbel Geld und wendet es in seiner Weise an.
6.12.76

Da ist eine Redensart: »Es war einmal in der Zeit, da die Leute noch dumm waren« etc. Die Redensart ist dumm und sollte lauten: da die Leute noch nicht so dumm waren wie heute.
14.12.76

Alle seine Kinder starben seiner Frau, weil er statt des Bluts Sägespäne in den Adern hatte. 30. 1. 77

O wie verschwenderisch gehen die Menschen jetzt mit dem kostbarsten Material, was es gibt, mit der Tinte um! 31. 1. 77

Die Leute, die am häufigsten sagen: »Wir wollen sehen!« sehen gemeiniglich am allerwenigsten, und gewöhnlich, und zwar mit Absicht, in dem betreffenden Falle. 19. 2. 77

Eine Schwalbe ist gesellschaftsfähig in jedem Salon, Kirche, Krankensaal, sowohl was Grazie, Bildung und Toilette anbetrifft. 21. 2. 77

Diese moderne Literatur mit ihrem Feuilletonsgeruch! 23. 2. 77

Und nun die Frage: »Haben Sie Geld, meine Herrschaften?« »Wann hat das deutsche Volk jemals Geld?« lautete die Gegenfrage. »Wir sind so arm wie je ein Kaiser, der einen Römerzug antrat.« 1. 3. 77

Was sind die gewöhnlichen Schriftsteller anders als Anschlagssäulen, die sich dem Publikum in den Weg pflanzen, mit den Bulletins des Tages an sich – Vergnügungen , verlorene Hunde und Geldbeuteln etc. etc.? 14. 3. 77

Mir ist gleichgültig der Rock, den ich trage, was ich esse und trinke und was die Narren von mir sagen. 12. 4. 77

Das ist unwahr und deshalb keine Dichtung. Lügen darfst du in politischen Abhandlungen, statistischen Aufstellungen und dergleichen. Das hat nichts zu sagen. Da lacht nur die pragmatische Weltentwicklung. Lügst du aber in der Dichtkunst, so lacht die Natur, die Sterne schütteln sich vor Lachen und – Mitleid. 26.4.77

Im Grunde genommen besteht nicht weniger als die Menschheit auch ein Volk aus einem Mann und einer Frau. April 77

Und wenn die Erde untergeht? So flattert ein Blatt hinaus, wie aus einem Abc-Buch. 6.5.77

Ein toter Bettelmann ist vornehmer als ein lebendiger König. 12.5.77

Ein rechter Künstler rechnet mit der Stunde, die nach dem Augenblick, in welchem er schafft, kommt, *nie!* – Das gilt aber nicht bloß von den Künstlern, sondern von jedem rechten Menschen. 14.5.77

Durch die wirklichen Bücher fassen wir den Geist, der außerhalb der soundsoviel Druckblätter, soundsoviel Bogen Druckpapier und des mehr oder weniger bunten Umschlags steht und sagen einfach, d.h. mit bebendem Herzen: »Da haben wir ihn!« 14.5.77

Der höchst seltene Fall, wo einer die Tochter der Liebenswürdigkeit der alten Schwiegermutter wegen nimmt. 25.7.77

Es gibt Kunstwerke, zu denen die Fehler als ihre liebenswürdigsten Ingredienzien gehören. 29.8.77

Es ist jetzt der ästhetische Glaubenssatz einer Richtung geworden, daß die Poesie die tägliche Zeitung von Nummer zu Nummer zu begleiten habe, um die hohe Befriedigung zu finden und zu geben. Wenn nur nicht das Wort »Befriedigung« an und für sich ein so hoher Begriff wäre, daß ihn der Tag und die »Zeit« nie hinzustellen vermag. Wann hat jemals die Stunde Befriedigung gegeben? – Die Loslösung von der Stunde ist es allein, die das vermag. Der reale Untergrund wird von jedem wahren Dichter immer schon instinktiv festgehalten. 7.9.77

Ich habe mir dann und wann die Erfüllung eines Wunsches gestattet, ein Buch gekauft etc., obgleich, ja weil ich wußte, daß mein Geldbeutel es durchaus nicht gestattete; aber noch häufiger habe ich später auf manchen Wunsch verzichtet, weil ich ihn mir gestatten konnte. 21.9.77

Es war an einem Spätsommerabend. Sämtliche deutsche Romanschreiber hatten auf denselben Beschlag legen wollen; aber mir fiel er zu. 21.9.77

Wir haben wohl das Wort gehört, wer nach dem 34. Lebensjahr sich noch an das Kreuz schlagen lasse, der sei ein Narr. Das ist ein schlechtes Wort. Das Verdienst steigt da mit den Jahren. Im 24sten ist der Opfertod noch leichter und kaum der Rede wert. Aber alt geworden zu sein und seine Ideale hochzuhalten und seinen Opfermut dafür zu erweisen: das macht den Heroen, den Menschheitserlöser. 4.10.77

Ich habe *gottlob* nicht die Fähigkeit und den Wunsch und das Bedürfnis, durch meine Persönlichkeit zu imponieren. Ich habe sie kennengelernt, diese Helden des Augenblicks. 8.10.77

Bei einem literarischen Kunstwerk handelt es sich so wenig um den Verleger, als bei einer Statue um den Arbeiter zu Carrara, der den Marmorblock im Steinbruche losbrach.

11.10.77

Ich bin mir gottlob nie so interessant, wie der größte Dummkopf es mir ist, wenn er mir seine Originalmeinung vorträgt. Es wird mir nie einfallen, so anmaßend (!) zu sein, ihn zu unterbrechen, um ihm *meine* Meinung mitzuteilen. 11. 10. 77

Man soll nur Bücher lesen, vor denen man in den großen Krisen des eigenen Lebens keinen Ekel empfindet. 19. 10. 77

Das Drama ist die Kunstform der Monarchie, der Roman die Kunstform der Demokratie. Ein dramatischer Republikaner ist ein Unding und wird sich immer als ein solches ausweisen. Daß Sophokles etc. in einer Republik geschrieben haben, beweist nichts. Ein Sklavenstaat ist immer ein absolutest monarchischer. Denn jeder Schuhmacher und Bürger ist seinem Leibeigenen gegenüber der König, fühlt königlich und – dramatisch, wenn es gilt, seine Würde aufrechtzuerhalten.
20. 10. 77

Das Zappeln, Gezappel in den neuesten Kunst- und Schriftwerken gegenüber der vornehmen Ruhe unserer Klassiker. Diese alten Herren waren eben vornehme Leute; wir aber sind fahrige »bourgois« – nicht einmal Plebejer; denn auch [da] ist ein modus in rebus; es gibt eine Vornehmheit, d. h. eine Unbefangenheit der Plebs, die dem bourgois ewig ein Rätsel bleibt.
25. 10. 77

Nach Kanossa gehen wir nicht, dafür aber nach Byzanz alle Tage. Auf die Länge wird das auch langweilig. 16. 11. 77

Wenn man in einem gegebenen Moment alles Lachen (alle Fröhlichkeit) der Welt oder alles Wehgeschrei auf einmal hören könnte! Was würde dann das einzelne Lachen und der einzelne Jammerruf bedeuten? 24. 11. 77

Das Exotische ist die Formel, unter der der Mensch die Welt zu sehen wünscht. Der deutsche Spießbürger aber ist ein Exotisches für den Pariser und umgekehrt. 1. 12. 77

Das Talent, Feuer »anzumachen«. 3. 12. 77

Einen großen Namen sich erwerben, daß man selbst silberne Löffel stehlen kann, ohne daß es einem Eintrag tut. 8. 12. 77

Ein *Werk* kann man sich selbst überlassen im Leben und Sterben. Es sind die Scheinwerke (Homunculi), die der Stütze der äußerlichen Künste, der Glasflasche, bedürfen. 11. 12. 77

Das wüsteste, unästhetischste Handwerk, das des Bankiers. *Die* Poesie, welche in der *Zahl* steckt, auf das trostloseste angewendet. – Die Ästhetik des schlechtesten Handwerkers, des Materialwarenhändlers etc. dagegen. 16. 12. 77

Ein klassisches Kunstwerk – man sieht die Fäden nicht heraushängen, an denen die Puppen gezogen werden. 17. 12. 77

1878

– und so ist das, was ihr meine sonnige Heiterkeit nennt, nichts als das Atemschöpfen eines dem Ertrinken Nahen.
12. 1. 78

Dieses verdammte Leben ist wahrhaftig nicht so viel wert, daß man sein Selbstbewußtsein einen Augenblick länger festhält, als es unbedingt nötig ist. 13. 1. 78

An dem Meineid scheitert alle Philosophie. Es wird da etwas zum Zeugen aufgerufen, daß man nicht lügt wie sonst den Tag über und das Leben durch. 25. 1. 78

Was kümmern den, welcher den Schmetterling flattern sieht, die Regentage und Winternächte, die die arme Schönheit von der Raupe bis in den sonnigen Augenblick sich durchquälte?! 28. 2. 78

Es ist mit den Organen des Beflissenen irgendeiner Kunst wie mit den Händen und vorzüglich Fingerspitzen eines Prestidigitateurs. Sie dürfen sie zu nichts anderm gebrauchen, um sich das feine Gefühl unverletzt zu erhalten. In der deutschen Literatur ist es Platen, der das am genauesten wußte. 2. 3. 78

Die urbane Natur-Mimik, die andere Völker haben, haben wir Deutschen uns erst anzulernen. So treiben wir es weit darin, wie wir durchschnittlich sehr lächerlich und affektiert uns dabei gebaren. Es kann im Grunde kein Germane mit der Hand grüßen. 22. 3. 78

Genial ist das, was die arme, gequälte Menschenseele ans Licht bringt, sonst nichts. 26. 3. 78

Die Zeit, in der man nicht mit dem Körper, sondern mit dem Geist erkennt, daß mit dem Wasser der Schlaf das Beste in der Welt ist. 28. 3. 78

Die großen Schriftsteller geben eine praktische Weisheit, die man brauchen kann, die kleinen ihre Tagesinteressen – die Politik, die Statistik, die geistige und körperliche Ökonomiewissenschaft des Tages. Die großen Namen dieser schönen Sachen tun da das meiste. 4. 4. 78

Über den Tod kommt jeder leicht hinweg, aber mit dem Sterben ist's eine andere Sache. 21. 4. 78

Behagen. Man will den Mangel daran, der in einem selbst liegt, durch Aufbäumen gegen andere einbringen. 22. 4. 78

Es gibt kein leichter zufriedenzustellendes Wesen als den Menschen. Man denke nur an die hunderttausend lyrischen Wonnemondgedichte, die er über die paar schönen Sonnentage, die ihm während des ewigen schlechten Wetters seiner Lebenszeit zuteil werden, gemacht hat. 29. 4. 78

Jeder Frühlings-Sonnentag schließt nur für ein paar Menschen, die imstande sind ihn zu genießen, unter Millionen, die nicht dazu imstande sind, das Glück der Erde und also den Himmel auf. 29. 4. 78

Die ganz überflüssige Frage: »Darf er denn das?« die man so häufig hört. Man darf viele Ungerechtigkeiten ungestraft begehen; aber Wahrheit sprechen, Gerechtigkeit üben, ein großes Kunstwerk hinstellen geht wahrlich nicht so leicht straffrei durch. 30. 4. 78

Ich bin mein ganzes Leben durch nur auf den Fang von glücklichen Schaffensminuten mit dem Schmetterlingsnetz ausgegangen. Und welch eine Geduld und Ruhe erfordernde Jagd das ist, das weiß jeder rechte Künstler. So sagen die verständigen Leute, die es »zu etwas bringen in der Welt«: Er hat sein Leben vertrödelt. 2. 5. 78

Alles Glücklichsein ist das eines Kindes im Theater. Das Alter weiß, wie die Dekoration von hinten aussieht und der Schauspieler zu Hause. Freilich bleiben die meisten bis zu ihrem Tode »große Kinder«. 4. 5. 78

Das welke Blatt, das vom Baum flattert und die welke »Institution«, beide halten sich über das Neukommende auf und prophezeien den allgemeinen Untergang daraus; während das neue Leben nichts weiter bedeutet als – daß alles beim alten bleibt. 6. 5. 78

Ich habe mich neulich gefreut über einen Rezensenten, der die »Welt als Wille und Vorstellung« ein systemloses, aus Einfällen zusammengesetztes Buch nennt – und gar keine Ahnung davon hat, daß es die »Einfälle« sind, welche die Früchte am Baum bedeuten. Wehe dem, dessen logisches Denken nicht zu einem Einfall, zu einer Intuition, zu einer Offenbarung führt! Wir wollen ruhig die Herrn à la Gervinus etc. sich über »Concetti« ereifern lassen; – es hat schon manch einer an solch einem Concetto *sein* logisch Denken angeknüpft. 11. 5. 78

Ach, das ist mit den Menschen wie mit dem Floh. Der Floh ist auch gar so grausam nicht. Wenn dich einer gebissen hat, so brauchst du ihn nur sanft zu nehmen, ihn eine Weile still zwischen dem Zeigefinger und Daumen zu reiben und ihm zu sagen: »Aber das war doch sehr unrecht von Dir!« – Wenn du ihn dann mit dem Daumennagel ein wenig auf die Tischplatte drückst, so tut er es gewiß nachher nie wieder. 26. 7. 78

Das Tiefe im Hamlet ist, daß er gerade der genaueste Verwandte des König Claudius ist. Alle Bosheit und Rancüne fördert er zu Tage in seiner Gekränktheit an dem eigenen Rechts- und Sittlichkeitsgefühl. 4. 8. 78

Was ist denn das für ein Haufen allerliebst zusammenkonstruierter Dammerde? 11. 8. 78

»Freiheit« ist bloß individuell, haftet dem einzelnen als einzelnem [an], aber nie als Mitglied eines Gemeinwesens. 12. 8. 78

Der größeste Verbrecher übt immer ein unmeßbar klein Teil der Verbrechen aus, deren er als Mensch und von Natur aus fähig ist. 15. 8. 78

Es ist die Größe der Dinge, die den persönlichen Gott aus dem Weltall herausstreicht. 15. 8. 78

Die Bauern: und wenn die Roggen- und Weizenernte noch so glänzend ausgefallen ist, dann ist ihnen natürlich *das Stroh nicht lang genug*. 27. 8. 78

In früherer Zeit malten die Maler um »zu packen«, die Hölle selbst: Nackte Menschenleiber in roten Flammen und Teufelskrallen. Heute, um zu packen, malt man auch die Hölle: Neronen etc., lebendige Fackeln, und es »packt auch«; die Moral, daß der Mensch derselbe bleibt und die Mittel, mit denen man auf ihn wirkt, gleichfalls. 14. 12. 78

1879

Heine las Goethe und Walter Scott deshalb mit Vorliebe, weil sie den Mond dann nicht scheinen ließen, wenn er nicht ans Firmament gehörte. 7. 1. 79

Das Empirische läßt man sich ästhetisch nur dann gefallen, wenn es in Reime eingekleidet ist. Es veraltet nichts leichter als die empirische Prosa – soweit es die Belletristik anbetrifft.
12. 1. 79

Es kann eine Welt geben, in der es eine Ehre ist, gehängt zu werden, und also auch zu einem Vergnügen werden kann.
1. 2. 79

Er spuckt noch aus seinem Grabe der Welt ins Gesicht.
20. 2. 79

Ein sich prügelnder Haufe Jungen. Einer bindet einen Fetzen an einen Stock und setzt sich mit einem Marschgeschrei in Bewegung. Sofort schweigt aller Zwiespalt. Im Marschschritt folgt alles demselben Banner und demselben Geschrei. Und je höher die Stange und je bunter der Lappen dran, desto größer der Enthusiasmus. 22. 2. 79

Der schlechte Egoismus, der sein Ich immer nur an die Stelle eines andern Ichs setzt, und der große Egoismus, der in sein Herz »die Welt zurückeschlingt«. 22. 2. 79

Nur die, welche in irgendeiner Weise ihre Unzulänglichkeit fühlen, sind, was man nennt, *nervös*. 27. 2. 79

Stimmen, die über das, was sie berichten, hinweglaufen. Angenehme Gesellen, die man alle acht Tage einmal gern trifft, mit denen man aber doch eigentlich nicht das geringste *zu tun* haben möchte. 18. 3. 79

1880

Ich fand einmal angeschrieben: Was soll ich hier an dieser schönen Stelle mit meinem Unglück? 21. 4. 80

– wie ein König in der Schlacht, der seinem Feldherrn zusieht, wie er ein Regiment junger Bauernsöhne gegen eine feindliche Batterie wirft und wahnsinnig werden müßte, wenn jemand das Recht hätte, ihm zu sagen: »Bloß für Eure Majestät!«
27. 4. 80

Jeder Mensch, der sich nicht kleidet, denkt, handelt etc. nach deinem Geschmack, ist dein Feind. Daß die Überlegenheit in der Welt darin liegt, so viele Menschen als möglich – alle, die dir begegnen, in ihrer Kleidung, Denkweise, ihrem Handeln zu begreifen und – mit ihnen zu leben, ist dir ein Versiegeltes.

1. 5. 80

Es kommt für den wirklichen Menschen die Zeit, wo er in den Werken der Autoren nicht mehr die Kunst, das Ästhetische sucht, um sich selber Ruhe zu schaffen im Sturm des Lebens, sondern die Fingerzeige, wie jene sich in dem großen Kampfe zurechtgefunden haben. Da werden in alle Zeit hinein *alle* 40 Bände Goethe die große Panazee bilden; und die armseligen Schächer laßt die Nasen rümpfen über den Geheimratsstil etc. darin. 18. 6. 80

[Man] wird wohl nicht den Faust und den Groß Kophta [auf] eine Stufe stellen; aber sie waren beide in dem [selben] Geiste da, und ohne den letztern wäre der [erstere] auch nicht auf dem Papiere vorhanden. [Blattrand beschädigt] 2. 8. 80

[Der] jetzige Bildhauer hat sich weniger mit der göttlichen [Figur] als mit der Kunst des Schusters und des Schneiders zu beschäftigen. Gott, wie sitzen dem großen Genius in Marmor [die Hosen]! [Am] besten sind noch die Herren dran, welche Menschen zu Pferde in Bronze oder Marmor hinzu[stellen] haben. Sie haben wenigstens den Gaul, dem [sie sich] ohne Schauder und Gewissensbisse widmen [dürfen]. [Blattrand beschädigt] 14. 8. 80

Wirklich vornehme Naturen schämen sich stets für viel, mit dem sie es im Wandel und Handel unserer Erde zu tun bekommen, mit; sie lassen sich aber grade deshalb desto williger bereit finden, alles das, was man von ihnen erlangen will, herzugeben, wenn auch nur, um so schnell als möglich wieder Ruhe zu haben vor der Narrheit und Unverschämtheit des laufenden Tages. 3. 10. 80

Das Beste, was der Mensch im Leben haben kann, ist ein Stück von dem, was er im Tode ganz haben wird – Ruhe. 3. 10. 80

Goethe ist der deutschen Nation gar nicht der Dichterei usw. wegen gegeben, sondern daß sie aus seinem Leben einen ganzen vollen Menschen vom Anfang bis zum Ende kennenlerne. Keinem andern Volke ist je ein solch Geschenk von den Himmlischen gemacht worden. Wo die einzelnen Züge liegen in den Schriften... 26. 10. 80

Die Pflanze deutsches Volk. Die *grünen* dazugehörigen Blattläuse, die von Zeit zu Zeit den Hintern emporheben und da einen Saft von sich geben: Junker-Pfaffentum, Parlamentarismus etc. Der Glaube an die Pflanze und nicht an die Parasiten. 5. 12. 80

Ein Kunststück geht an den Menschen vorüber, und an einem Kunstwerk gehen die Menschen vorüber. 7. 12. 80

Durch unsere literarische Bildung sind wir an die Illusion gewöhnt, unser Leben werde durch die Haupt- und Staatsaktionen weitergeschleudert, während es doch nur durch die feinsten Nuancen geschoben wird. 29. 12. 80

Alles in der Welt geht in der Wellenlinie. Jede Landstraße und so weiter. Wehe dem, der überall das Lineal anlegt!
4. 1. 81

Sie gehören auch zu denjenigen, die ihre Rechnung dabei finden, alle möglichen Einrichtungen des lieben Gottes dem gegenwärtigen politischen Verhältnisse in die Schuhe zu schieben. 7. 2. 81

Die Menschen steifen sich drauf, daß jeder um sie her unrecht habe; meine Meinung jedoch ist, daß jeder in der Welt recht hat. Keiner mehr und keiner minder als der andere.
15. 5. 81

Die ewige Illusion, daß das Leben noch vor einem liege. Das Leben liegt *immer* hinter einem. 20. 5. 81

Man erlebt nicht das, was man erlebt, sondern wie man es erlebt. 22. 5. 81

Ich habe noch nie ein Buch geschrieben, in dem nicht mehr gewesen ist als in irgendeiner Kritik darüber. 25. 5. 81

Vorurteilslosigkeit ist in recht vielen Fällen nur ein anderer Name für Gleichgültigkeit. NB. in politischen Dingen – in religiösen und so weiter. 28. 5. 81

Der Kerl hat viel zu oft recht! Der lehrt es einem, wie man sich dann und wann nach einem Menschen sehnen kann, der auch mal unrecht hat. 11. 6. 81

Wer milde ist, nicht leicht zürnt und, zürnt er leicht, sich dessen im nächsten Augenblick schämt, dem sind die Götter auch milde, und geht es nicht, haben sie nichts weiter für ihn, auch im längsten kummervollen Leben nicht, so schenken sie ihm doch einen leichten Tod, das Beste, was sie zu vergeben haben. Haben sie auch das letztere versäumt, nun, so schämen sie sich dessen. 24. 8. 81

Die Menschen leben in der Illusion, daß jeder das, was er tut, für sich tut; und das ist der größeste der Urirrtümer der Individuen. 24. 8. 81

Im hohen Alter kommt der Mensch, einerlei ob männlichen oder weiblichen Geschlechts, einerlei ob mit Grund oder ohne den allergeringsten, in die bitterste König-Lear-Stimmung und läßt sie aus, einerlei, ob seine Töchter Goneril und Regan oder ob sie Imogen und Cordelia heißen, und zwar – an ihnen.

Es tötet nichts so sicher als das Leben.

Wenn er an den Füßen auch Hände gehabt hätte, würde er auch damit zugegriffen haben. – Es juckt diesem Affengeschlecht in allen *zwanzig* Fingern.

Persönliche Interessen, die sie nicht draußen lassen konnten, weil sie überhaupt keine hatten – die Glücklichen, Kindlichen!

Das Kind einer Bettlerin, das hinter dem Zaune geboren wird und im Zuchthause stirbt, kann mehr Vergnügen von seinem Leben haben, als das Fürstenkind etc.

Es sind schon manche Leute in der Welt allein gelassen worden und am Ende doch nur die umgekommen, von denen sie allein gelassen worden waren. –

1883

Der größte Fortschritt der Zeit liegt darin, daß jeder anständige Mensch, der jetzt viel Geld erworben oder überkommen hat, das Gefühl in sich trägt, als ob er sich auf irgendeine Weise deswegen entschuldigen müsse. 24.3.83

1887

Eine Welt, in der man sich die Geburt und den Tod gefallen [lassen] muß; was sollte man sich in ihr sperren, sich das übrige gefallen zu lassen? 3.1.87

Der Liberalismus grenzt häufig eben viel inniger an die Dummheit, als der Konservatismus. In dem letzteren steckt nämlich immer doch noch die Weisheit der Vorfahren, in dem erstern aber nur allzu oft nichts weiter als die Naseweisheit des laufenden grünen Geschlechtes. 10.1.87

1888

Sollte es sich nicht mehr lohnen, den Leuten die hundert *schlechtesten* Bücher bekanntzumachen? Dabei hat man doch wenigstens die Sicherheit, daß die Listen nicht bloß flüchtig überblickt und dann beiseitegeschoben werden, sondern daß ein dankbares Publikum dieselben sehr genau durchstudiert und wirklich bei guten Freunden, in den Leihbibliotheken, ja sogar auch in den Buchläden, mehr oder weniger verstohlen, den »Sachen« nachfragt.

Er läßt all seine Behauptungen – sein Leben auf der Klinke stehen. Das ist nämlich eine provinziale Rede, wenn jemand die

Tür nicht hinter sich zumacht, sie aber auch nicht offenstehen läßt. Es haben nicht alle Menschen unter allen Umständen die Energie, die Tür hinter sich zuzuschlagen oder sie weit offenzulassen. – Die Redensart: »ein Hinterpförtchen offenzuhalten«, ist in der ganzen Welt nicht provinzial. Wer wird in der ganzen Welt mit der Welt fertig ohne sie? –

Das Wort »Vielschreiber« Trost der Mittelmäßigkeit. 4. 12. 88

Das kleine christlich-germanische Geldzusammenscharren gegenüber dem großen jüdischen Geldweltblick. *Das* Volk hat es gelernt durch seinen Verkehr mit den vorübergehenden Völkern. Dezember 88

Sie kriegt mit all ihren weggejagten Dienstmädchen einen Stern allein. Dezember 88

Ein gutes Zeichen. Ich werde immer unter den großen Toten mitaufgeführt. 30. 12. 88

1889

Sie sollen merken, daß sie überall auf die Asche erlauchter Ahnen treten. 3. 1. 89

Es gibt zweierlei Arten von Büchern. Die einen lesen die Leute, weil sie wollen, die andern, weil sie müssen. Die letztere Art ist die wahre. Die Generation, welche nicht gewollt hat, ist hin; jetzt kommen die Geschlechter, welche müssen. 30. 4./1. 5. 89

Zu Goethes Wahrheitsgefühl Schopenhauers Wahrheitsliebe. 8. 5. 89

Ach, ärgere dich doch nicht über solche Kleinigkeit. Heißt's nicht in absehbarer Zeit: Heute entschlief sanft nach langem Leiden unser guter etc.? 17.5.89

Wenn der Mann wirklich existierte und die Welt aus Nichts erschaffen hätte, so wär's ein liebender Vater, der in einem neuerbauten Hause seine Kinder mit verbundenen Augen zwischen möglichst scharfen Ecken und Fallgruben zum Blindekuhspiel zwänge, um nachher beim »jüngsten Gericht« seine Freude und Rache an ihren blutenden Nasen und zerstoßenen Schienbeinen zu haben. 27.5.89

Ein Weib möchte immer alles gern selber verrichten, aber zugleich immer einen haben, dem es die Verantwortung dafür in die Schuhe schieben könnte. 6.7.89

Es gibt nur zwei Sorten Leute. Die eine meint, sie stehe am Anfang aller Dinge, und die andere ist vom Gegenteil fest überzeugt. Ich gehöre zu der letzten Art.

Das Wichtigsein und Sich-für-wichtig-Halten der Menschen bezieht sich ja immer nur auf die auf dieser Erde vorhandene Menschheit, und was an der ist – na!

Sie bedenken nicht, daß die »Welt« immer nur aus dem Haufen kummerbelasteter, verdrußbeladener, sorgenvoller, zahn- und leibwehbehafteter Einzelwesen besteht, von dem der gekränkte Genius Unmögliches verlangt.

Oh, in dieser fahrigen Welt eine Philosophie des *Stillehaltens, Stilleseins, Stillebleibens!*

Eine schöne Menschenseele finden, sagt einer der unangenehmsten, unliebenswürdigsten »klassischen« Charaktere der deutschen Literaturgeschichte.

Es gibt gewachsenen Boden und aufgeschütteten. Es gibt Werke, die aus gewachsenem und solche, die aus aufgeschüttetem Boden aufwachsen. 29.11.89

So'n erstickter Titanenatem, während die Herrschaften von Berge zu Berge über den armen asthmatischen Teufel in der Tiefe wegschreiten und zu ihren goldenen Tischen zu Tisch gehen! 7.12.89

1890

Im sechzigsten Jahr. Man genießt alles besser, weil man mehr aufachtet. Man sagt sich eben: Sieh es dir noch einmal an! Guck, wie hübsch die Akazie ihre Blätter wiegt. Keine Dame im Ballsaal weiß besser mit ihren Röcken und Fächern umzugehen. Und die Damen – das heiß die Frauen und die jungen Mädchen, sieh sie dir auch noch einmal [an]. Du siehst sie zwar jetzt mit ganz andern Augen wie im zwanzigsten, im dreißigsten –– Und dann die behagliche Frage: »Lohnt es sich *noch?*« In früheren Zeiten war es die bittere Frage: »Lohnt es sich?«

Wie der Mensch körperlich auf das »sich selbst satt essen« gestellt ist, so steht er seelischerseits auf dem »selber sich durchfressen«. Es hilft ihm kein anderer zu dem einen wie zu dem andern. Man muß eben in dieser Welt alles selber machen.

Der Lyriker ist nur in seiner Balzzeit kritisch schußgerecht und ausstopfbar als gutes Muster für die Literaturgeschichtssammlung. Nachher schreibt er ein »Tagebuch«, und das wird dann von der Polizei verboten. 29.3.90

Der Mensch denkt viel zu häufig zu tief über Gefühle nach, die er haben – könnte. 23.4.90

Es ist mir immer eine behagliche Redensart gewesen: Er frißt wie ein Drescher! Was aber hat die Neuzeit mit ihren Dreschmaschinen aus dem braven Wort gemacht? Das ganze alte Deutschland liegt auf der einen Seite des Wortes, das neue auf der andern.

Es gibt nur zweierlei, durch welches man das Interesse des Menschen fassen und literarisch *festhalten* für lange Zeit kann. Man faßt ihn entweder bei seinem Besten oder seinem Schlechtesten. Was dazwischen liegt, ist »Unterhaltungslektüre«. 18.10.90

Ich bin in meiner Jugend mit alten Leuten umgegangen und gehe in meinem Alter mit jungen um. Das ist die Weise, wie der Mensch möglichst behaglich durch die Welt kommen mag.

Hat es jemals einen Menschen gegeben, der berechtigt gewesen wäre, über das Leben eines andern abzuurteilen?

Je größer der Mensch sein soll, das heißt, je weiter er wirken soll, desto mehr hat er andern Menschen ins Gesicht zu schlagen. Und dazu ist er vielleicht trotz seiner »Größe« ein »guter Kerl«; aber darauf wird nicht die geringste Rücksicht genommen.

Ein wirklicher Autor ist der reine Tintenfisch. Er läßt nach seinem Abscheiden nur einen hartweichen Kern zurück. Der dient den kritischen Vögeln [dazu], ihren Schnabel daran zu wetzen. Auch Messer kann man an oder auf ihm putzen.

1891

Da sprach in der Karawanserei zu Bagdad der Erzähler zu den Kaufleuten, Kalendern und Kriegern, zu allem übrigen Volk im Kreise: »Ja, siehe, wir gehören auch zu den vornehmen Herren der Erde; denn wie Könige bringen wir die Menschen zum Weinen und zum Lachen.«

1892

Der Mensch, der das Dehnungs-H ausstreicht, steht eben nur auf dem Standpunkt dessen, der es nicht erwarten kann, daß der Schaffner auf dem rollenden Eisenbahnwagen die Tür öffnet. Leider können das die meisten nicht abwarten.

9. 1. 92

Es ist viel besser, für Geld zu schreiben wie die großen Griechen Sophokles, Aristophanes, wie Shakespeare und Molière, als eine ästhetische Phrase (Zeitstimmung) herausarbeiten zu wollen à la Zolas L'œuvre. 14. 7. 92

Je größer die Stadt, je größer das Jammernest. 15. 7. 92

Plein-air-Schriftsteller, die die Welt in das Licht heben: Racine, Corneille, Molière, Shakespeare, Schiller, Goethe und die großen Griechen; aber nicht ihr Kellerluftschnapper, ihr Dunkelmaler, die ihr nur eine neue Tagesphrase gefunden habt! O ihr Asthmatiker der Kunst! 19. 7. 92

Erkenntnis macht frei, Bildung fesselt, Halbbildung stürzt in Sklaverei. 23.7.92

Kunstwerke sollen der Menschheit weiterhelfen, sie nicht zurückdrücken. 27.7.92

Wenn ein Franzose so das innerste französische, ein Engländer das innerste englische Wesen gekannt und beschrieben hätte wie ich das deutsche, dann würden denen ihre Völker mit Jauchzen zugefallen sein. Die Deutschen wollen von dem, was sie selbst haben, nichts wissen. So habe ich einen schweren Kampf durch mein ganzes schriftstellerisches Leben hindurch führen müssen – gegen Frankreich selbstverständlich – gegen Kalifornien, gegen Norwegen, Rußland usw. usw. – gegen alles, was dem deutschen Volke weit her, also desto sympatischer ist und die Buchhändler billig haben können. 6.8.92

Was in dem deutschen Honoratiorentum versinkt, ist für alle Zeit verloren. 7.8.92

»*Dich* kennen wir nun, *soweit es unserer Natur gegeben war* – nun wird es langweilig.« Lebensüberdruß. 8.8.92

Das deutsche Volk ist nicht untergegangen in einem Bauernkrieg und wird noch weniger in einem Steinträger- und Zigarrenmacherkriege untergehen. 2.10.92

Wahre Dichtungen halten der Zeit den Spiegel nur insofern nützlich vor, daß sie die Zeit in der Ewigkeit sich spiegeln lassen. 13.10.92

1893

Unentbehrlich ist keiner, aber entbehrlich auch keiner.
31. 1. 93

Die Massen in Bewegung zu setzen, braucht's nur der Phrase eines Dummkopfs. Wie lange Zeit gebraucht der kluge Mann, um nur einen einzigen zu seiner Meinung zu bekehren. 6. 4. 93

Das schönste Gefühl auf dieser Erde: Nicht mehr nötig zu sein. Nicht mehr gebraucht zu werden. Macht damit, was ihr wollt.
21. 4. 93

1894

Das Ewig Weibliche hält uns unten im schlechten Erdenleben. Wie wäre es auch sonst da auszuhalten? Dezember 94
[Für einen Damenkalender des Vereins Berliner Presse]

1895

Niemand muß nüchterner in die Welt hineinsehen als ein ernster Romanschreiber.

Arme Sünder allesamt: »Da ich mir selber nicht imponiere, braucht mir auch kein anderer zu imponieren.« Bescheidenheit der Lumpe.

Wie tief steht die Odyssee unter dem Buch Hiob. Die beiden Dulder!

Das kann mich nur ärgern, wie mich ein Regenschauer ärgert. *Das* kann mich nur ärgern, wie mich ein Dienstbote ärgert.

Menschen, die sich mit Genuß ärgern...

Der Mensch lebt von seinen Illusionen (Einbildungen).

Sich selbst will das deutsche Volk nie.

1896

Ich bin mein ganzes Leben durch die heiße Hand an der Gurgel mit der Frage: Was wird mit dir und den Deinen morgen? nicht losgeworden. 1.3.96

Alles, was Kunst, Literatur usw. usw. durch die Jahrtausende Bestes geliefert hat, das Caput mortuum der Menschheit.
27.4. 96

1900

Unsere Kunst. Wie am Ende des neunzehnten Jahrhunderts, so wird es wohl auch durch das zwanzigste bei der Ästhetik unseres Vaters Homer verbleiben. Sehr treu oder, wie man augenblicklich sagt, »naturalistisch« hat der es beschrieben, wie der wütende Grieche dem gefallenen Feind die Sehnen zwischen Knöchel und Ferse durchbohrte und den edlen Leichnam mit Riemen von Stierhaut an seinen Kriegswagen band, um ihn um die Mauern von Ilion zu zerren, und – nachher um den Rogus des Patroklos:
»Traun, nicht kor er das Schönere oder das Bessere...
Aber Apollon

Schützte völlig denn Leib vor Entstellungen, weil ihn des Mannes
Jammerte, selbst im Tod, und deckte ihn ganz mit der Ägis
Goldenem Schirm, daß nicht ihm die Haut er zerschorrete schleifend.«

So sang der Dichter vor Jahrtausenden, so wird der wahre Dichter heute und nach Jahrtausenden singen.

1901

Der Mensch hat vor dem Tier nur den zweifelhaften Vorzug, daß er »denken« kann: »Es kommt auf mich was an.«

19. 9. 01

1902

Das Weib: »Wenn ich mein Kind in seinem Kinderwagen vor mir herschiebe, brauche ich wahrhaftig nicht den Faust geschrieben oder die Schlacht bei Mars la Tour gewonnen zu haben. *Die* sollen mir nur kommen und mir einen Austausch unserer Gefühle anbieten!«

Braunschweig! Von alters her berühmt durch Heinrich den Löwen, den »Heldenherzog« Friedrich Wilhelm, Wurst und Honigkuchen. Neuerdings durch Spargel und Wilhelm Raabe.

25. 7. 02

1903

Sie legen da Kränze hin, wohin sie gespuckt haben.

Den Tartuffe gibt es nicht bloß als Süßling, sondern auch als geistlichen Bramarbas.

Was alles für den »lieben Gott« Kinderstubenunart ist!

Wer denkt, wenn er in den Frieden seiner Kinderjahre zurückblickt, daran, daß damals seine Eltern auf dem Kampfplatz waren? Auf dem Kampfplatz in der bittersten, bösesten Bedeutung des Worts!

Wohnungswechsel – Seelenwanderung. Ob man sich beim Umzuge wohl sehr »verbessert«?

Das, was man »laxe Moral« nennt, ist dann und wann nur, aus der Loge heraus, eine behaglichere gutmütige Teilnahme an der Komödie auf der Bühne der Menschheit.

Dies schwächliche Geschlecht! Kommt eben erst aus der ersten Mauser hervor, und nun wollen die Schwingen schon nicht mehr wiederwachsen!

Wo Gott der Herr seine Hand hingelegt hatte, haben die Herren« ihre Hand draufgelegt und Aktien an der Börse auf. Sie sollen den Erdenfleck sehr verschönert haben.

Es ist am Ende doch nur der Ernst in den Büchern, welcher sie erhält.

Das Haupt in Sonnenstrahlen, der Fuß in »schlechtem Wetter«!

Eine »erfolgreiche« literarische Laufbahn – ein Honig-(Pfeffer-)kuchen, auf dem hie und da eine Mandel steckt. Das Herauspflücken. Die Literarhistoriker. Und doch ein Ganzes!

Der Neid von Fürstenkindern, die vom Fenster aus Straßenjungen spielen sehen.

Und wenn sie noch so genau den Düngerhaufen beschreiben, die Wiese im Morgentau und Sonnenglanz behält doch ihr Recht.

Früher achtete der Mensch nicht sehr auf sich. In der antiken Welt tat jeder das Seinige gut oder schlecht. Könige, Helden, Dichter »von Gottes Gnaden« gab es nicht. Miltiades und Themistokles taten ihre Schuldigkeit, und Ochlokrates und Komp. steckten sie nach Salamis und Marathon ins Gefängnis, und kein Mensch fand was dran. – Heute ist die Menschheit als Ganzes nervös, erkennt sich im Einzelnen, und da – kommt ihr Wert heraus! Damals wurde aber auch keiner »verkannt«; – heute wimmelt es auf Erden von »Verkannten«.

Vor menschlichen Gerichten liegen die »mildernden Umstände« immer beim Angeklagten; vor dem »Jüngsten Gericht«, dem Weltgericht, bei dem letzten, höchsten Richter selber.

Ich habe nicht immer das Gefühl, als sei es grade meine Pflicht und Schuldigkeit, dem Herrgott seine verpfuschte Welt wieder einzurenken.

Sind die Schriftgelehrten, die Pharisäer und die Römer doch nicht auch ein wenig dazu vorhanden, um die Welt im Gleichgewicht zu halten?

Wie vieles einem zu ausgetretenen Kinderschuhen werden kann!

Alt, abgebraucht, stumpfgeschrieben – da liegt der Stumpf; lassen wir es dahingestellt, ob aus einer Adlerschwinge, einem Schwanen- oder Gänseflügel.
»Aus einem Rabenfittich.«
Sei dem so!
»Da!«
Nun, was soll das heißen, Schicksal? Du drückst mir das alte Lebenswerkzeug noch einmal zwischen Daumen, Zeige- und Mittelfinger?
»Der Tag ist lang, und die Nächte sind noch länger. Glaubst du es wirklich deinen Tagen und Nächten gegenüber aushalten zu können mit gefalteten Händen oder – die Daumen umeinander drehend?«

Ja, man spricht von langen und kurzen Tagen; von des Herdes geselliger Flamme hat man gesungen und singt man weiter; aber von dem leeren, dem ausgeleerten Hinschleichen der Zeit, einerlei ob bei Sommersonnenschein oder in der Winternacht, hat noch niemand das rechte Wort gesprochen; nur vereinzelt und wahrlich wie eine Stimme in der Wüste hat einer gesagt: »Wehe, wie lang ist das Leben!«

Und wenn der Tod kommt, meinen sie doch immer wieder, das sei das Neueste und noch nicht dagewesen.

Jemand, der im Nachdenken darüber, ob er Perron oder Bahnsteig sagen soll, den Zug versäumt.

Der Horizont des Geschlechts, das nach 1870 gekommen ist, ist *nicht* weiter geworden.

Wenn die Frau die Tür schlägt und der Mann sie sacht schließt, gibt es, wenn nicht eine Musterehe, so doch eine erträgliche. Schlagen sie beide die Tür, so ist das freilich schon so etwas wie die »Hölle auf Erden«. Schlägt der Mann sie und die Frau schließt sie sacht, nun, dann ist's manchmal der Himmel, aber manchmal auch die Langeweile auf Erden.

Auch in der Literatur – wenn die Kinder zu Bett gebracht sind, bleiben die Großen noch sitzen.

Das Behagen am Dasein verdirbt sich der Mensch sehr häufig durch seine sogenannten »starken Seiten«.

Nächstens wird bei jedes »Vom-Tisch-Springen« in der Neujahrsnacht ein Polizeidiener gestellt. Es könnte doch jemand dabei zu Schaden kommen.

Leute, die zugleich mit den Nerven anderer Leute fühlen.

Was ist's eigentlich, was dir der Nebenmensch entgelten soll? Daß er nicht aus seiner Haut heraus kann. Steige erstmal aus deiner!

Durch »gewissenlos sein« antizipiert man im Grunde nur die ewige Seligkeit.

Hinterm Ohr hatte er nichts als eine Feder.

Über dem Elend der einzelnen in den Völkern die Nationalphrasen. Was hatte der Franzose auszustehen, als Frankreich zu Anfang des Jahrhunderts »die Welt« war!

Frage: Ist der liebe Gott, der Weltschöpfer, ein subjektiver oder ein objektiver Dichter? In jedem was anderes und in jedem dasselbe!

Die soziale Frage. Es geht nicht mehr alles so hin. Das Damoklesschwert des allgemeinen Durcheinander ist nichts. Aber daß jeder von oben bis unten sich zu sagen hat: Man achtet dir auf die Finger. Und die Finger anderer – auch unter dir haben die Macht, sich zu einer Faust zu ballen – das ist etwas, und, alles in allem genommen, etwas recht Segensreiches.

Wer mit mir reden (sich unterhalten) will, der darf nicht bloß seine eigene Meinung hören wollen.

Die Dummheit des Kommunismus, der Sozialdemokratie, daß das meint, die Natur verzichte dem Menschen gegenüber auf ihr Recht, von ihrem Reichtum an Lebewesen Gebrauch zu machen und tausend umkommen zu lassen, um einem das Vergnügen des Atemholens fünf Minuten lang zu gestatten.

Unglückliche Individualität: Glück nehmen sie als etwas, was ihnen von Rechts wegen zukommt; Unglück macht sie verbissen. Sie nehmen es als eine ganz persönliche Beleidigung.

Das ist das menschliche Leben: bei dem einen raucht der Ofen, wenn der Wind von Nordwesten, bei dem andern, wenn er von Südosten kommt.

Veränderung der Weibertracht: Es läuft alles darauf hinaus, ob Pumphosen für das männliche Geschlecht anziehender sind als Unterröcke. Der Herzog von Illyrien, Orsino, sagt zu Viola:

> »Gib mir deine Hand
> Und laß mich dich in *Mädchenkleidern* sehen!«

»Weshalb ist die Venus von Melos die schönste weibliche Bildsäule?« Frage ihren Unterrock.

Allgemeines Menschenlos: sich bei *Kleinigkeiten* auf dem Wege zum Tod aufhalten zu *müssen.*

Und wenn der Mensch noch so gerne immer in das Fernste schweifen möchte; er wird doch immer wieder mit der Nase auf das Nächstliegende gestoßen. Schön ist es freilich nicht immer.

Jedes Wochenbett löst dem Weibe die »Frauenfrage«. Und dem Manne auch.

Man schläft nicht ungestört unter Myrten.

Wir meinen alle, Eldorado läge nur eine Nasenlänge vor uns und es liege nur an uns, es zu erreichen.

Das Alter. Man muß sich so mit dem Menschenvolk mehr abgeben, daß man die besten Bekannten aus seiner Kinder-Jugend-Zeit darüber vergißt. Der Käfer, die Raupe, der Schmetterling usw., denen man seit einem Menschenalter und länger nicht wieder begegnet ist.

Dem einen wachsen da Adlerflügel, wo dem anderen brecherlich zumute wird.

Schiller ist vor Goethes Übergewalt nur durch seine Kränklichkeit gerettet worden. Was für einen anderen »Schiller« würden wir in der Literatur haben, wenn der Mann gesund gewesen wäre! Ob einen größeren???

Das Buch qualmt wie ein Misthaufe, den man an einem nüchtern-kalten grauen Wintertage umwendet.

Was einen, wenn man jung ist, als eine Mücke umschwirrte, das wird im Alter zu einer Hornisse.

Wie viele Leute gibt es denn, deren Blick über ihre Nasenspitze hinaus weiter reicht als eine Handbreit oder, zum weitesten, eine Armlänge, d. h. soweit sie *greifen* können?

Es hat noch niemals auf der Erde ein Mensch von dem anderen »was gewußt«.

Unter Menschen. Wenn ein Hund in die Stube kommt, werde ich bei der angenehmsten, liebenswürdigsten, gelehrtesten Unterhaltung mit Vergnügen zerstreut und achte auf den neuen Gast.

Es sind zwei Sorten von Leuten. Die einen kümmern sich um die Adiaphora des Lebens, je älter sie werden, desto mehr, die anderen desto weniger. Einige gar nicht, und diese haben das Erdendasein glücklich überwunden.

Das Buch Josua. Wirkliche Geschichtswerke: Der Ekel und das Mitleid an und mit sich selbst und der Welt aus deren Lektüre. Welche Götter macht sich der Mensch auf seiner Erde zurecht!

Es werden auf dieser Erde bloß menschliche Dinge verhandelt.

Jedes Problem, das Ganze glücklich zu machen, tötet das Glück des einzelnen.

Die Berauschungs-Entschuldigung des Erdenlebens vor dem Vorsitzenden des Jüngsten Gerichts – im Jenseits.

Laß sie doch! *Die* Ephemere will auch ihre Stunde haben.

Was sie heute auf dem Theater aufführen, sind die »Affären« kranker Leute. Wie gesund war so ein Othello! –

Wie oft im Leben seufzt der Mensch: »Ein Königreich für einen freundlich-raschen Schlagfluß!«

Da man sich in das Leben hat fügen müssen, wieviel leichter sollte man sich in den Tod fügen können.

Das Zeichen eines klassischen Autors, daß er lebt trotz Verhunzungen durch Abschreiber und Drucker oder sonstige Verstümmelungen.

Unpersönlichkeit des Dichters: das Kindergefühl behalten: Ich bin *das* alles zusammen! Objektivität und Subjektivität. Das Lehrbuch. –

Alles, was wir von der Welt »wissen«, sind Umschreibungen unserer Unwissenheit.

Was ist unsereins, wenn er nicht wie Gott ist, wenn er nicht *alle gelten läßt?*

Von allen Menschen traue dir am wenigsten.

Das Behagen der Welt ist auf Märchen gestellt. Großmutter Zeit erzählt sie uns. NB. bezieht sich vorzüglich auch auf Religionen.

Auch in der Kunst und in der Literatur hat jedes Werk einen Nabel.

Undatierbares

Ach du lieber Gott, da sind mir die verdammten Rezensenten über mein lyrisch Gedicht geraten, wie die Hühner über ein Blumenbeet.

Man kann die ganze Kulturwelt unter seinem Fuße haben, aber seine Frau doch noch lange nicht.

Welteitelkeit: Der größte Ruhm der Welt und – William Shakespeare und die »Bacon-Frage«.

Ein Lyriker, der nicht drucken lassen kann, und ein eingefrorener Schwan.

Ob du eine Flasche oder ein Faß mit Wein füllest, ist gleichgültig: in beiden Fällen behält der Wein seine Eigenschaft.

Eine kühle Hand, die sich aus dem Grabe der großen Leute dem fieberhaften Augenblick auf die heiße Stirn legt.

Wodurch der Mensch sich den Tag verdirbt in Ärger, Sorge, Kummer und Erbosung ist gleichgültig: daß er es tut und tun muß, das ist die Hauptsache.

Naturalismus: Die wundervollste Photographie ist nichts gegen das Bild eines wirklichen Künstlers.

Was mich am meisten auf meinen »Wegen« gehindert hat, das ist die unglückselige Gabe, bei jedem, was mich betrifft und woran aber auch andere beteiligt sind, mich in die Seele und die Zustände dieser anderen zu versetzen.

Die Frage steht so: Sind wir der Menschheit wegen da oder ist die Menschheit unsertwegen da? Bis jetzt, soweit die historischen Zeiten reichen, ist das letztere der Fall gewesen.

Ich gehöre jetzt allmählich zu den buntesten alten Hunden in der deutschen Literatur.

Den möchte ich kennen, der in den Synoptiker Lukas das Wort hineingebracht hat 11,42: Dies sollte man tun und jenes nicht lassen.

Für wie viele Leute ist die Schlacht bei Königgrätz nur geschlagen worden, um das Zehnpfennigporto für Briefe einzuführen!

Man merkt Schiller an, daß er einen angewachsenen Lungenflügel hatte.

Das entzückende Gefühl des richtigen Alters: »Wenn ich den Krempel um mich her ansehe und mir sagen darf, das brauchst du ja nicht mehr!«

Es staubt auch in der Stube des Königs. Ein Floh hüpft auch über den Teppich der Kaiserin und findet, wen er sucht.

Sie meinen, ihre Kunst sei aus ihrer Seele gekommen, und haben keine Ahnung davon, daß sie doch nur ein Produkt der Fortschritte in der Photographie ist.

Man muß sein Brot mit dem Messer schneiden, welches einem das Schicksal, ob stumpf oder scharf, dazu in die Hand gibt.

Es ist schon Verschiedenes (Literatur) tot, was noch den Namen hat, daß es lebt.

Der Kürschner, [der] deutsche Literaturkalender, das tränenreichste Sammelwerk der Welt.

Ist nicht die ganze jetzige Welt zum Feldprediger Schmelzle auf der Reise nach Flätz geworden?

Im Kriege schützen wir nicht, was wir mit dem feindlichen Volk gemein haben: Haus und Hof, Weib und Kind, sondern das, was uns von allen anderen Völkern unterscheidet.

Die dummen Gesichter mit: »Was hat er für eine religiöse Richtung? – Was hat er für eine politische Anschauung?«

Das deutsche Volk preßt seine Zitronen bis zum Äußersten aus.

Wie selten begegnet einem ein Mensch, der den Menschen harmlos nimmt, um mit ihm harmlos zu verkehren. Die verstohlenen grellen Augen, mit denen jeder auf den andern paßt, um seinen Haken, seine – ? – einzuschlagen, an welchen er seinen Mißmut, Verdruß, Neid und so weiter aufhängen kann.

Wenn einem der Lebensweg vermalheurt, soll man immer selber schuld dran gewesen sein: kommt man anständig durch, ist immer das unverdiente Glück schuld dran gewesen.

Wir müssen die Ereignisse nach dem Tode abwarten wie die des nächsten Tages. Es wird für unsere Gefühle und Stimmungen auch wohl kein großer Unterschied vorhanden sein.

Das Leben gleicht einem befestigten Kirchhof des Mittelalters.

Allen Vorkommnissen des Lebens gegenüber hat man sich nur immer vorzuhalten, daß man sich doch nur in einer Kinderstube finde, wo die Unartigen vorwiegen.

Wo und wie wir fallen, ob am skäischen Tor oder am Schreibtisch usw., wir erfüllen nur unser Schicksal.

Kein ganzes Zuchthaus enthält so viele menschliche Scheußlichkeiten wie die Shakespeareschen Dramen.

Ein Intellekt, der gerade ausreicht für das Anlegen einer Briefmarkensammlung.

Die Sozialdemokratie ist hochgekommen, seit der Staat (die Polizei) die Drehorgeln von den Straßen vertrieben hat.

Je höher ein Mensch steht, desto häufiger hält ihm die Fratze Gemeinheit die Faust unter die Nase.

Das französische Gewissen sitzt in Paris, das englische in London; aber das deutsche noch lange nicht in Berlin.

Einer, der so objektiv geworden ist, daß er bei allem, was ihn persönlichst betrifft, nur ruhig sagt: »Ja, das gehört zum Leben zu.«

Sonst habe ich den Spazierstock nur mitgenommen, um »etwas in der Hand zu haben«; jetzt aber stütze ich mich drauf. Das Alter! Das Alter!

Der Buchstabenglaube ist heute noch so stark wie jemals. An die Bibel glauben sie nicht mehr, wohl aber an das »Blättle«, was jeder für sich allein oder mit dem Nachbarn hält.

Erst durch Lesen lernt man, wieviel man ungelesen lassen kann.

Man muß sich bei jedem Erdentummel, in den man persönlich mit verwickelt wird, nur immer sofort deutlich machen, wie das nur ein Augenblicksbild ist.

Verpflichtet bin ich durch mein Auftauchen auf der Erde zu nichts. Es kann niemand verlangen, daß ich ein sogenannter guter Mensch werde.

Diese ganze Bewegung hat ihren Grund nur in der Druckleichtigkeit. Was war ein Mensch, der drucken ließ, vor 30 bis 40 Jahren ein anderer Wagehals als heute einer von denen, der »hat von sich drucken lassen«!

Ich habe einige Male von einem Stück Makulatur, das mir der Zufall in die Hände wehte, mehr Anregung gehabt als von jahrelangem Studio sämtlicher Klassiker aller Nationen, soweit meine Sprachenkenntnis reichte.

Alle Poesie ist symbolisch. Schilderung der Wirklichkeit höchstens nur ein interessantes Lesewerk. Hole ich das Bleibende aus der Tiefe, so hebe ich es über die tagtägliche Realität; ich gebe ihm das auf dem Blatt, und es hat durch sich selbst Gültigkeit über den Tag hinaus.

Die Beunruhigungen des menschlichen Lebens nehmen nur immer andere Gestalt an. Im Grunde sind es immer dieselben. Im Alter reichen dann die Nerven für die Beunruhigungen nicht mehr aus. Man erkennt die alten Feinde mit neuen Masken nicht mehr. Ein ruhiges Greisenalter? Welch eine Phrase! Was für eine Redensart jüngerer Leute! –

Wer sich *ekelt,* der ist auch nicht – geschickt zum Reich Gottes.

Das deutsche Reich ist mit der ersten Eisenbahn zwischen Nürnberg und Fürth gegründet worden.

Ein Tag aus deinem Leben ist würdiger als dessen ganzes Leben.

Editorisch-bibliographische Notiz

I. *Altershausen*

Textwiedergabe nach:

Wilhelm Raabe: Sämtliche Werke, hg. von Karl Hoppe [Braunschweiger Ausgabe]. Bd. 20. Göttingen: Vandenhoeck & Ruprecht 1968, S. 201–312. [Philologisch textgetreue Publikation des nachgelassenen Fragments aufgrund der Handschrift. Die Spitzklammern, durch die Hoppe notwendige Ergänzungen von (eindeutig durch Schreibflüchtigkeiten Raabes) ausgelassenen Wörtern kennzeichnete, sind in der vorliegenden Leseausgabe eliminiert.]

Darin: Informationen zur Entstehungs- und Wirkungsgeschichte, Lesarten und Kommentar von Karl Hoppe, S. 482–507.

> »Die abgerissenen Fäden in ›Altershausen‹ für Ihren Zweck wieder an einander zu knüpfen, wird sich nicht machen lassen, es ist ein bitteres Ding, das ich in den Jahren 1899 und 1900 im *Grunde für mich allein* zu spinnen begonnen hatte. – – –«

So ähnlich wie den nachfragenden Verleger Grote am 13. Juli 1910 beschied Raabe auch alle anderen, die sich wohlmeinend nach dem Zustand seiner letzten literarischen Arbeit erkundigten oder ihn zu deren Vollendung aufmuntern wollten.

Die auf das öde, zeit- und sinnleere Geschäft der Parzen verweisende Metaphorik vom Spinnen und Abreißen der Fäden korrespondiert nicht nur mit dem Parzen- und Nornenvergleich im VII. Kapitel von ›Altershausen‹, sondern auch mit dem letzten Satz, nach dem Raabe sein Fragment und sein seit 48 Jahren rastloses literarisches Schaffen abgebrochen hat. Über den Punkt hinaus, mit dem er sein »bitteres Ding« beendete (einen erprobten Anschlußsatz hat er energisch ausgestrichen), sah er und gab es keine sinnvolle Perspektive des Wiederanknüpfens. Seine letzten acht Lebensjahre ist der »Schriftsteller a. D.« poetisch verstummt (vgl. bereits den skeptischen Autor-Parzen-Vergleich am Anfang des 1. und 18. Kapitels seiner Erzählung ›Prinzessin Fisch‹ von 1882).

In der äußerlich fast handlungslosen Geschichte von dem selbstanalytischen Heimkehrversuch eines aus allen seinen Erfolgen und Öffentlichkeitsfunktionen ins Alter entlassenen Seelenarztes zu den Stätten und Quellen seiner Kindheit hat Raabe alle Heimwehtröstungen eines sinngewährend beschlossenen Lebenskreises versagt. Die forcierte, alle geläufigen Euphemismen über das Altern durchschaubar machende Namenssymbolik, bei der sich die Kritik nach der postumen Veröffentlichung beruhigen zu können glaubte – ein »Feyerabend« kann scheinbar doch wieder heimisch werden in »Altershausen« –, geht nicht auf und wird in schrille Disharmonien geführt. Die Erkundung einer sentimentalen Regression auf der Suche nach dem Kindheitsmuster des vor 60 Jahren idealisierten Freundespaars trifft auf makabre bzw. trostlose Figurationen: einen verkindeten Idioten und eine Greisin, die im ausschließlichen karitativen Dienst an ihm ihr eigenes Leben versäumt hat. Der in der töflichen Stagnation Altershausens weder Behausung noch die Feierrast seines Lebensabends findende Feyerabend bleibt bei seiner Lebensbilanz im Wach- und Traumerleben ebenso fremd in der Kindheitsheimat, wie er angekommen war: ein sich selbst gespenstischer Wiedergänger, »nackt vor dem furchtbaren Geheimnis des Selbstbewußtseins« (VII. Kapitel).

Raabe hat die Erzählung am 2. Februar 1899 begonnen und bis zum 6. November 1900 die Abschnitte I–XII ausgeführt (darunter auch im IX. Kapitel die stark autobiographische Traumrechenschaft über die wichtigsten Stationen erlebter deutscher Geschichte, die mit der 1848er Revolution einsetzt, »dem Schwarzrotgold [...], dem flüchtigen Niedersteigen des Reichs der Himmel auf die Erde«, die aber »die Zahl siebenzig«, die schwarzweißrote Reichsgründung von 1870/71 in der Rückschau als eine enttäuschende Quantité négligeable »völlig verschlief«).

Nach dem 70. Geburtstag, dem eigenen Übersteigen der erinnerungauslösenden Altersschwelle seines Protagonisten Feyerabend, hat er die Arbeit im Frühjahr 1902 wiederaufgenommen und dann im XVI. Kapitel vor dem 29. August 1902 (Reise nach Borkum) endgültig abgebrochen. Daß dieses poetische Testament nach seinem Tode (durch den Schwiegersohn) publiziert werde, entsprach seiner Absicht (Brief an Wolzogen, 2.5.1909):

»Ja wohl, es war ein langer Weg und hohe Zeit, daß man den Wanderstab in die Ecke stellte, als man auf der holperigen Landstraße müde und abgerakkert genug vor Station ›Altershausen‹ angelangt war. Das so betitelte Ding wird nicht mehr als ein Ganzes in die Erscheinung treten. Über das Fragment mag man sich später einmal wundern: es ist melancholisch-drollig genug.«

Handschrift:
Stadtarchiv Braunschweig.

Erstdruck [postum]:
Altershausen. Von Wilhelm Raabe. Im Auftrage der Familie herausgegeben und mit einem Nachwort versehen von Paul Wasserfall. Berlin: Janke 1911.

Neuere Literatur:

Overdick, Wilhelm: Simultaneität und Ambivalenz in Wilhelm Raabes ›Stopfkuchen‹ und ›Altershausen‹. Eine Studie zu den Raum- und Zeitstrukturen. Diss. phil. [masch.] Tübingen 1957.

Maatje, Frank C.: Ein früher Ansatz zur »Stream of Consciousness«-Dichtung. Wilhelm Raabes ›Altershausen‹. – In: Neophilologus 45 (1961), S. 305–323.

Mayer, Gerhart: Raabes Romanfragment ›Altershausen‹. Grundzüge einer Interpretation. – In: Jahrbuch der Raabe-Gesellschaft 1962, S. 155–165; Fortsetzung: Jahrbuch der Raabe-Gesellschaft 1963, S. 64–75. Wiederabgedruckt in: Hg. Hermann Helmers: Raabe in neuer Sicht. Stuttgart: Kohlhammer 1968, S. 211–228.

Pascal, Roy: Warum ist ›Altershausen‹ Fragment geblieben? – In: Jahrbuch der Raabe-Gesellschaft 1962, S. 147–154.

Martini, Fritz: Wilhelm Raabes ›Altershausen‹. – In: Jahrbuch der Raabe-Gesellschaft 1964, S. 78–105.

Stenzel, Jürgen: Wilhelm Raabe, ›Altershausen‹. – In: Stenzel: Zeichensetzung. Stiluntersuchungen an deutscher Prosadichtung. Göttingen: Vandenhoeck & Ruprecht 1966; 2. durchges. Aufl. 1970, S. 93–105 (= Palaestra. Bd. 241).

Hoppe, Karl: Entstehung und Veröffentlichung von ›Altershausen‹. – In: Jahrbuch der Raabe-Gesellschaft 1967, S. 72–79.

Moltmann-Wendel, Elisabeth: Sintflut und Arche. Biblische Motive bei Wilhelm Raabe. Wuppertal-Barmen: Jugenddienst-Verlag 1967 [›Altershausen‹-Kapitel, S. 69–73]. (= Zeit-Schriften. Bd. 2).

Ohl, Hubert: Bild und Wirklichkeit. Studien zur Romankunst Raabes und Fontanes. Heidelberg: Stiehm 1968 [Zu ›Altershausen‹ insbes. S. 147–154].

Hotz, Karl: Bedeutung und Funktion des Raumes im Werk Wilhelm Raabes. Göppingen: Kümmerle 1970 [›Altershausen‹-Kapitel, S. 179–184]. (= Göppinger Arbeiten zur Germanistik. Bd. 21).

Wrangel, Christine: Verknüpfungsformen in Wilhelm Raabes späten Romanen ›Pfisters Mühle‹, ›Stopfkuchen‹ und ›Altershausen‹. Diss. phil. Univ. New York, N. Y. 1970.

Hajek, Siegfried: Die Freiheit des Gebundenen. Bemerkungen zu Raabes ›Altershausen‹. – In: Jahrbuch der Raabe-Gesellschaft 1974, S. 24–40.

Oehlenschläger, Eckart: Erzählverfahren und Zeiterfahrung. Überlegungen zu Wilhelm Raabes ›Altershausen‹. – In: Zeitschrift für deutsche Philologie 98 (1979), S. 242–267. Wiederabgedruckt in: Hg. Leo A. Lensing/Hans-Werner Peter: Wilhelm Raabe. Studien. Braunschweig: pp-Verlag 1981 [1982], S. 381–405.

Arendt, Dieter: »Zerbrecht die Krücken«. Zum Motiv der körperlichen Behinderung in der Literatur. [Zu ›Altershausen‹]. – In: Stimmen der Zeit 106 (1981), S. 685–696.

Oehlenschläger, Eckart: Nachwort. In: Raabe: Altershausen. Hg. von E. Oehlenschläger. Stuttgart: Reclam 1981, S. 141–156 (= Universal-Bibliothek. Nr. 7725[2]).

Emrich, Wilhelm: Personalität und Zivilisation in Wilhelm Raabes ›Die Akten des Vogelsangs‹. – In: Jahrbuch der Raabe-Gesellschaft 1982, S. 7–25 [S. 24f. zu ›Altershausen‹].

Schmid-Stotz, Regina: Von Finkenrode nach Altershausen. Das Motiv der Heimkehr im Werk Wilhelm Raabes. Bern – Frankfurt: P. Lang 1984 [›Altershausen‹-Kapitel, S. 65–69, 109–114]. (= Europäische Hochschulschriften. Bd. I, 752).

Adolphs, Ulrich: Schreibakt als Suche nach Identität. Wilhelm Raabes ›Altershausen‹. – In: Jahrbuch der Raabe-Gesellschaft 1985, S. 92–106.

II. *Gedichte. Auswahl in zeitlicher Folge*

Textwiedergabe (in Auswahl) nach:

Wilhelm Raabe: Sämtliche Werke, hg. von Karl Hoppe [Braunschweiger Ausgabe]. Bd. 20. Göttingen: Vandenhoeck & Ruprecht 1968, S. 313–413, Nachträge S. 529–534.

Darin: Informationen zur Entstehungsgeschichte, Fassungsvergleiche, Nachweise der Erstpublikationen und späteren Sammelausgaben sowie der Vertonungen und Anmerkungen von Karl Hoppe, S. 508–529. – In der vorliegenden Ausgabe sind die Entstehungsdaten der ausgewählten Gedichte im Inhaltsverzeichnis am Schluß des Bandes nachgewiesen (bei nicht taggenau datierbaren Texten ist als Terminus ad quem das Ablieferungsdatum der Werkmanuskripte eingesetzt, denen sie für den Erstdruck inkorporiert waren).

Über seine »Lyrik«, seine größtenteils während der Wolfenbütteler Jugendjahre und in der ersten Stuttgarter Zeit (vor dem ›Hungerpastor‹) entstandenen »Gedichte«, pflegte sich der alte Raabe in Anführungsstrichen zu äußern (Briefe vom 4.3.1901, 10.8.1901, 3.4.1906) – mit derselben leisen Ironie wie über die »Kinderbücher« seines frühen Schaffens als ›Jakob Corvinus‹. Nach einem mündlichen Selbstzeugnis [Braunschweiger Ausgabe, Erg.-Bd. 4, hg. von Rosemarie Schillemeit, 1983, S. 246f.] hat er in der »Scham des Verseschmiedes« schon in Wolfenbüttel einen größeren Teil, Gutes mit Schlechtem, unbesehen verbrannt. Beim Rückblick auf seine Lebensarbeit hat ihm dieses Autodafé aber leid getan; noch im letzten Lebensjahr hat er das Erhaltene als Zeugnis seiner poetischen Entwicklung sorgsam für eine Werkausgabe zusammenzuschreiben begonnen (Faksimile-Ausgabe von Hanns Martin Elster, Dresden [1920] = Deutsche Dichterhandschriften. Bd. 2).

Die meisten dieser Texte aus den wenigen Jahren nach der freudigen Tagebuchnotiz vom 5.12.1857 – »Ich entdecke, daß ich Verse machen kann!!!!« – hat Raabe mangels gesonderter Publikationsmöglichkeit in seine Erzählwerke einverwoben. Einige hat er von vornherein als Rollenlyrik dafür verfaßt (daher die häufiger archaisierenden und sentimentalen Töne). Die nur mehr seltenen Verse aus der Zeit, als sich Raabe gewiß geworden war, »meine mehr lyrische Periode glücklich hinter mir zu haben« (an Glaser, Febr. 1866), tragen parodistischen Gestus oder ausgesprochenen Gelegenheitscharakter (meist für die geselligen Zirkel, in denen Raabe verkehrte. – Sein letztes ernstes Gedicht, ›Die Tür war zu‹, schrieb Raabe nach dem Tod seiner 16jährigen Tochter Gertrud am 24.6.1892 – ein rein persönliches Zeugnis betroffenster Erschütterung).

Es unterliegt keinem Zweifel, daß Raabes lyrisches Ingenium dem des Prosaisten (und auch dem des Zeichners) um Grade nachstand. Viele seiner Gedichte sind epigonal (nicht nur in Anklängen an Raabes Lieblingspoeten Heine und Freiligrath, letztere besonders in der freiheits- und einheitsemphatischen politischen Lyrik aus dem Schiller-Gedenkjahr 1859, die sich von den sonst wenig zeitbezogenen Gedichten abhebt), vieles auch ist klischierend und holperig. Ein gutes Dutzend dieser Texte (hier in chronologischer Ordnung ausgewählt als Muster einer dem Erzählwerk analogen Entwicklung vom romantisierend Stimmungsbetonten zum Reflexiveren, Ironischen und gekonnt Eindrucksmächtigen) sollte aber als durchaus ranggleich mit den Versgebilden der bekannteren und im ganzen bedeutenderen Lyriker der Realismus-Epoche in einer heutigen Leseausgabe Raabescher Werke nicht fehlen. Sie scheinen mir fernerer Aufmerksamkeit würdig, einzelne sogar als kleine Pretiosen.

Neuere Literatur:

Hanson, William: Raabe's Poems. – In: The Modern Language Review 80 (1985), S. 858–870.

III. *Einfälle. Aphorismen in zeitlicher Folge*

Textwiedergabe nach:

Aphorismen Raabes. Chronologisch geordnet. Hg. und eingeleitet von Karl Hoppe. – In: Jahrbuch der Raabe-Gesellschaft 1960, S. 94–139. [Abdruck mit freundlicher Genehmigung der ›Jahrbuch‹-Herausgeber. – Hoppes Nachweise der jeweiligen Fundstellen im Nachlaß Raabes sind weggelassen; seine Texteingriffe wie in der Vorlage durch eckige Klammern kenntlich gemacht. Ergänzung des Aphorismus vom 27.5.1889 nach Hoppes Wiedergabe der zwischen ›Stopfkuchen‹-Paralipomena eingestreuten Ideennotizen, Braunschweiger Ausgabe. Bd. 18. [2]1969, S. 420].

Wiederabgedruckt in Hoppe: Wilhelm Raabe. Beiträge zum Verständnis seiner Person und seines Werkes. Göttingen: Vandenhoeck & Ruprecht 1967, S. 87–129.

Raabes ›Aphorismen‹ gehören in der Forschungsliteratur ebenso wie in eher populären Einführungen, Vorträgen oder Feuilletons zu seinen meistzitierten literarischen Äußerungen. Herangezogen werden sie als Muster für Gedankenexperimente des Autors in verbal prägnanter Zuspitzung oder (methodisch fragwürdiger, jedenfalls wenn gleichsinnige außerpoetische Selbstäußerungen fehlen) als Belege seiner Meinungen. Insofern – auch in Rücksicht auf die intellektuelle und formale Brillanz einiger dieser Gedankenspäne – fügt sich der überlieferte Bestand sinnvoll in eine Werkausgabe, auch in eine Auswahl von fortdauernd Lesenswertestem.

Bewußtzuhalten ist dabei jedoch die Sonderstellung dieser Einfälle gegenüber dem von Raabe zur Publikation bestimmten und dafür auskomponierten Œuvre. Die in sieben Notizbüchern (untermischt mit Erzählungsentwürfen, auch mit passagenweisen Vorarbeiten) und einer Sammelmappe von höchst divergenten Loseblattnotizen nachgelassenen Ideensplitter sind nämlich vom Autor nie zu gesonderter Veröffentlichung konzipiert oder gar in eine zyklische Ordnung gebracht worden.

Raabe hatte keinen Ehrgeiz, als Aphoristiker zu gelten – »(ich halte mich mehr für einen Charaktermaler als einen Sinnspruchschreiber!)«. Er hat sich deshalb auch gegen das Herauslösen von »Goldenen Worten« aus seinen Schriften verwahrt (an L. Ordemann, 27.2.1880) und deutlich reserviert dazu geäußert, als Hans von Wolzogen zu seinem 70. Geburtstag ungefragt eine solche aus dem Prosawerk kompilierte Sammlung ›Raabenweisheit‹ (Berlin: Janke 1901) auf den Markt brachte (Briefe vom 4., 5. und 10. August 1901).

Die Notizen dienten ihm vorrangig als Ideen- und Formulierungsreservoir zu gelegentlicher Verwendung in seiner so entschieden auf auktoriale Reflexionen gegründeten poetischen Arbeit, als eine Art Zettelkasten auch für die Ausgestaltung der Personenreden. (Ähnlich ja hat beispielsweise auch Goethe verstreute Exzerpte und eigene Aperçus zu geeignetem Gebrauch in ›Gnomen‹-Konvoluten abgelegt, ähnlich hat sich Nestroy für seine Hieb- und Stichworte präformierende Sammlungen bereitgehalten, betitelt als ›Ideen‹ und ›Reserve‹). Außer dem Datum der Niederschrift hat Raabe häufig auch das der (teilweise erst Jahre später) transformierenden Nutzung in einem Erzählungsmanuskript am Rande vermerkt. In einigen Fällen sicher hat er sich in diesen Privatkladden aber auch persönliche Ärgernisse – namentlich im Hinblick auf die Literaturentwicklung und den literarischen Markt – von der Seele geschrieben, die er der Öffentlichkeit nicht kundzugeben gedachte.

In der ersten postumen Werkausgabe (1913–1916) ist aus seinen Ideensammlungen (im Gegensatz zu den kontextzerstörenden sekundären Sentenzenexzerpten nach Art der ›Raabenweisheit‹, jedoch in einer anfechtbaren Auswahl und zyklischen Ordnung durch den Editor) herausgelöst, was gar nicht oder nur in markant veränderter Form Eingang in Raabes Œuvre gefunden hatte und was nicht durch unmittelbare Werkbezüge reinen Paralipomenon-Charakter trug.

Karl Hoppe hat diesen Bestand 1960 durch Nachlaß-Autopsie gesichtet, korrigiert und um Geeignetes ergänzt (in der ersten Werkausgabe hatte man, wie er zu Recht bemängelte, naiv erinnerungsbereinigend »Äußerungen Raabes von besonderer Schärfe« weggelassen). Alles von Raabe selbst Datierte oder durch die Einreihung in den Notizbüchern ungefähr Datierbare hat er in eine philologisch überzeugendere chronologische Ordnung gebracht.

Der Edition Hoppes schließt sich der vorliegende Abdruck an, eliminiert also auch nicht Texte, die gattungstypologisch kaum als Aphorismen anzusprechen wären. Ergänzt ist lediglich der grimmige Einfall vom 27. 5. 1889, den Hoppe dem Autor (von einem im übrigen komplett ausgewerteten Notizenblatt) offenbar selbst – »besonderer Schärfe« wegen – wegzensuriert hatte.

Neuere Literatur:

Hoppe, Karl: Der handschriftliche Nachlaß Raabes. – In: Hoppe: Wilhelm Raabe. Beiträge zum Verständnis seiner Person und seines Werkes. Göttingen: Vandenhoeck & Ruprecht 1967, S. 130–138.

Martini, Fritz: Variationen zu einer Umfrage. – In: Der Reiz der Wörter. Eine Anthologie zum 150. Bestehen des Reclam-Verlages. Stuttgart: Reclam 1978, S. 159–162.

Schillemeit, Jost: Ruminationen. Zur Entstehungsweise Raabescher Erzählungen. – In: Hg. Josef Daum/Hans-Jürgen Schrader: Revisionen. Festschrift zum 150. Geburtstag Wilhelm Raabes. Braunschweig: Waisenhaus-Verlag 1981, S. 35–54 (= Jahrbuch der Raabe-Gesellschaft 1981).

Daten zu Wilhelm Raabes Leben und Werk

Herzoglich-Braunschweigische Provinzen: Kindheit und Schulzeit (1831–1849)

1831:

8. September: Geburt Raabes in *Eschershausen* – Haus Nr. 91 (heute Raabestraße 5 – Gedenkstätte) – im Weserkreis des Herzogtums Braunschweig.

26. September: Taufe auf den Namen Wilhelm Karl.

Der Vater Gustav Karl Maximilian Raabe (1800–1845), ein studierter Jurist, war dort Kreisaktuar, literarisch gebildet und begabt (Reisetagebücher, landesgeschichtliche Studien). Innigeres Verhältnis zur Mutter, Auguste Johanne Friederike, geb. Jeep (1807–1874), zu deren Vorfahren der Barockmusiker und -poet Johannes Jeep aus Dransfeld gehörte.

Der Großvater väterlicherseits, August Heinrich Raabe (1759–1841), studierter Theologe, dann Postmeister in Holzminden, ein vielseitiger Aufklärungsschriftsteller, bleibt lebenslang Raabes verehrtes Vorbild. Durch dessen Frau, die Großmutter, war Raabe mit dem führenden Sprach- und Dichtungstheoretiker des Barockjahrhunderts, Justus Georg Schottelius, verwandt.

16. [?] Oktober: Übersiedlung der Familie nach *Holzminden*/Weser (Wohnung bis 1842: Goldener Winkel – Gedenktafel), wo der Vater 1833 zum Assessor befördert wird.

1833/1835:

Geburt der Geschwister Emilie und Heinrich; Einschulung des Fünfjährigen (Bürgerschule).

1839/1840:

Reisen mit den Eltern: In Wolfenbüttel Besichtigung der neuen Eisenbahn; 12. Juli 1840 Besteigung des Brocken (Harz).

Eintritt ins Gymnasium (nach Holzminden transferierte ehemalige Amelungsborner Klosterschule).

1842:

Beförderung des Vaters zum Justizamtmann in *Stadtoldendorf* (zwischen dem Ith-Höhenzug und dem Odfeld). Wohnung der Familie (bis 1845) an der Sonnenseite (Gedenktafel). Kümmerliche Stadtschule (kein Gymnasium), geringe Förderung durch Privatunterricht (Latein und etwas Griechisch beim Rektor, Musik beim Organisten).

Fasziniertes Durchstromern des Umlands, ausufernde Lektüre (Abenteuerliteratur, Dumas, Sue, Jean Paul).

1845:

31. Januar: Plötzlicher Tod des Vaters.

Ostern: Umzug der nahezu unversorgten Familie nach *Wolfenbüttel,* wo die Brüder der Mutter, Justus und Christian Jeep, als Direktor und Lehrer am Gymnasium wirken. Raabes Vorkenntnisse reichen nur zur Einschulung in die Quarta dieser »Großen Schule«.

Nach provisorischer Unterbringung im Schulhaus Wohnung Okerstraße 17.

In den Folgejahren umfängliche und begabte, durch Privatunterricht geförderte Mal- und Zeichentätigkeit. Schulische Erfolge sonst nur im Aufsatzunterricht.

1848:

Begeisterung für die Ideale der 48er Revolution (lavierte Pinselzeichnung eines Barrikadenkampfs: »1848«).

1849:

Ostern: Abgang vom Gymnasium mit Sekundareife.

Magdeburg und Berlin: Lehr- und Studienjahre, erstes Werk (1849–1856)

1849:

Ostern: Buchhandelslehre (bis Ostern 1853) in der Creutzschen Buch- und Musikalienhandlung (Karl Gottfried Kretschmann) in *Magdeburg* (Ecke Breiter Weg/Weinfaßgäßchen).

Zeit unsystematisch ausgreifender Lektüre (Balzac, Goldsmith, Scott, Thackeray, z.T. in Originalsprachen; Andersen, Heine, E.T.A. Hoffmann, Auerbach, Freiligrath; wenig bekannte Autoren des 18. Jahrhunderts).

Begegnungen mit der preußischen Buchzensur-Polizei; steckbriefliche Ordre zur Musterung nach Braunschweig, wegen Kurzsichtigkeit aber vom Militär freigestellt.

1852:

Erschütterung durch den Freitod des Freundes Kretschmann (Oberlehrer, Bruder des Junior-Chefs). Gesundheitliche Krisis (Anfälle von Somnambulismus).

1853:

Ostern: Im 22. Lebensjahr krank und perspektivelos, mit dem Makel des Gescheiterten zurück in *Wolfenbüttel.* Autodidaktische Studien und quälend selbstanalytische Spaziergänge – Erwägungen einer künstlerischen oder schriftstellerischen Lebensaufgabe.

1854:

6. Mai: Immatrikulation als Gasthörer (bis Ostern 1856) an der Friedrich-Wilhelms-Universität *Berlin* zur Ordnung und Vertiefung seines diffusen Wissens.

Studierstube (von Raabe gezeichnet) in der Spreegasse Nr. 11 (spätere Sperlingsgasse, heute zerstört) beim Schneider Wuttke.

Sommersemester: Fleißiger Besuch historischer, geographischer und kunstgeschichtlicher bzw. -philosophischer Vorlesungen (bei Köpke, Lepsius, Ritter, Helfferich und Guhl).

Intensive Studien in den Kunstsammlungen und der Leihbibliothek in der Markgrafenstraße. Freundschaft mit deren Eigentümer August Stülpnagel.

Wintersemester 1854/55: Historische, rechtstheoretische, kulturgeschichtliche (bei Wattenbach, Michelet, Gosch) und literarhistorische Kollegs (Kirchner über Shakespeare, v. d. Hagen über das Nibelungenlied, Köpke über die deutsche Literatur seit Klassik und Romantik).

15. November: In plötzlichem Entschluß (ohne frühere poetische Versuche) Beginn (auf dem Papier einer Zigarrenkiste) der Konzeption eines Romans: *Die Chronik der Sperlingsgasse* (späteres feierliches Begehen dieses Datums als »Federansetzungstag«).

Tanzstunden, 29. November: bedeutsame (Liebes?-)Begegnung »Unter den Linden«.

1855:

Sommersemester: Vorlesungen über Logik, Philosophie (beim Hegelianer Michelet). Systematische Einführung in die Kunstdenkmäler des Königlichen Museums (Panofka).

Ausarbeitung des Romanerstlings. Lektüre: Voltaire, Theodor Keims ›Leben Jesu‹.

Keine Kontakte zu poetischen Zirkeln (z.B. »Tunnel über der Spree«) oder Schriftstellern in Berlin (z.B. Keller, Heyse).

Wintersemester 1855/56: Kollegs über neuere deutsche Literaturgeschichte und über Goethe (bei Köpke und Kirchner), über Ästhetik und Dürer (beide beim Hegelianer Hotho) sowie Orientalistik. Intensive Beschäftigung mit Gegenwartsdichtung (Gutzkow), mit Jean Paul (Spaziers Biographie) und Goethe.

21. Dezember: Pläne für poetische Arbeiten (u. a. Kunstmärchen). Poetologische Leitideen (nach Goethe): »Leben!«, »Plastik!«, »Originalität!«, »Individualisieren. –«.

Bau eines Schattentheaters für Stülpnagels Kinder.

1856:

Jahresbeginn: Abschluß der *Chronik der Sperlingsgasse.* Am 13. März durch Vermittlung von August Stülpnagel und Willibald Alexis vom Verleger Franz Stage (gegen 30 Taler Druckkostenbeteiligung Raabes) zur Publikation angenommen. Veröffentlichung unter dem Pseudonym ›Jakob Corvinus‹ im Oktober 1856 (mit Jahresangabe

1857); ermutigende Aufnahme durch die Kritik, erst in späteren Auflagen überragender Verkaufserfolg.

Wolfenbüttel: Frühe Schriftstellerjahre. Die »lyrische Periode« (1856–1862)

1856:

Ostern: Heimkehr nach Wolfenbüttel (ins Haus der Mutter und Geschwister, inzwischen Okerstraße 16, Gedenktafel).

Während hier (bis Juli 1862) sechs Romane und dreizehn kleinere Erzähldichtungen entstehen, systematischer und kommerziell geschickter Ausbau wechselnder Verlagsbeziehungen für ein Leben als freier Schriftsteller.

1. Oktober 1856–27. Mai 1857: Ausarbeitung des Romans *Ein Frühling* (1857 ›Deutsche Reichszeitung‹, Braunschweig, Buchausgabe ebd.: Vieweg 1857; Mißerfolg auch nach den Umarbeitungen von 1865/66 und 1869/70).

Anschluß an Wolfenbütteler Honoratioren- und Intellektuellenzirkel: »Namenloser Klub«, »Kaffee«.

1857:

Februar: »Zahnschmerzen«-Selbstkarikatur.

Kleinere Erzählungen:

23. März–2. Juni: *Der Weg zum Lachen* (1857 in ›Der Bazar‹, Berlin).

August–2. September: *Der Student von Wittenberg* (1857 ›Westermanns Monatshefte‹).

Sommer: Beginn freundschaftlicher Verbindungen mit dem Westermann-Redakteur Adolf Glaser. Besuche und wöchentliche Treffen im »Großen Weghaus« (Klein-Stöckheim, halbwegs zwischen Wolfenbüttel und Braunschweig).

1. Oktober: Beginn des (bis wenige Tage vor dem Tod unterbrechungslos geführten) *Tagebuchs*.

1. Oktober–Ende November: Zweite Reise nach *Berlin* (Wohnung: Dorotheenstraße 72). Ernst Schotte, Schwager Franz Stages, über-

nimmt den Verlag der *Chronik der Sperlingsgasse* (Titelauflage 1858, erste Neuausgabe 1864).

15.–24. Oktober: *Weihnachtsgeister*. Prosaskizze (publiziert 1858 in den von Friedrich Wilhelm Hackländer und Edmund Hoefer herausgegebenen Stuttgarter ›Hausblättern‹. Erste Verbindung nach Stuttgart).

Nicht ausgeführte Dramenpläne (Tragödie ›Michal‹, Datierung unsicher).

5. Dezember: Entdeckung, »Verse machen« zu können. Beginn des nur über sechs Jahre reichenden (anfangs euphorischen, zunehmend selbstironischen) Lyrik-Schaffens.

3. Dezember 1857–12. Juli 1858: Ausarbeitung des Romans *Die Kinder von Finkenrode* (1859 bei Schotte, Berlin).

1858:

Kleinere historische Erzählungen:

4.–21. Januar: *Lorenz Scheibenhart* (1858 ›Westermanns Monatshefte).

9.–24. März: *Einer aus der Menge* (1858 ›Hausblätter‹, Stuttgart).

Mai: Pfingstreise. Von Göttingen aus (dort Besuch des Bruders Heinrich) zu Fuß nach Eisenach und durch Thüringen.

28. Juli–16. August: *Die alte Universität* (1858/59 ›Westermanns Monatshefte‹).

Einzige Rezension: *Berthold Auerbachs Deutscher Volkskalender* (1859 ›Westermanns Monatshefte‹).

15. November–26. Dezember: *Der Junker von Denow* (1858/59 ›Westermanns Monatshefte‹).

1859:

Erscheinen der ersten Sammlung kleiner Erzählungen *Halb Mähr, halb mehr!* bei Schotte in Berlin.

Plan eines Berliner Großstadtromans ›Röschen Wolke‹ bleibt unausgeführt.

März: Bekanntschaft des genialischen Poeten Robert Griepenkerl in Braunschweig.

5. April–18. Juli: Langfristig geplante große Reise zur Erweiterung

der Weltkenntnis und literarisch-verlegerischen Beziehungen. Aufgabe des ursprünglichen Reiseziels Italien wegen des sardisch-französischen Kriegs gegen Österreich. (Vergebliche Hoffnung auf Auswirkungen für eine Einigung der deutschen Länder als Grundlage einer freiheitlichen Nationalverfassung.)

Ab 6. April: Leipzig. Kontakte: Verleger bzw. Redakteure Ernst Keil (›Gartenlaube‹), Hermann Marggraf (›Blätter für literarische Unterhaltung‹) und Theodor Drobisch (›Zeitung für die elegante Welt‹); Friedrich Gerstäcker, Gustav Freytag.

Ab 24. April: Dresden. Besuche: Karl Gutzkow und Robert Giseke. Gemäldegalerie, Ausflüge.

Ab 12. Mai: Prag. Starker Eindruck der (durch die Kriegsereignisse turbierten) Stadt und des Judenfriedhofs. Besuch beim Verleger J.L. Kober.

19. Mai–9. Juni: Wien. Erleben der Kaiserstadt, ihrer Sehenswürdigkeiten und Theater als stiller Beobachter ohne Kollegenbesuche. Betroffenheit über allgemeines Desinteresse am Kriegsgeschehen und an einer Einigung der deutschen Territorien. Grundlage für Raabes kleindeutsches Engagement (Reichseinheit unter preußischer Führung ohne die Donaumonarchie).

Entwurf zu *Der heilige Born*.

9.–18. Juni: Donau- und Alpenreise: Linz, Traunsee, Hallstatt, Ischl, St. Wolfgang.

Ab 19. Juni: Salzburg, Berchtesgaden, ab 25. Juni München: Besuch beim Lyriker Hermann Lingg.

30. Juni–7. Juli: Stuttgart. Von Hoefer und Hackländer bei Redakteuren und Verlegern eingeführt (Wolfgang Menzel, Emil Ebner, Adolph Krabbe).

Heimreise über Frankfurt, Mainz, Wiesbaden, Köln.

17. Juli: Zurück in Wolfenbüttel. Quälendes Empfinden der Kleinstadtenge. Zunehmende politische Aktivität.

Historisierende Erzählungen:

26. Juli–10. August: *Aus dem Lebensbuch des Schulmeisterleins Michel Haas* (1860 ›Westermanns Monatshefte‹).

Bis 23. September: *Wer kann es wenden?* (1859/60 ›Westermanns Monatshefte‹).

August: Raabe verliebt sich in die Wolfenbütteler Honoratiorentochter Bertha Emilie Wilhelmine Leiste (12.7.1835–7.5.1914), Enkelin des gelehrten Lessing-Freunds Christian Leiste.

8. September 1859–18. Mai 1860: Ausarbeitung des Romans *Der heilige Born* (1861 Wien und Prag: Kober & Marggraf).

Politische Lyrik:

3. November: Gedicht *Zum Schillerfest am 10. November 1859* (auf der von Raabe mitorganisierten Feier öffentlich vorgetragen).

26. November–1. Dezember: Gedicht *Königseid* gegen den Verfassungsbruch Georgs V. von Hannover.

1860:

3. Januar: Wilhelm Dilthey besucht Raabe in Wolfenbüttel.

Januar: Angeknüpfte Verbindung mit dem Stuttgarter Zeitschriftenherausgeber Edmund Zoller (›Über Land und Meer‹).

März: Arbeitslähmung durch Blutsturz des Bruders.

26. Mai: Beitritt zum demokratisch-liberalen »Deutschen Nationalverein«, in dessen Wolfenbütteler Ortsgruppe Raabe seit September 1859 engagiert war (patriotisches Gedicht *Ans Werk*).

13.–16. Juli: Wanderreise mit dem Onkel Christian Jeep über den Harz: (13.) Von Harzburg über Ilsenburg nach Wernigerode, (14.) über Rübeland (Baumannshöhle) nach Hüttenrode (Übernachtung beim befreundeten Pfarrer Louis Tappe, der mit Bertha Leistes Schwester Mathilde verheiratet ist; Eindruck von Kirchhof und »Hütte mit den Faulfieberkranken«, 24 Jahre später verarbeitet in *Unruhige Gäste*), (15.) Roßtrappe – Hexentanzplatz/Thale. Rückkehr über Blankenburg – Halberstadt.

2.–6. September: Als (polizeilich bespitzelter) Wolfenbütteler Delegierter Teilnahme an der Generalversammlung des »Nationalvereins« in Coburg. Rückreise über Nürnberg, Würzburg, Mainz, Köln.

Historische Erzählungen:

8. Juni–2. Juli: *Ein Geheimnis* (1860 ›Westermanns Monatshefte‹).

22. September–4. Oktober: *Auf dunkelm Grunde* (1861 ›Westermanns Monatshefte‹).

24. August–12. Oktober: *Die schwarze Galeere* (1861 ›Westermanns Monatshefte‹).

17. August–27. Dezember: Roman *Nach dem großen Kriege* (1861 bei Schotte, Berlin).

1861:

14. März: Verlöbnis mit Bertha Leiste.

3. März–21. September: Erzählung *Unseres Herrgotts Canzlei* (1862 ›Westermanns Monatshefte‹, Buchausgabe 1862 bei Westermann).

Kontrakt über eine Sammlung kleiner Prosa *Verworrenes Leben* (1862 bei Flemming in Glogau).

23. Mai: Schonungsloses Selbstporträt im Brief an Thaddäus Lau für einen Raabe-Aufsatz.

21.–25. August: Teilnahme als Delegierter an der Versammlung des »Deutschen Nationalvereins« in Heidelberg, anschließend bis 27. August in Stuttgart: Plan zur Übersiedlung.

21. Oktober 1861–1. November 1862: Roman *Die Leute aus dem Walde* (1862 ›Westermanns Monatshefte‹, Buchausgabe ebd. 1863).

(Begonnen 1861)–2. September 1862: *Eine Grabrede aus dem Jahre 1609* (1863 in Julius Niedners Zeitschrift ›Die Maje‹, Wiesbaden).

1862:

19.–28. Januar: Biographische Skizze *Kleist von Nollendorf* (1862 ›Illustriertes Familien-Journal‹, Leipzig).

1.–22. Februar: Novelle *Das letzte Recht* (1862 ›Westermanns Monatshefte‹).

9.–13. März: Erneute Reise nach Stuttgart (zusammen mit der Verlobten) zur Vorbereitung des Umzugs.

24. Juli: Hochzeit in der Wolfenbütteler Hauptkirche Beatae Mariae Virginis. Nachts darauf Fortzug der Neuvermählten nach Stuttgart.

Stuttgart: Beginnende Meisterschaft und literarische Erfolge; Novellen und große Romane (1862–1870)

1862:

25. Juli: Eintreffen in Stuttgart. Wohnung ab Anfang August Gymnasiumstraße 13 (bis 2. Mai 1864). Engste Familienfreundschaft mit Edmund Hoefer (1819–1882).

22. Oktober: Beitritt zur Stuttgarter »Museums-Gesellschaft« (Lesekabinett für tägliche Zeitungs- und Zeitschriftenlektüre, kulturelle und gesellschaftliche Veranstaltungen).

5. November: Beschäftigung mit der Rattenfängersage (für *Die Hämelschen Kinder*).

6. November: Sozialkritisches Konzept für den *Hungerpastor*-Roman.

25. November 1862–26. Januar 1863: *Holunderblüthe* (1863 ›Über Land und Meer‹, Stuttgart).

1863:

8. Februar: Komödienpläne (nicht ausgeführt: ›Violante‹, ›Die Italienerinnen‹).

5.–27. März: *Die Hämelschen Kinder* (1863 ›Die Maje‹, Wiesbaden).

14./21. März: In der Zeitschrift ›Über Land und Meer‹ erscheint der erste Aufsatz über Raabe von Thaddäus Lau.

Teilnahme an demokratischen Versammlungen im Geist der 48er Revolution.

28. März–3. Dezember: Ausarbeitung *Der Hungerpastor* (nach Auseinandersetzungen mit Westermann am 23. Juli an Otto Janke, Berlin, verkauft. Erscheint 1863/64 in dessen neuer ›Deutscher Roman-Zeitung‹, dreibändige Buchausgabe ebd. 1864; diese unter Zeitdruck entstandene und publizierte Arbeit, die zeitlebens – und darüber hinaus – ein herausragender Verkaufserfolg wurde, hat Raabe ihrer Schwarzweißzeichnungen wegen später zu seinen »Kinderbüchern« und zu »dem mir abgestandenen Jugendquark« gerechnet).

23. Mai: Fahrt nach Heidelberg. Schwester Emilie abgeholt, die bis zu Bertha Raabes erster Entbindung im Haus bleibt.

17. Juli: Geburt der Tochter Margarethe (Auguste Caroline Edmunde). Besuch der Schwiegermutter Caroline Leiste (1799–1886). Zeit erster Schopenhauer-Studien.

25. August: Konzept zur Novelle *Else von der Tanne.*

29. September: Teilnahme an der Stuttgarter Künstlergesellschaft »Bergwerk« (Beitritt 6./20. Oktober, Vereinsname »Krähe«; Austritt Oktober 1865 wegen drohender zeitaufwendiger Vereinsämter). Umgang mit Liberalen wie Fr. W. Hackländer und Friedrich Notter und

Radikaldemokraten wie Moritz Hartmann und Albert Dulk. Revolutionäre Emphase gegen den Partikularismus.

17./18. Dezember: Fallengelassener Plan eines Versepos in zwölf Gesängen: ›Die Königin von Saba‹ (Arbeit daran noch am 1. Oktober 1864 – erhalten nur Entwurf und ein Bruchstück im *Dräumling*).

1864:

3. Januar 1864–7. April 1865: Roman *Drei Federn* (Formexperiment mit wechselnden Erzählperspektiven) (1865 ›Deutsche Roman-Zeitung‹ und Buchausgabe bei Janke, Berlin).

Januar: Engere Freundschaft mit dem politisch gleichdenkenden (späteren nationalliberalen Reichstagsabgeordneten) Friedrich Notter. Anschluß an das »Sonntagskränzchen« demokratischer Intellektueller (auch »Seifenkranz«). Erregte Anteilnahme am Krieg Österreichs und Preußens gegen Dänemark – Bezugnahme im Vorwort (18. Februar) zur 3. *Chronik*-Auflage (bei Ebner in Stuttgart).

2. Mai: Umzug in die Etagenwohnung Hermannstraße 11 (bis 18. Juli 1870) – Federzeichnungen vom Arbeitszimmer und Fensterblick.

3.–20. Mai: Unter Asthmaanfällen und nervösen Depressionen Ausarbeitung *Else von der Tanne* (1865 in Moritz Hartmanns Stuttgarter Zeitschrift ›Freya‹).

23.–29. Mai: Humoreske *Keltische Knochen* (1864/65 ›Westermanns Monatshefte‹). Ironische Abrechnung mit der jugendlichen Lyrik-Produktion (›Roderich von der Leine‹).

10. Juni–2. September: Reise mit kranker Bertha nach Norddeutschland. Bis 26. Juli Wolfenbüttel und Braunschweig. Neue Kontakte zu Glaser. Lektüre: Swift, Gellert, Lessing, H. v. Kleist, Cooper, Grabbe.

12. Juli: Erste Konzeption *Die Gänse von Bützow.*

26. Juli–4. August: Weiterreise zur Ost- und Nordsee (Zeichnungen). Lübeck, Travemünde, Mölln, Hamburg (Klopstocks Grab in Ottensen), Cuxhaven, Kiel, Lüneburg.

August: Aufenthalte bei den Schwägern Floto in Schöppenstedt (mit Besuch des Eulenspiegel-Geburtsorts Kneitlingen) und Tappe in Hüttenrode/Harz (dort 22. August *Keltische Knochen* aus den Korrekturfahnen vorgelesen).

23. September: Berthas erste Totgeburt.
26. Oktober: Ehrengabe der Deutschen Schiller-Stiftung (veranlaßt von Franz v. Dingelstedt) für den *Hungerpastor* (300 Taler).
Oktober: Novellensammlung *Ferne Stimmen* vorbereitet (erscheint im Dezember mit Jahreszahl 1865 bei Janke, Berlin).
Jahresschluß: Verstärkte Asthmaanfälle.

1865:
24. Februar–2. Mai: Biogr. Skizze *Der alte Musäus* (1867 ›Freya‹).
14. April: Grundkonzeption des großen Zeitromans *Abu Telfan,* dessen Ausarbeitung sich nach mehreren Entwürfen und vielen Unterbrechungen bis 30. März 1867 hinzieht. Erscheint 1867 in ›Über Land und Meer‹ und als Buchausgabe bei Ed. Hallberger, Stuttgart).
16. April–29. Juli: Erzählung *Die Gänse von Bützow* (1866 ›Über Land und Meer‹, Stuttgart).
2. August–26. September: Historische Novelle *Sankt Thomas* (1866 ›Freya‹, Stuttgart).
6. August: Zweite Totgeburt Berthas, Besuch der Schwiegermutter.
17. Oktober 1865–28. Januar 1866: Aufgrund einer antiquarischen Trouvaille auf dem Stuttgarter Trödelmarkt: Historische Toleranzerzählung *Gedelöcke* (1866 ›Westermanns Monatshefte‹).
Oktober: Pläne einer Gesamtausgabe des Frühwerks beim Stuttgarter Verleger Emil Ebner (ab 1866 nur bruchstückhaft realisiert in Ebners ›Hausschatz deutscher Erzählungen‹).
1. November–4. Dezember: Humoreske *Theklas Erbschaft* (1868 ›Über Land und Meer‹, Stuttgart).
28. Dezember: *Der Altstadtmarkt zu Braunschweig.* Skizze für die ›Freya‹ (erschienen 1912 im Heimatkalender ›Brunswiks Leu‹, Jg. 1913).

1866:
20. Januar: Bekanntschaft mit dem Redakteur, Romancier und Lyriker Wilhelm Jensen (1837–1911) und seiner attraktiven Frau Marie (1845–1921). Lebenslange, bisweilen spannungsreiche Freundschaft.
16. Februar: Entschiedene Abkehr von der »mehr lyrische[n] Peri-

ode«. Beharren auf der (nach dem *Hungerpastor*) betont eigenständigen, künstlerisch kompromißlosen Schreibweise ohne Rücksichten auf Marktchancen – gegen die »Lüge in unserer Literatur«.

März–September: Besuch der Schwiegermutter.

20. April–17. Juni: Aufgrund ihrer Erzählungen der eigenen Kindheitsgeschicke: Novelle *Im Siegeskranze* (1866 ›Über Land und Meer‹).

25. April: Besuch von Paul Heyse (nach einem Kennenlernen bei Edmund Hoefer tags zuvor).

Juni–September: Zuspitzung politischer Auseinandersetzungen: Im Preußisch-Österreichischen Krieg koaliert Württemberg mit der Donaumonarchie. Raabe setzt dagegen auf die deutsche Einigung unter preußischer Führung.

12. Juli: Nach dem preußischen Sieg bei Königgrätz werden Raabe und Jensen aus einer erhitzten Volksversammlung verwiesen, die württembergische Polizei legt eine Akte zur potentiellen Landesverweisung an.

7. August: Gründungsmitglied der oppositionellen kleindeutsch-liberalen »Deutschen Partei«. Bruch mit den partikularistischen Radikaldemokraten (Hartmann).

Vermehrte Asthmaanfälle, Gedanken an Rückkehr nach Norddeutschland.

3.–27. Oktober: Besuch der Mutter, intensivierte Kontakte zu Marie und Wilhelm Jensen.

1867:

April: Nach Abschluß des *Abu Telfan* Entwurf einer Fortsetzung (bald aufgegeben). Die Publikumsresonanz auf den Roman (die erste Arbeit, auf die Raabe »einen wirklichen Wert« legte) bringt herbe Enttäuschungen (Abonnementskündigungen). Größerer Absatz erst der in Titelauflage von 1869 als ›Eisenbahnlektüre‹ verramschten Bestände.

Mai: Aktiver Einsatz für einen Hilfsfonds zugunsten des in London exilierten Ferdinand Freiligrath.

Beginn lebenslanger Freundschaft mit dem Juristen und Lyriker Karl Schönhardt.

4. Juni–9. September: Zweite Reise nach Norddeutschland.

Bis 20. Juni: Über Kassel und Karlshafen nach Holzminden. Erinnerungsvisiten in der Kindheitsheimat an der Weser.

Bis 8. August: Familienbesuche in Wolfenbüttel, Hüttenrode, Braunschweig.

Bis 27. August: Sommerfrische in Tinnum/Sylt. Anreise über Altona (abermals an Klopstocks Grab) und Husum (Theodor Storm nicht angetroffen).

Bis 9. September: Rückreise über Braunschweig, Holzminden und den Rhein entlang (Düsseldorf bis Mainz) nach Stuttgart.

Herbst: Nach Auflösung des Nationalvereins verstärktes Mitwirken an Veranstaltungen der »Deutschen Partei«.

22. Oktober 1867–8. Juni 1869: Ausarbeitung des dritten großen Stuttgarter Romans *Der Schüdderump* (erscheint erst nach höchst verdrießlichen Auseinandersetzungen mit Hallberger, Kröner und Westermann 1869/70 in ›Westermanns Monatsheften‹, Buchausgabe ebd. 1870, Restauflage 1889 verramscht).

7./8. Dezember: Essay über den Stuttgarter Schriftsteller-Freund *Edmund Hoefer* (1867/68 ›Über Land und Meer‹).

1868:

Depressive Stimmungen durch Krankheiten (schmerzhafter Infekt im Gehörgang; zunehmendes Asthma) und Gefühl politischer Isolierung. Vermehrt Umgang und Ausflüge mit Marie und Wilhelm Jensen.

17. Juni: Geburt der zweiten Tochter Elisabeth.

Juli: Beginn häufigerer Begegnungen mit dem nach Deutschland zurückgekehrten Freiligrath.

28. September: Am Tag nach der Information über den Jensen-Plan, nach Flensburg zu ziehen (realisiert: 10. Dezember): »Entschluß nach Braunschweig zu gehen.«

Oktober: Novellensammlung *Der Regenbogen* (mit Jahresangabe 1869 bei Hallberger, Stuttgart).

1869:

Einschneidende Wirkungskrise. Lebensüberdruß durch Resonanzverlust im Publikum, wiederholte Verlagsablehnungen und Honorarkürzungen, Finanzknappheit und Asthma. – Trotziger Entschluß, die in seinen Erzählwerken vermißte Handlungsspannung und optimistische Lösung entschiedener denn je zu verweigern und »in dem guten Ruf« der Erzählkunst Ersatz zu suchen.

23. Mai: Begegnung mit Berthold Auerbach in der Stuttgarter »Silberburg«.

14.–20. Juli: Besuch des Ehepaars Jensen, gemeinsame Urlaubstage: Bregenz (Wiedersehen mit Karl Gutzkow), Schweiz (Graubünden, Chur, Rorschach), Lindau.

Bis 27. August: Sommerferien in Bregenz. Ausflüge nach Alberschwende und auf die Lorena (Vorarlberg). Topographische und historische Bodensee-Studien.

7. August (22. Oktober) 1869–24. Februar 1870: Daraufhin Ausarbeitung der Erzählung *Der Marsch nach Hause* (1870 ›Daheim‹, Leipzig).

25. November 1869–23. März 1870: Tiefgreifende Umarbeitung von *Ein Frühling*.

1870:

März: Konkrete Umzugsvorbereitungen. Kündigung der Stuttgarter Wohnung und Anmietung eines Domizils in Braunschweig.

1. April: Beginn der Ausarbeitung der satirisch-selbstironischen Erzählung *Der Dräumling* (beendet in Braunschweig 12. Mai 1871; 1872 ›Deutsche Roman-Zeitung‹ und Buchausgabe bei Janke, Berlin).

5. Mai–4. Juli: Novelle *Des Reiches Krone* (1870 ›Über Land und Meer‹).

Zahlreiche Ausflüge, z.T. mit den Stuttgarter Freunden (u.a. Hoefer, Schönhardt, Dulk, Hallberger, Hackländer): Cannstatt, Esslingen, Tübingen, Bebenhausen, Echterdingen, Marbach: Schillerhaus (15. Juni), Urach, Metzingen.

Juli: Stuttgarter Abschiedsfeiern zu Ehren Raabes.

15. Juli: Französische Mobilmachung, Entschluß zu sofortiger Abreise.

17.–21. Juli: Durch die Wirren des ausbrechenden Deutsch-Französischen Krieges massiv turbierter Umzug nach Braunschweig (umgeleitet über Nürnberg, Eisenach und Kassel).

Braunschweig: Die zweite Lebenshälfte. Reife Erzählkunst, Erfolgskrise und Altersruhm (1870–1910)

1870:

21. Juli: Bis zum Freiwerden der von Stuttgart aus angemieteten Wohnung für zwei Monate behelfsmäßige Unterkunft bei Raabes Mutter im mittelalterlichen (wenig später abgerissenen) Johannishof, Nr. 4 (»Cyriacihof« im *Meister Autor*). Krankheit der Tochter Elisabeth.

Entschiedene Anteilnahme am Kriegsgeschehen; Spott auf nationalpathetische Jubelpoesie.

1. September: Aufnahme in den (seit 25. Juli regelmäßig besuchten) »Großen Klub« (Lesegesellschaft zu täglicher Zeitungslektüre, dort häufigere Begegnungen mit Friedrich Gerstäcker).

9.–27. September: Besuchsreise zu Jensens nach Flensburg, schwere Asthmaanfälle. Ausflüge nach Glücksburg und Kiel, Schlachtfelder von Düppel, Oeversee und auf Alsen.

1. Oktober: Einzug in ein Zweifamilienhaus (gemeinsam mit dem Hofschauspieler Carl Schultes), Salzdahlumer Straße 3, auf dem »Krähenfelde« am Braunschweiger Stadtrand (bis 3. Oktober 1882). Heute zerstört.

15. Dezember: Durch Stadtarchivar Ludwig Hänselmann (Bekanntschaft seit 27. August 1870) Einführung in den Freundeskreis der »Kleiderseller« (aus einer Gesellschaft zur Gründung des Städtischen Museums erwachsener Intellektuellen- und Honoratiorenklub, regelmäßige Stammtische donnerstags bis 1892 im Riddagshäuser Waldgasthaus »Grüner Jäger«, sonstiger Treffpunkt im »Gewandhauskeller«, seit 1898 in »Herbsts Weinstube«). Grundlage für anregende Kontakte und Charakterstudien, aber auch Anlaß für philiströs-behagliche Mythenbildungen um den alten Raabe, die er sich »in Banausia« (an Jensen, 18. September 1891) gefallen ließ: »Der Mythus hängt sich Einem schon bei Lebzeiten an!« (an Wolzogen, 31. Dezember 1881).

16. Dezember: Durch Schultes Einführung in den humorigen Nachbarschaftszirkel »Buern im Kreienfelde«; Beitritt 6. Januar 1871, Vereinsname »Sperlingsbur«.

1871:

Februar–April: Bei aller Freude über die Gründung des Deutschen Reichs (18. Januar) Ekel an der »Selbstverherrlichung des deutschen Philisterthums« im exaltierten Chauvinismus der Siegesfeiern.

Ab 11. Juni: Besuch des Bruders Heinrich in Blankenburg/Harz.

11.–21. Juli: Ferien im Pfarrhaus des Schwagers Louis Tappe in Boffzen/Weser, wiederholte Ausflüge in den Solling und zur Porzellanmanufaktur Fürstenberg.

1. August 1871–17. September 1872: Burleske Erzählung *Christoph Pechlin* (2 Bde., Leipzig: Günther 1873).

1872:

24. März–8. April: Erzählung *Deutscher Mondschein* für eine Sammlung kleinerer Werke im Janke-Verlag geschrieben. Nach dessen ablehnender Rücksendung am 18. Mai an Hallberger verkauft (erscheint 1873 in ›Über Land und Meer‹).

Gleichzeitig: nächtliche Salpeterkuren gegen asthmatische Atemnot.

14. August: Geburt der dritten Tochter Klara.

25. Oktober 1872–10. Juli 1873: *Meister Autor* (August 1873 von Hallberger abgelehnt, erscheint 1874 bei Günther in Leipzig).

1873:

Sammlung kleinerer Erzählungen der letzten Jahre unter dem Titel *Deutscher Mondschein* erscheint bei Hallberger in Stuttgart.

1. Juli–15. August: Ferienaufenthalt in Harzburg (Neustadt) im Hause des Forstwarts Scheibel, heute Kurhausstraße 6 (Gedenktafel).

1. August: Brockenwanderung. Eine Ruhrerkrankung der Tochter Margarethe nötigt zu häufigeren Gängen in die Bündheimer Apotheke, Motivanregung für die in den Urlaubswochen begonnene Erzählung

15. Juli–29. September: *Zum wilden Mann* (1874 ›Westermanns Monatshefte‹; 1885 als Reclam-Bd. 2000).

23. November 1873–15. April 1874: Ausarbeitung *Höxter und Corvey* (1875 ›Westermanns Monatshefte‹).

1874:

25. April–29. Juli: Humoristische Erzählung *Eulenpfingsten* (1874 ›Westermanns Monatshefte‹).

2. Juli–15. August: Abermaliger Familienaufenthalt in Harzburg. Quartier beim Köhlermeister Fiedler, Nordhäuser Straße 61 (Haus für den Ausbau der Bundesstraße 4 abgerissen). Im Gartenpavillon des Grundstücks (heute Sternstraße 19 – Gedenkstein) Konzeption und Arbeitsbeginn der neuen Erzählung.

6. Juli–1. Oktober: *Frau Salome* (1874/75 ›Westermanns Monatshefte‹).

5. Oktober–22. Dezember: *Die Innerste* (1876 ›Westermanns Monatshefte‹).

1. November: Tod der Mutter – erfahren als tiefer Lebenseinschnitt.

1875:

1. Januar–5. Mai: Groteske Erzählung *Vom alten Proteus* (1875/76 ›Westermanns Monatshefte‹).

29. Januar–27. Februar: Unterbrechung für die Prosaskizze *Der gute Tag* (erst 1912 postum erschienen in der Leipziger Zeitschrift ›Daheim‹).

1./2. März: Pessimistisch-verdrossene Äußerungen über das kapitalistisch-unsolide Spekulantentum der Gründerjahre und den »Größenwahnsinn in unserm Volk«.

31. Mai–8. Juni: Besuch beim Bruder Heinrich in Blankenburg/Harz.

10. Juni–18. Dezember: *Horacker* (1876 Berlin: Grote).

18.–24. Juli: Erneuter Familienbesuch im Weserbergland beim Schwager Tappe in Boffzen (über Höxter, Ausflüge zum Katthagen und in den Solling, wiederholt nach Fürstenberg).

1876:

3. Januar–4. August: *Wunnigel* (1877/78 ›Westermanns Monatshefte‹, Buchausgabe 1879 bei Westermann).

19. Februar: Geburt der vierten (jüngsten) Tochter Gertrud.

Sommer: Verstärktes Asthmaleiden.

15. August 1876–21. August 1877: *Deutscher Adel* (1878/79 ›Westermanns Monatshefte‹, Buchausgabe ebd. 1880).

1877:

Zur Versorgung der nunmehr sechsköpfigen Familie unterbrechungslose Fortarbeit ohne Erholungspausen.

Angesichts der Neuausgaben der *Chronik der Sperlingsgasse* (bereits 6. Abdruck) und des *Hungerpastor* (3. Buchauflage nach der Zeitschriftenpublikation) wiederholte Unmutsäußerungen über die Erfolge nur dieser (für schwach erachteten) Jugendromane bei unbefriedigendem Absatz aller neueren Werke.

1878:

27. Mai–6. Juni: Reise nach Walkenried (zu dem als Amtsrichter dorthin versetzten Bruder Heinrich). Wanderungen im Südharz mit Aussichten auf die Porta Eichsfeldika, die Goldene Aue und den Kyffhäuser (Motivanregungen für *Das Horn von Wanza*).

1.–22. Juli: Erholungsaufenthalt mit der Familie in Altenau/Harz.

16.–28. November: Prosaskizze (»Sylvesterstimmung«) *Auf dem Altentheil* (1878 ›Deutsches Montagsblatt‹, Berlin).

November: Erscheinen der Erzählsammlung *Krähenfelder Geschichten* (mit Jahresangabe 1879) bei Westermann, Braunschweig.

1879:

16. März 1879–16. Januar 1880: *Das Horn von Wanza* (1881 ›Westermanns Monatshefte‹ und Buchausgabe ebd.).

September: Wilhelm Jensens ausführlicher, teilweise rücksichtslos und verständnislos kritischer Aufsatz ›Wilhelm Raabe. Ein Beitrag zur Würdigung des Dichters‹ im Oktober-Heft von ›Westermanns Monatsheften‹ (S. 107–123). Raabes briefliche Reaktion am 20. September 1879: »Lieber Freund, alter Freund, einen solchen ›Essay‹ ertragen zu können, muß man todt und begraben sein, oder merkwürdig moderne Litteraturnerven haben.«

Oktober: Asthma, Erkältungskrankheiten, Gesichtsneuralgien.

1880:

19. Januar 1880–13. Februar 1881: *Fabian und Sebastian* (1882 ›Westermanns Monatshefte‹ und Buchausgabe ebd.).

Kummer über anhaltende Geringachtung durch Kritik und Leserschaft.

2.–21. Juli: Abermals Sommerfrische in Altenau; 13. Juli Brockenbesteigung.

7.–25. September: Ohne die Familie Besuch bei Jensen in Freiburg, Luisenstraße 11 (Marie Jensen malt zwei Bilder Raabes). Gemeinsame Reisen in den Schwarzwald, nach Basel und ins Elsaß. Nähere Bekanntschaft mit dem Maler Emil Lugo und den Schriftstellern Gisbert v. Vincke und Wilhelmine v. Hillern.

1881:

16. Februar 1881–14. März 1882: *Prinzessin Fisch* (1883 ›Westermanns Monatshefte‹ und Buchausgabe ebd.).

Beginn der Freundschaft mit dem Braunschweiger Altphilologen Wilhelm Brandes (seit 1893 in Wolfenbüttel, Oberschulrat; 1910/11 Hauptinitiator zur Gründung der Raabe-Gesellschaft).

25. April: Teilnahme am 50. Regierungsjubiläum des Braunschweiger Herzogs Wilhelm.

22. Juni: *Generalbeichte* (= »genaue Liste meiner Schriften nebst dem Datum ihrer Verfassung bis eben zum Jahre 1881«) an Eduard Engel: Publiziert in dessen Zeitschrift ›Das Magazin für die Literatur des In- und Auslandes‹, 50. Jg. (= Bd. 100, S. 441f.) am 23. Juli 1881.

4. Juli: Beginn einer sporadischen Korrespondenz mit Theodor Fontane als Zeugnis wechselseitiger (nicht unkritischer) Wertschätzung.

8. September: Freundesfeiern zum 50. Geburtstag. Humorige Gelegenheitsdrucke von Wilhelm Brandes und Ludwig Hänselmann. Ein »Festgruß« des Bayreuther Schriftstellers (und Wagner-Freunds) Hans von Wolzogen im ›Deutschen Tageblatt‹ führt zu freundschaftlicher Verbindung (persönliches Kennenlernen bei Wolzogens Besuch in Braunschweig am 14. März 1891).

13. September: *Eine Kleidersellerrede* (Separatdruck). Raabes Dank an die Freunde (erneut vorgetragen am 9. September 1901).

1882:

19. März 1882–25. März 1883: *Villa Schönow* (1884 ›Westermanns Monatshefte‹ und Buchausgabe ebd.).

21. Juni: Unwilliger Eintritt in den »Allgemeinen deutschen Schriftstellerverband« (Wiederaustritt am 30. März 1885).

9.–15. September: Teilnahme an dessen Schriftstellertag in Braunschweig.

3. Oktober: Umzug in die neue Wohnung Wolfenbütteler Straße 49 (am Rande des »Krähenfeldes«; bis 18. September 1887).

Oktober: Gründungsmitglied des »Dreierklub«. Tanz- und Gesellschaftszirkel für die heranwachsenden Töchter.

Winter: Beginn der Freundschaft mit dem Braunschweiger Rechtsanwalt Louis Engelbrecht. – Aufnahme in den (1881 gegründeten) Künstlerklub »Feuchter Pinsel«; 14tägliche Freitagsstammtische.

1883:

Frühjahr: Krankheiten, Nervenschmerzen, lähmende Willensschwäche.

7. April 1883–15. Mai 1884: *Pfisters Mühle* (nach einer Serie kränkender Zurückweisungen publiziert 1884 in ›Die Grenzboten‹ und als Buchausgabe bei Grunow, Leipzig).

1884:

Verdrießlichstes Lebensjahr durch demütigende Verlegerenttäuschungen und Höhepunkt der Wirkungskrise, Selbstmordanfechtungen.

21. Mai–22. Oktober: *Unruhige Gäste* (nach schwierigen Verhandlungen mit dem Verleger Kröner um Textgestalt und Honorar 1885 in ›Die Gartenlaube‹, Leipzig, erschienen, Buchausgabe 1886 bei Grote, Berlin).

5. Juni: Abbruch der Verbindung mit dem Westermann-Verlag (nach unfreundlicher Reaktion auf *Villa Schönow* und Zurückweisung von *Pfisters Mühle;* abgesehen von Neuauflagen nur 1889 erneuerte Zusammenarbeit für *Der Lar*, lebenslange Verstimmung).

26. Juli–31. August: Skizze *Ein Besuch* (1884 ›Illustrierte Zeitung‹, Leipzig).

September: Erneutes Asthma-Leiden.

6. November 1884–13. September 1886: *Im alten Eisen* (1887 ›Vom Fels zum Meer‹, Stuttgart und Buchausgabe bei Grote, Berlin).

1885:

Juli: Lähmungserscheinungen, schmerzhafter Gewebebruch.

Allsommerlich bis 1891 Eisenbahnabonnements für einen Monat: Häufige Tagesausflüge mit der Familie nach Harzburg (gelegentlich auch Goslar/Oker) zum Einsparen der Quartierkosten.

1886:

Auf Antrag Paul Heyses Gewährung einer jährlichen Ehrenpension (1 000 Mark) der Deutschen Schiller-Stiftung für Raabe, zunächst für drei Jahre, nach zweimaliger Verlängerung 1889 und 1892 am 1. Januar 1895 auf Lebenszeit zuerkannt.

3. Juni: Treffen mit Jensens in Celle, dabei Bekanntschaft mit dem Verleger Balthasar Elischer.

30. September: Beerdigung der Schwiegermutter Caroline Leiste.

Oktober: Entwurf einer nicht ausgeführten Erzählung (›Micheline‹).

12. Oktober 1886–15. November 1887: *Das Odfeld* (›Nationalzeitung‹, Berlin, September 1888 [datiert auf 1889] und Buchausgabe bei Elischer [Winckler], Leipzig).

1887:

18. September: Umzug in neue Wohnung Leisewitzstraße 7 (bis 26. März 1896).

17. November 1887–6. Oktober 1888: *Der Lar* (1889 ›Westermanns Monatshefte‹ und Buchausgabe ebd.).

1888:

Sommer: wieder häufigere Tagesausflüge nach Harzburg.

4. Dezember 1888–30. Mai 1890: *Stopfkuchen* (Okt./Nov. 1890 [mit Jahresangabe 1891] ›Deutsche Roman-Zeitung‹ und Buchausgabe bei Janke, Berlin).

1889:

Februar: Umarbeitung von *Unseres Herrgotts Canzlei* für die 2. Auflage (nach 27 Jahren) in der Creutzschen Buchhandlung, Magdeburg; Durchsicht auch von *Die Leute aus dem Walde* für die 1890 (ebenfalls nach 27 Jahren) bei Westermann erscheinende 2. Auflage.

9. April: Besuch des Schriftstellers Heinrich Seidel.

22. April: Beginn der lebenslangen Verbindung mit dem Magdeburger Lehrer und Kritiker Edmund Sträter (erster Besuch 23. September 1891), der sich ebenso eifrig wie verständig publizistisch für Raabes Werk einsetzt.

22. Mai: Gegenüber Glaser/Westermann selbstbewußte Bekundung der überstandenen Wirkungskrise: Erfahrung, »daß das deutsche Volk sich endlich zu mir wendet« – namentlich »die jüngere Welt«.

Sommer: Ausflüge in den Harz.

15. November: Freundesfeier zur 35. Wiederkehr des »Federansetzungstages« im »Grünen Jäger«.

1890:

Januar: Krankenlager (Treitschke-Lektüre).

9. Juni 1890–9. Oktober 1891: *Gutmanns Reisen* (1892 ›Deutsche Roman-Zeitung‹ und Buchausgabe bei Janke, Berlin).

22. Juli: Treffen mit dem Verleger Gustav Janke (Sohn Otto Jankes) in Harzburg, Ausflug zu den Rabenklippen, Kontrakt über die *Stopfkuchen*-Veröffentlichung – Beginn einer wieder dauerhaften Verlagsverbindung.

21. September: Ausflug im Kreis der »Kleiderseller« ins Weserland (zu *Odfeld*-Schauplätzen: Stadtoldendorf, Eschershausen, Ith-Höhlen, Amelungsborn).

1891:

Trotz zögernder Indizien für eine wirkungsgeschichtliche Wende anhaltende Klagen über Mißachtung bei Kritik und Publikum.

8. September: Ehrungen (u.a. des »Feuchten Pinsel«) zum 60. Geburtstag, Aufsätze über Raabe in etlichen Zeitschriften, kaum zu bewältigende Glückwunschpost.

13. Oktober 1891–10. Juni 1893: *Kloster Lugau* (1894 ›Deutsche Roman-Zeitung‹ und Buchausgabe bei Janke, Berlin).

November: Geschenke: Heinrich Stegmanns Buch über die Fürstenberger Porzellanmanufaktur und Gottlieb Cober: Cabinet-Prediger von Edmund Sträter (Motivanregungen für *Hastenbeck*).

9.–16. Dezember: Modellsitzungen für die erste Raabe-Büste des Braunschweiger Bildhauers Hermann Siedentop.

1892:

4. Januar: Tod des Schwagers, Rechtsanwalt Carl Leiste. Peinigende Verantwortung für die hinterlassenen Berge an »Manualakten, Vormundschaften, Curateln, Vermögensverwaltungen« (Motiveinfluß auf *Die Akten des Vogelsangs*).

1. Februar: Massive Stellungnahme gegen eine gewerkschaftliche Organisation der Schriftsteller.

24. Juni: Tod der 16jährigen jüngsten Tochter Gertrud an Meningitis. Tiefgreifende, nie ganz verwundene Erschütterung. Gedicht *Die Tür war zu.* Langdauernder Abbruch allen gesellschaftlichen Verkehrs und Meiden erinnerungsbesetzter Lokalitäten (»Grüner Jäger«, Harzburg – Raabe konzentriert die selteneren Sommerausflüge nunmehr auf Goslar). Fast ein Jahr lang Stocken der schriftstellerischen Arbeit.

September: Lektüre: Zola, Ibsen, Tolstoi, Gregorovius.

22. November–2. Dezember: Lebensgroßes Ölporträt Raabes vom Berliner Maler Hanns Fechner (gelangt als Geschenk des Berliner Janke-Verlags zum 70. Geburtstag 1901 in Raabes Besitz, heute Raabe-Gedächtnisstätte, Braunschweig).

1893:

Durch Raabes Fernbleiben vom »Grünen Jäger« wird nach Wilhelm Brandes' Wegzug nach Wolfenbüttel das »Große Weghaus« in Klein-Stöckheim (zwischen beiden Städten) Treffpunkt der »Kleiderseller«.

30. Juni 1893–10. August 1895: *Die Akten des Vogelsangs* (1896 ›Deutsche Roman-Zeitung‹ und Buchausgabe bei Janke, Berlin).

14. Juli–1. August: Reise mit der Familie nach Süddeutschland und Österreich. Zusammentreffen mit der an der Münchener Kunsthochschule studierenden Tochter Margarethe. Reise über Bad Reichenhall ins Salzkammergut (21./22. Juli: Ischl, Hallstatt). Auf der Rückreise Besuch bei Jensens in deren Haus in St. Salvator/Prien am Chiemsee; acht Tage in München: Gemäldegalerie (wo Fechners Raabe-Porträt ausgestellt war). Treffen mit dem aus Stuttgart befreundeten Literarhistoriker Georg Scherer.

August/Anfang September: Wiederholte Tageswanderungen im Harz (von Goslar oder Oker aus).

Winterlektüre: englische moralische Wochenschriften (›Rambler‹, ›Spectator‹), immer wieder Lichtenberg, Dedikationsexemplare wilhelminischen Modeschrifttums.

1894:

Zunehmender Schaffensverdruß nach 40 Schriftstellerjahren – Qual fortbestehender Produktivitätsnötigung zur Existenzsicherung der Familie, Krankheiten.

Sommerliche Tagesausflüge nach Goslar.

12. August: Vorwort zur 2. Auflage des *Schüdderump* (nach 24 Jahren bei Janke, Berlin).

27. August: Beginn der freundschaftlichen Verbindung mit dem Wernigeroder (später Weimarer) Schriftsteller Hans Hoffmann.

20. Oktober: Aufnahme in den Nürnberger »Pegnesischen Blumenorden« als Ehrenmitglied anläßlich der 250-Jahrfeier der barocken Dichtergesellschaft.

15. November: Landesweite Beachtung des 40jährigen Schriftstellerjubiläums, Feier im Gewandhaus.

1895:

15. Januar: Tochter Elisabeth heiratet den Marinearzt Paul Wasserfall.

17. Januar: Ablehnung einer von dem naturalistischen Schriftsteller Hans Land (Hugo Landsberger) persönlich überbrachten Einladung zu Autorenlesungen in der Berliner »Literarischen Gesellschaft«.

4. März: Besuch des (gerade aus Brasilien heimgekehrten) Schriftstellers Emil Strauß bei Raabe; bis 1897 häufigere Begegnungen mit Rudolf Huch (Schriftsteller, Bruder Ricardas).

März: Teilnahme an einer Petition gegen die konservative Gesetzesvorlage zur Einschränkung der Freiheit von Kunst und Wissenschaft in Fragen der Religion und Sittlichkeit.

23. März: Zornesäußerung über das publizistische Totschweigen des 80. Geburtstages des (1890 zwangspensionierten, von Raabe als Staatsmann hochgeschätzten) Otto v. Bismarck.

Juli: Reise nach Wernigerode (zur Hochzeit einer Nichte).

18. August 1895–18. August 1898: Dreijährige mühevolle Arbeit an der letzten vollendeten Erzählung *Hastenbeck* (November 1898

[datiert auf 1899] ›Deutsche Roman-Zeitung‹ und Buchausgabe bei Janke, Berlin).

12. September: Reise zu einem Besuch des jungvermählten Paares Wasserfall in Wilhelmshaven.

1896:

26. März: Umzug in neue Etagenwohnung Am Windmühlenberg 3 (bis 29. März 1901).

30. März: Geburt des ersten Enkels Kurt Wasserfall.

Erstausgabe der *Gesammelten Erzählungen,* 4 Bände kürzerer Prosadichtungen bei Janke, Berlin 1896–1900.

14. November: Selbstverständnis als »Dintenreservemann«. Angesichts der beständig anwachsenden Wirkung hoher Zeitaufwand für Korrekturen zur Neuauflage älterer Werke; zunehmende Verehrerpost.

1897:

März: Erste Raabe-Monographie von Paul Gerber: Wilhelm Raabe. Eine Würdigung seiner Dichtungen, Leipzig o.J.

29. März: Raabe-Lithographie von Hanns Fechner (nach seinem Ölporträt von 1892).

7. September: Gegenüber Marie Jensen Klage über Schreibqualen und Nichtzustandebringen *(Hastenbeck).*

Oktober: Reise zur Familie Wasserfall nach Minden.

1898:

9.–29. Juli: Erneute mehrwöchige Reise zur Familie Wasserfall nach Minden.

4. Oktober: Neues Stammquartier der »Kleiderseller« in »Herbsts Weinstube« – lebenslang nahezu allabendliche Besuche (meist als einsilbiger Beobachter), bei denen zahllose auswärtige Künstlerkollegen und Verehrer (u.a. Otto Ernst, Ludwig Ganghofer) Raabes Bekanntschaft suchten.

1899:

2. Februar 1899–Ende August 1902: Arbeit am Romanfragment *Altershausen* (postum erschienen 1911 bei Janke, Berlin).

März: Krankenlager, intensive Beschäftigung mit naturalistischer Dramatik.

Juli: Abermalige Reise zur Familie Wasserfall nach Minden, Ausflüge in den Teutoburger Wald (Detmold).

28. Oktober: Ernennung zum Ritter des (1853 gestifteten, jeweils einem Künstler auf Lebenszeit zuerkannten) Bayerischen Maximilians-Ordens (als Nachfolger C.F. Meyers).

1900:

Im 70. Lebensjahr Beginn einer sprunghaft ansteigenden Raabe-Renaissance, vermehrt Artikel in der Presse (und Belästigungen durch Verehrer), Neuauflagen (16.–18. Aufl. der *Chronik der Sperlingsgasse*, 3./4. Aufl. *Unruhige Gäste*), die in den Folgejahren (auch das bislang unbeachtete Werk erfassend) markant zunehmen und wesentlich die zunächst noch beklommene Wirtschaftssituation entspannen.

1901:

29. März: Umzug in die letzte Wohnung Leonhardstraße 52/3 (heute 29a, Wilhelm-Raabe-Gedächtnisstätte).

26. April: Raabe-Feier des Berliner »Verein zur Förderung der Kunst«.

24. Juli: Hochzeit der dritten Tochter Klara mit dem Braunschweiger Gymnasiallehrer Dr. Gustav Behrens.

Die Tochter Margarethe malt Raabe in Öl (dazu: Photoaufnahmen von Heinrich Stegmann).

7. September: Gründung eines Raabe-Vereins in Zerbst.

8. September: Zum 70. Geburtstag Feier im Altstadtrathaus (vorbereitet von Louis Engelbrecht):

Ehrenbürgerbriefe der Städte Eschershausen und Braunschweig,

philosophische Ehrendoktorwürden der Universitäten Göttingen und Tübingen,

Herzoglich-Braunschweigisches Kommandeurskreuz des Ordens Heinrichs des Löwen,

Flut von Zeitschriftenaufsätzen, Broschüren, Gratulationsgedichten (»900 Postsendungen und darüber«).

Zahlreiche Neuausgaben Raabescher Werke.

9. September: Nachfeier mit den Braunschweiger Klub-Freunden im »Grünen Jäger«.

30. September: Königlich Preußischer Kronenorden (3. Klasse!).

1902:

29. August–22. September: Ferienreise nach Borkum und Minden (zur Familie Wasserfall).

Vor der Abreise: Endgültiger Abbruch der Arbeiten am letzten Werk *(Altershausen);* seither Selbstbezeichnung als »Schriftsteller a.D.«, volle Beanspruchung durch Korrekturenlesen, Korrespondenzen und Besucher.

1903:

31. Juli: Glückwunsch Raabes zu Peter Roseggers 60. Geburtstag (»zum Übersteigen der Schwelle des Greisenalters«).

28. September: Erster Besuch des satirischen Schriftstellers Dr. Owlglass (Hans Erich Blaich), Mitarbeiter am (von Raabe hochgeschätzten) ›Simplizissimus‹, Verfasser mehrerer Raabe-Essays.

1904:

24. Februar: Erster Besuch der Heimatschriftstellerin Lulu von Strauß und Torney (Wiederholungen 28. und 29. Oktober 1907).

27. April–2. Mai: Modellsitzungen für die Marmorbüste des Charlottenburger Bildhauers Ernst Müller.

Anfang Juli–September: Braunschweiger Besuch der Familie Wasserfall (mit Enkeln Kurt und Friedrich Wilhelm).

Mitte September–18. Oktober: Besuch bei den Wasserfalls in Rendsburg/Eider.

25. Oktober: Treffen mit Marie und Wilhelm Jensen in Magdeburg.

15. November: Feier zum 50. Schriftstellerjubiläum (Gratulationsgedicht Bertha Raabes zum Öllämpchen aus der Berliner Studentenzeit).

1905:

22. März: Besuch des Schriftstellers Cäsar Flaischlen.

20. Oktober: Besuch des Romanciers Gustav Frenssen.

1906:

10. Mai: Reise nach Bad Harzburg auf Einladung der Großherzogin Elisabeth von Oldenburg, einer Verehrerin; deren Gegenbesuche in Raabes Wohnung am 14. Mai und 23. Juni, Abschied am 26. Juni.

Mitte Mai/Juni: Erneute Besuchsreise zur Familie Wasserfall nach Rendsburg.

Juli–September: Deren Gegenbesuch in Braunschweig.

9. August: *Autobiographische Notiz* für den hannöverschen Regionalkalender ›Der Heidjer‹.

8. September: Feier zum 75. Geburtstag im »Grünen Jäger«; Ehrenmitgliedschaft in der Hamburger »Kunstgesellschaft«, zahlreiche Broschüren und Zeitungsartikel über Raabe.

10. September: Glückwünsche und Karikatur von Olaf Gulbransson im ›Simplizissimus‹.

4. Dezember: Erster Besuch des Lyrikers Börries v. Münchhausen (wiederholt am 11. November 1907).

1907:

14. Januar: Detlev v. Liliencron besucht Raabe in »Herbsts Weinstube« – herzliche Freundschaft.

April–Juli: Erste akademische Lehrveranstaltung über »Raabes Erzählungen« von Wilhelm Kosch an der Universität Fribourg (Schweiz).

12. Juni: Empfang beim Braunschweiger Regenten Herzog Johann Albrecht nach dessen Einzug in Braunschweig.

Juli/August: Dreiwöchige Sommerreise nach Niendorf/Ostsee (dort am 7. August Familientreffen).

9. August [?]: Auszeichnung mit dem (seit 1896 vergebenen) Wiener Bauernfeld-Preis. Raabe erhält die Ehrengabe für das Jahr 1907 (2000 Kronen) im Gegensatz zur üblichen Verleihungspraxis allein und ungeteilt.

September: Lungenkatarrh. Lieblingslektüren (bis kurz vor dem Tode): Biographien (mehrere über Kant), Bibel, lateinische und griechische Klassiker, ›Don Quixote‹, Lichtenberg, Heine, Abenteuerliteratur der Kinderzeit.

1908:

4. Januar: Einladung durch den Regenten Johann Albrecht zur Aufstellung der Müllerschen Raabe-Büste im Herzoglichen Museum (Anton-Ulrich-Museum).

20. Januar: Die junge Autorin Clara Viebig besucht Raabe bei »Herbst«.

6./10. März: Korrespondenz mit der sozialdemokratischen Politikerin und Schriftstellerin Clara Zetkin.

1. April: Die Familie Dr. Gustav Behrens (mit Enkeln Anna-Margarete und Konrad Wilhelm) bezieht eine Etage in Raabes Wohnhaus.

November: Erste literaturwissenschaftliche Monographie über eine Raabesche Erzählung, von der Luxemburgerin Marie Speyer: Raabes ›Hollunderblüthe‹, Regensburg 1908.

16./22. November: Freudiger Dank Raabes an die Verfasserin und ihren akademischen Lehrer Wilhelm Kosch.

Anfang Dezember: Herzog Johann Albrecht verleiht Raabe (als erstem Träger) das Braunschweigische Verdienstzeichen für Kunst und Wissenschaft.

1909:

2. Februar: Besuch des Satirikers Alexander Roda Roda.

14.–23. Februar: Modellsitzungen für das Porträt des Münchener Malers Wilhelm Immenkamp.

26. Februar: Besuch des Schweizer Epikers Carl Spitteler.

Juli: Erschütterung über Todesfälle weit jüngerer Kollegen (Ernst v. Wildenbruch, Hans Hoffmann, Detlev v. Liliencron). Gefühl eigener Überalterung, »Velten-Andres-Stimmung«.

Errichtung eines Raabe-Turms auf dem Großen Sohl (Hils-Höhe nahe Eschershausen).

Mitte August: Besuch bei den Wasserfalls in Rendsburg.

20. August: Dort körperlicher Zusammenbruch, von dem sich Raabe nie mehr vollkommen erholt. Mühsames Wiedererlernen des Gehens, unüberwindliche Schlafsucht, Serie von Alterskrankheiten.

18.–20. Oktober: Zeichnung von Ernst Müller, Breslau, für ein neues Porträtrelief (Alabaster in der Braunschweiger Raabe-Gedächtnisstätte; Kopien in Bronze bzw. Kalkstein auf den Raabe-Denkmälern auf dem Großen Sohl bei Eschershausen [1910], am Kleidersellerweg in Riddagshausen [1949] und am Braunschweiger Magni-Kirchplatz [1975]).

25. Oktober: Besuch Hermann Hesses bei Raabe.

10. November: Ernennung zum Ehrenmitglied der Deutschen Schiller-Stiftung; Stuttgart benennt als siebte Stadt eine Straße nach Wilhelm Raabe.

2. Dezember: Besuch des Schriftstellers Hanns v. Gumppenberg.

1910:

24. Januar: Tod der Schwester Emilie – heftige Trauer.

20. Juni: Letzte Photographien Raabes von Fritz Limmer.

23. Juni: Aufrichtung des Raabe-Denkmals (Dolomit-Block) auf dem Großen Sohl (veranlaßt von Hans Freytag, enthüllt am 7. August).

11./22. September: Korrespondenz mit Marie v. Ebner-Eschenbach als Zeugnis wechselseitiger Wertschätzung.

11. Oktober: Ehrendoktorwürde der medizinischen Fakultät der Universität Berlin.

15. November: Tod Wilhelm Raabes (am Tag seines 56. Schriftstellerjubiläums). Totenmaske in der Braunschweiger Raabe-Gedächtnisstätte; Beerdigung (Ehrengrab der Stadt Braunschweig) auf dem Stadtfriedhof am 19. November.

Nachwort

Fasziniert durch die Lektüre einiger Erzählungen Wilhelm Raabes wandte sich der Frankfurter Bankier und Literat Sigmund Schott im Februar 1891 an den Autor, um von ihm selbst guten Rat zu erbitten, welche Auswahl aus dem regalfüllenden Gesamtœuvre für eine gerechte Würdigung ökonomischerweise mit Vorrang zu lesen sei. Der mit einer solchen »Behülfsanforderung« Konfrontierte hat ihm darauf (am 21. Februar) nur mit einer recht entmutigenden Antwort dienen können, mit einer leisen Warnung vor den Mühen, die der Frager für sein Vorhaben aufwenden müßte. Freundlich zwar hat ihm Raabe eine Aufteilung der Werke in drei chronologisch-genetische Abteilungen nahegelegt, in das Frühwerk seiner Berliner und Wolfenbütteler Schaffensphase, den Komplex der Opera aus den acht Stuttgarter Lebensjahren und schließlich die lange Serie der in Braunschweig entstandenen Erzählungen. Angedeutet hat er ihm auch, daß dieser letzte Teil, der aus der zweiten Lebenshälfte also, das im ganzen wohl künstlerisch Gewichtigere enthalte. Eine nähere Orientierungshilfe aber hat er weder geben können noch wollen:

> Und da kann ich Ihnen nicht helfen: wenn Sie mir gerecht werden wollen, müssen Sie in den sauern Apfel beißen und *Alles* lesen. Überlegen Sie sich das ja wohl!

Raabes Erwiderung, zugleich andeutungsweise Hilfestellung für eine selektive Lektüre und Warnung vor der daraus resultierenden Reduktion, potentiell gar Vereinseitigung im Gesamtbild, kennzeichnet auch die Problematik einer jeden Werkauswahl. Selbst wenn es ihr gelingt, das für die spezifische Leistung eines Schriftstellers Typischste, künstlerisch und gehaltlich Wichtigste bzw. aus größerem zeitlichen Abstand mit Vorrang lesenswert Gebliebene zu umfassen, wird sie nie ganz frei sein von objektiv zeitgebundenen Präferenzen, in manchen Details sogar von subjektiven Geschmacksentscheidungen. Die Plausibilität des Ausgewählten wird im einzelnen nie einen dauerhaft gesicherten Bestand behalten können. Über das fortdauernd Lebenskräftigste, zu fernerer Auseinandersetzung intersubjektiv Bedeutungsvollste aus dem gesamten literarischen Erbe muß jede Generation in neuer Anstrengung neu entscheiden, auch die zuständige Forschung hat beständig im Blick auf das Ganze der Überlieferung ihre überkommenen Kanones und Leseempfehlungen zu überprüfen und ggf. zu revidieren.

Die Einladung zu einer erneuten Auseinandersetzung mit der schwierigen, aber auch mannigfache Bereicherung darbietenden Erzählkunst Wilhelm Raabes muß sich dem anfechtbaren Geschäft einer auswählenden Leseempfehlung stellen. Denn es wäre ein Trugschluß, wollte man aus dem Hinweis des Autors, man müsse »*Alles* lesen«, um seinem Gesamtschaffen gerecht zu werden, oder aus dem Wissen um die Zeitverhaftung allen Auswählens die Folgerung ziehen, eine Leseausgabe seiner Werke sei eigentlich nur als Präsentation des Ganzen zu verantworten. Selbst wenn man von materiell-ökonomischen Bedingungen absehen könnte (eine Taschenbuchkassette aller Romane und Erzählungen Raabes hätte den Umfang von mindestens 40 Bänden), würde dadurch das Problem sinnvoller Schwerpunkte beim Kennenlernen und Vertiefen, eines Zurechtfindens zum Wertvollsten und Interessantesten ja nur auf jeden einzelnen Leser abgewälzt, ohne Hilfestellungen und unter Mißachtung des Bedarfs nach ökonomischem Umgang mit der zur Lektüre verfügbaren Zeit, häufig mit dem Ergebnis vollkommener Entmutigung.

Die in der Werkauswahl, die der Insel Verlag im 75. Todesjahr Wilhelm Raabes vorlegt, dargebotene Einladung zum Lesen soll freilich keineswegs abschließenden Charakter haben.

Durch ihr Aufmerksammachen auf besonders gewichtige Beiträge dieses Autors zur Erzählkunst des 19. Jahrhunderts, auf Vorklänge der Moderne in seinem Werk und die erstaunliche Aktualität seiner Themen und Aussagen, soll sie vielmehr auch über sich hinaus zu erweiternden Zugangsbemühungen anregen. Dafür steht die seit 1951 erschienene (bei Vandenhoeck & Ruprecht, Göttingen, bandweise in neuer Auflage lieferbare) sogenannte »Braunschweiger Ausgabe« der »Sämtlichen Werke« (in 20 Bänden mit bislang vier Ergänzungsbänden) zur Verfügung, die mit ihrem werkgenetisch-textkritischen Anhang und ihrem ausführlichen Anmerkungsapparat heute die Basis der Raabe-Forschung ist, dazu eine ganze Reihe preiswerterer Einzeltexte (die meisten bei Reclam in Stuttgart).

Auswählende Werkausgaben hat es auch bisher in größerer Zahl gegeben, in den letzten 30 Jahren ebenso in der Bundesrepublik wie in der DDR. Sie haben sich, soweit sie überhaupt fehlerfreie Texte bieten, ganz überwiegend an einem durch die Wirkungsgeschichte des 19. und frühen 20. Jahrhunderts bestimmten Kanon orientiert. Dieser frühe Kanon aber war erwachsen aus dem vielfältig ins Harmlos-Harmonische verengenden, die sprachkünstlerische Leistung zugunsten vermeintlicher Lebenshilfe ignorierenden, überdies die Werkaussagen in grotesker Weise ideologisch umfälschenden Raabe-Bild einer frühen Verehrer-»Gemeinde«.

Auf die kuriose Werkferne der aus dieser Pathogenese seiner Wirkungsgeschichte resultierenden Mythen und Stereotype, die Raabe in einen humorigen Schnurrenerzähler, einen Verklärer von Heimatenge, Biedersinn und abseitigen Käuzen, sogar zum Vorboten des Nationalismus und Rassenwahns verkehrten, ist in den Erläuterungen und Nachworten zwar immer wieder hingewiesen worden, so daß die eklatanten Fehldeutungen an der herkömmlichen Auswahl abgewiesen werden konnten. Für eine gründliche Kanonrevision unter den Aspekten des Kunstrangs und der fortdauernden Aktualität der Themen, gestalterischen Strategien und harmonieverweigernden Lösungen, für einen Neuzugang also auch zu den wesentlichsten unter den lange vergessenen und verdrängten Texten, blieb durch die ängstliche Wiederaufnahme des Immer-schon-Gelesenen selten Raum.

Welches aber die nach heutiger Auffassung bedeutsamsten Werke oder Werkkomplexe sind, darüber herrscht in der Forschung wenigstens der letzten 30 Jahre über alle Auslegungsdivergenzen hinweg im Grundsatz so weitgehende Einigkeit, daß eine Auswahl längst nicht mehr von der Willkür persönlichen Gutdünkens abhängen kann. Ein gewisser vom Herausgeber zu verantwortender Spielraum besteht da lediglich in der Auslese der bestgeeigneten Exempla unter mehreren gemeinhin für gleichrangig geachteten und in Formgebung, Themen und Aussagen ähnlichen Dichtungen, in der Präferenz für wenige umfangreichere oder eine größere Zahl kleinerer Texte, in der Möglichkeit zu einigen diskussionsfördernden Akzentuierungen. Das gewandelte, so weitgehend konsensfähige Raabe-Bild ist ansatzweise schon präformiert worden durch Essays von Romano Guardini und Georg Lukács, schärfere Konturen erhielt es durch die Arbeiten von Barker Fairley, Herman Meyer und Walther Killy, komplexer trat es in Erscheinung in der (erstmals wissenschaftlich betreuten) »Braunschweiger Ausgabe« oder in Hermann Helmers' Sammelband richtungsweisender Raabe-Forschungen (›Raabe in neuer Sicht‹, 1968). Seither hat es in gewichtiger Bereicherung der Argumente (kumulierend v. a. im ›Jahrbuch der Raabe-Gesellschaft‹) noch vielfältig differenziert werden können. Noch immer aber ist es ein allzu exklusiver Erkenntnisbesitz der Germanisten und einiger Raabe-Liebhaber geblieben, erst sporadisch ist es ins Bewußtsein der breiteren literarisch interessierten Öffentlichkeit vorgedrungen. In der Höherbewertung der charakteristischen 200-Seiten-»Erzählungen« der Braunschweiger Zeit und einiger kleinerer Dichtungen novellistischen Umfangs schon seit den

Stuttgarter Jahren gegenüber dem Frühwerk und den alten Wirkungs-Klassikern konvergieren übrigens die Einschätzungen der neueren Forschung im wesentlichen mit den von Raabe selbst überlieferten rückblickenden Äußerungen über den Rang seiner Bücher.

*

Wilhelm Raabe hat sich seit seinem jähen Entschluß vom 15. November 1854, seinen Lebensinhalt und -unterhalt allein in dem Beruf eines freien Schriftstellers zu suchen, für eine noch durchaus ungewöhnliche, extrem ungesicherte und keineswegs allein von der Permanenz seiner künstlerischen Leistungskraft bis ins hohe Alter abhängende Karriere entschieden. Fast alle seine Poetenkollegen hatten noch einen sichernden Rückhalt in irgendeinem bürgerlichen (häufig journalistisch-redaktionellen) Brotberuf.

Unter dem fast lebenslangen Zwang zu rastlosem Weiterproduzieren, zu einem über alle Enttäuschungen hinweg zermürbenden Weiterverhandeln mit wechselnden Redakteuren und Verlegern ist zwischen 1854 und 1902 das Riesenwerk von 68 (z.T. mehrbändigen) Romanen, romanhaften und kürzeren Erzählungen, dazu von poetischen Skizzen, Gedichten und kleineren Aufsätzen entstanden: seit der *Chronik der Sperlingsgasse* ein

> Schriftstellerleben von der Hand in den Mund [...] im sechzigsten Lebensjahre unberufen noch so ziemlich auf den Beinen; und Dank der innigen Theilnahme der Nation auch mit der Feder noch im Gange: Von der Hand in den Mund! Ja, ja so geht es, wenn man kein ehrbar Handwerk ergreift, sondern aufs Seil steigt und sich dort auf den Kopf stellt. *[An S. Schott, 18. Juli 1891]*
>
> Ich bin mein ganzes Leben durch die heiße Hand an der Gurgel mit der Frage: Was wird mit dir und den Deinigen morgen? nicht losgeworden. *[Notiz in der Schreibmappe: 1. März 1896]*

Das beklemmende Bild von der heißen Hand an der Gurgel ist keine weithergesuchte Metapher. Jahrelang hat Raabe unter nervösen Asthmaanfällen auch ganz unbildlich um Luft zum Leben ringen müssen in der Sorge um den Unterhalt seiner schließlich auf sechs Köpfe angewachsenen Familie, in der Nötigung, fast alle Werke doppelt zu verkaufen – für den ungeliebten (damals allerdings ganz üblichen) Zeitschriftenvorabdruck und für die Buchausgabe –, auch durch Phasen einer nachhaltigen Wirkungskrise bei Kritik, Publikum und Verlegern hindurch, die kaum eine Wiederauflage seiner Arbeiten erhoffen ließ.

Angesichts der großen Zahl der Werke, nicht allein durch die wechselvollen Bedingungen ihres Entstehens, ist es gar nicht verwunderlich, daß nicht alle von ihnen die gleiche Ranghöhe erreichen konnten. Weit eher muß es verwundern, daß Raabe trotz seiner materiellen Angewiesenheit auf Erfolge nach seiner Etablierung auf dem literarischen Markt, also nach dem in Stuttgart erreichten Durchbruch zu einer ganz eigenen Erzählform und einem unverkennbaren Ton (äußerlich sichtbar im endgültigen Abstreifen des Jugendpseudonyms Jakob Corvinus), geradezu planmäßig alles vermieden hat, was ihm einen besseren Verkauf seiner Bücher hätte garantieren können.

Während das Frühwerk, Raabes sogenannte »lyrische Periode«, neben manchen Schönheiten und novellistischen Reizen nicht frei ist von Zügen zeitgebundener Sentimentalität und Pathetik, von Schwarzweiß-Zeichnungen des Personals und trivialen Momenten der Handlung und Symbolik, setzt schon in der mittleren Schaffensphase eine konsequente Verweigerung gegenüber den Moden des Zeitgeschmacks ein. Den Unterhaltungs-, Erhebungs- und Bestätigungsbedürfnissen des Publikums und infolgedessen auch den Wünschen oder direkten Anforderungen der Verleger sagt Raabe energisch ab:

Es ist viel Lüge in unserer Litteratur, und ich werde auch für mein armes Theil nach Kräften das Meinige dazu thun, sie herauszubringen, obgleich ich recht gut weiß, daß meine Lebensbehaglichkeit dabei nicht gewinnen wird. *[An den Westermann-Redakteur Adolf Glaser, Febr. 1866]*

Geradezu eigensinnig zieht er sich auf ein höchst anspruchsvolles Kunstethos zurück, bringt er sich in Gegensatz zu den kritikbeherrschenden poetologischen Programmen ebenso seiner realistischen wie später der naturalistischen Literatur-Kollegen.

Die poetischen Realisten neben ihm (Fontane in einigen Werken und später Ferdinand von Saar ausgenommen) gestalten eine weithin noch vorindustrielle Welt, die seit dem Biedermeier keine Veränderung erfahren zu haben scheint. Dagegen rückt Raabe – thematisch zentral oder in ebenso unerbittlich konturierenden Streiflichtern – eben jene brennenden sozialen Probleme seiner Zeit in den Blick, die das bürgerliche Publikum wenigstens in der Lektüre lieber verdrängt hätte: das Massenwachstum der Städte mit Proletarisierung, Mietskasernenelend und Jugendverwahrlosung, die Folgen der Industrialisierung und Kommerzialisierung in Natur- und Landschaftszerstörungen, Veräußerlichung und Verdinglichung des Lebens, das Zerbrechen gewachsener Strukturen mit verlorenen Nachbarschaftsbindungen, Einsamkeit, psychischer Verarmung und Verhärtung (auch in den Provinzen und auf dem Lande).

Durch ein beständiges Insistieren auf einer Solidarität seiner durchweg passiven Helden, der von der Zeit überrollten Outcasts und der unangepaßten Außenseiter, versucht er zwar noch, die Utopie einer in unwirtliche Zeiten hinübergeretteten Menschlichkeit und mitleidmächtigen Toleranz wenigstens in der Reichweite privaten Füreinandereinstehens aufrechtzuerhalten. Aber er verweigert, im Spätwerk fortschreitend radikaler, harmonisch verklärende Erzählschlüsse, die die Illusion einer zukünftig minder unwirtlichen Gesamtentwicklung nähren könnten. Es gibt keine glatten Lösungen und keine Zuversicht in einen Automatismus des Fortschritts; ideologische Patentrezepte erscheinen als frommer Selbstbetrug.

Bei aller Zeitkritik und allem Zukunftspessimismus macht sich Raabe aber auch nicht zum laudator temporis acti oder zum Lobredner zeitentrückter Provinzidyllen. Der Fassadencharakter ländlicher Sittlichkeit wird peinigend bloßgelegt. Und gerade die in ein historisches Kostüm verfremdeten Erzählungen – etwa ein Drittel des Gesamtwerks – offenbaren die Grausamkeiten bornierten Hasses und Aberglaubens, den Wahnsinn der Kriege. Fern von den Vergangenheitsseligkeiten historistischer Genrebilder halten sie durch ihre unverkennbare Transparenz auf aktuelle Probleme der eigenen Zeit den Spiegel vor.

All dies waren ungemütliche Themata, auch wenn sie nicht im Gestus pathetischer Anklage vorgetragen wurden. In einer Zeit des selbstzufriedenen Stolzes auf technische und industrielle, militärische, politische und gesellschaftliche »Errungenschaften« prädestinierten sie geradezu zum Mißerfolg.

> Ja wohl, von der Chronik der Sperlingsgasse bis in den Vogelsang! Aus dem 23sten Lebensjahr in das 65ste! Das Zeugnis darf ich mir ausstellen, daß ich in diesen zweiundvierzig Arbeitsjahren nie ein Wort dem Pöbel zu Liebe geschrieben habe – weder nach unten noch nach oben zu! – *[An Otto Seeck, 21 Jan. 1896]*

Ebenso zumutungsreich wie die Erzählinhalte und der Verzicht auf ihre Verklärung durch versöhnliche Perspektiven war aber für die breite zeitgenössische Leserschaft und fast die gesamte Literaturkritik auch Raabes Erzählweise. Während etwa Friedrich Spielhagen als Programmatiker des Realismus das vollständige Zurücktreten des Erzählers aus dem Erzählten fordert, eine Konzentration auf streng objektivierte Handlungsaktionen, die umweg- und atemlos vom ersten bis zum letzten Wort durchlaufen sollten, um eine ungebrochene Illusion des Lesers zu gestatten, leistet sich Raabe eine radikal gegenläufige, nach den Kategorien der Zeit nur als völlig antiquiert zu begreifende Erzählform. Von der herrschenden programmatischen Position aus völlig zu Recht wirft ihm Paul Schlenther 1883 in der ›Deutschen Literaturzeitung‹ vor, er schreibe

> den Spielhagenschen Theorien durchaus zuwider. Besonders schlimm steht es mit der Objectivität des Dichters. Wenn wir mitten in den Dingen stecken und seiner am wenigsten gedenken, so taucht er plötzlich vor uns auf, und zwar an seinem Schreibtisch mit Feder, Tinte und Papier [...]. Noch lästiger ist seine Manier, den Personen ohne bestimmten Grund weitläufige und ganz zufällige Attribute und Epitheta zu verleihen. Der an sich schon etwas schwerfällige Aufbau wird dadurch noch wunderlicher verputzt und verschnörkelt. *[BA 15, S. 628]*

An die Stelle von illudierender Handlungsspannung mit dem Schein der Objektivität setzt Raabe also die Restituierung einer übermächtigen, bis in die dröhnigen Personenreden hinein allgegenwärtigen Erzählerfigur, die den zumeist ereignisarmen Handlungsstrang reflexiv aufbricht und zerdehnt. Eine geschlossene Illusion soll gar nicht erst aufkommen.

An die Bereitschaft der Leser zum kritischen Mitdenken werden dadurch höchste Anforderungen gestellt: Mit der sich vom Geschehen verselbständigenden sprunghaften und digressionsreichen Erzählweise wird »Langweilerei« in bezug auf den äußeren Handlungsablauf zunehmend zum Strukturprinzip erhoben. Heimtückischerweise ist aber auch auf die scheinbar zuverlässigen Fingerzeige und Sympathielenkungen der Erzählerinstanz keineswegs sicherer Verlaß; häufig werden sie durch Ironiesignale, durch den Fortgang der Handlung und die Schlußgestaltung desavouiert.

Angespannteste Aufmerksamkeit wird ebenso erfordert

durch die vielfältigen Appelle des poeta doctus an die literarische und historische Bildung seiner Leser, durch das Gewebe seiner Zitate und Anspielungen, durch die Verspiegelung des Geschehens mit Märchen und Sagen, mit Dichtung und Gassenhauern, prominenter und obskurer Geschichtsüberlieferung. Denn sie fungieren selten als bildungsbürgerliche Bestätigungen eines »Déjà-vu«, meist dienen sie einer gegensinnigen Irritation.

> Wenn Sie nach dem Reiz fragen, der für gereifte Leser trotz des »geringen stofflichen Interesses« in meinen Büchern liegt, so läßt es sich wohl daraus herleiten, daß ein *wirklicher Inhalt* darin vorhanden ist und ein Drittel von diesem der Leser selber sich herauszudenken, fühlen und empfinden hat; – ich habe mich nie für einen guten Unterhaltungsschriftsteller gehalten. *[An S. Schott, 28. Okt. 1893]*

Die uns heute trotz eines gewissen Mangels an Plastizität und einer Schwerfälligkeit im Skizzieren von Stimmungsvaleurs, trotz bisweilen dysfunktional bleibender Redunanzen und Bildungsallusionen in ihrem Appell an orientierungsfähig-mündige Leser im ganzen so bemerkenswert modern erscheinenden Erzähltechniken haben die Zeitgenossen (ebenso wie Raabe selbst) in der Tradition der großen humoristischen Erzähler von Cervantes über Sterne bis zu Jean Paul gesehen. Mit keinem Begriff aber ist – infolge der Verflachung des Humors im 19. Jahrhundert zu mildbegütigender Skurrilität und vordergründiger Spaßhaftigkeit – in bezug auf Raabe so viel Schindluder getrieben worden wie mit dem des Humors. Sein Humor ist noch – sieht man ab von gelegentlichen Forciertheiten burlesker Komik – weitgehend im Sinne der frühromantischen Theorie das Widerlager des Tragischen, nicht dessen Aufhebung. Er ist ein verzweifelter Ausdruck des Leidens an der fortschreitend gefährlicher werdenden Unvollkommenheit der real existierenden Zustände.

Was der Deutsche »Humor« nennt, ist oft ganz und gar das Gegentheil desselben [...]. Tausendmal lieber nach Canosssa als unter die Seiltänzer! *[An Ernst Eckstein, 20. Aug. 1877]*
– und so ist das, was ihr meine sonnige Heiterkeit nennt, nichts als das Atemschöpfen eines dem Ertrinken Nahen. *[Schreibmappennotiz, 12. Jan. 1878]*

Raabe war sich durchaus bewußt, daß er sich den vielbeklagten Mangel an Popularität seines so schwierigen, in Stoffen und Schreibweise so unzeitgemäßen späten Erzählwerks im Grunde selbst zuzuschreiben hatte. Und er sah voraus, daß ihm auch unter den von der Literatur der Moderne gewandelten rezeptionsästhetischen Bedingungen ein wirklicher Breitenruhm nur um den Preis wirkungsgeschichtlicher Mißverständnisse zuteil werden konnte. Zwei briefliche Äußerungen noch aus dem letzten Lebensjahr bezeugen dies.

Ich habe eben kein Glück, weder in meinem Volk (außer den Besten!) noch im Buchhandel gehabt. Inwiefern ich selber daran Schuld gewesen bin, weiß ich recht wohl! – *[An G. Grote, 13. Juli 1910]*
Je mehr ich mit äußerlichen Ehren überhäuft werde, je mehr ich gelobt werde, desto weniger kauft das deutsche Volk meine Bücher, die ja freilich auch für die winzigste Minorität desselben geschrieben worden sind. – *[An K. Geiger, 21. Juli 1910]*

*

Eine Raabe-Auswahl heute auf Erzählwerke zu konzentrieren, die nach Auffassung der neueren Forschung zum Besten der deutschen Literatur in der Epoche des Realismus gehören und weltliterarischen Rang erreichen, und dafür allbekannte Wirkungs-Klassiker herauszulassen (wie *Die Chronik der Sperlingsgasse, Die schwarze Galeere,* den *Hungerpastor* oder *Else von der Tanne*) mag riskant sein. Mancher wird so Altvertrautes, das neben klischeehaft-epigonalen Passagen ja durchaus auch treffliche von bereits bedeutendem Kunstrang enthält, sicher vermissen. All diese Werke sind aber bequem in anderen Einzelausgaben erhältlich.

Die Ausnutzung des vorgegebenen Gesamtumfangs der Ausgabe für bekanntermaßen Bestes von Raabes umfänglicheren Braunschweiger Erzählungen (wie *Die Akten des Vogelsangs, Stopfkuchen* und *Das Odfeld*), aber auch für minder Bekanntes von vergleichbarem Rang und hoher Aktualität *(Horacker, Pfisters Mühle, Im alten Eisen, Hastenbeck* und *Altershausen)* und für einige der gelungensten kürzeren Erzählungen aus der Stuttgarter und frühen Braunschweiger Zeit bietet aber auch Chancen. Damit können gewichtige, bisher nur selten verfügbare Werke, die jenseits von Fachwissenschaft, akademischem Unterricht und einer Schar von Raabe-Liebhabern nur noch wenigen als Geheimtip bekannt sind, einer erweiterten literarisch aufgeschlossenen Leserschaft wieder zugänglich gemacht werden. Abgesehen von den kürzeren, auch schon als Schullektüre (nicht erst der letzten Jahrgangsstufe) empfehlenswerten Geschichten (wie insbesondere *Holunderblüte, Die Hämelschen Kinder, Im Siegeskranze, Zum wilden Mann* oder *Die Innerste*) wird man sich freilich für den faszinierenden Gewinn einer Aneignung den für Raabes reife Kunst charakteristischen Lesewiderständen aussetzen müssen. Einer eiligen und flüchtigen Lektüre bleibt diese Kunst unzugänglich.

In einigen Fällen bleibt das von einer Werkauswahl erforderte Weglassen besonders schmerzlich. Ich möchte deshalb zum Weiterlesen von den kleineren Erzählungen besonders *Sankt Thomas, Der Marsch nach Hause, Deutscher Mondschein* und *Frau Salome* empfehlen, von den dickleibigen Romanen *Abu Telfan* und *Alte Nester* (neben der *Chronik der Sperlingsgasse*), von den 200-Seitern *Wunnigel, Prinzessin Fisch, Unruhige Gäste* und *Der Lar*.

*

In der vorliegenden Raabe-Kassette sind die Erzählungen chronologisch angeordnet. Hinzugefügt wurde (zur Eröffnung im 1. Band) die *Autobiographische Notiz* des greisen Dichters und (im 10. Band) eine kleine Auswahl aus Raabes Lyrik und die Hinterlassenschaft seiner aphoristischen Einfälle. Dazu kommen auf den Umschlagseiten der zehn Bände reizvolle Proben kleiner, im kunstgeschichtlichen Epochenkontext charakteristisch eigenständiger Federskizzen, die er ohne besondere Kunstabsicht und sicher nicht für die Illustration seiner Werke bloß zur Erholung vom Schreibgeschäft, oft auf Manuskripträndern, hingezeichnet hat, ferner (als Kassettencover) eines seiner Aquarelle. Dadurch sollten in bescheidenem Umfang auch die weniger bekannten Nebenbegabungen des großen Erzählers mit in den Blick gerückt werden.

Die Texte folgen der jeweils besten derzeit verfügbaren Edition: außer für *Höxter und Corvey* (Reclam) und die *Einfälle* (Jahrbuch der Raabe-Gesellschaft 1960) ist das durchgängig die »Braunschweiger Ausgabe« (Vandenhoeck & Ruprecht). Die wenigen offenkundigen Druckfehler der Vorlagen wurden stillschweigend korrigiert. Auf einen Anmerkungsapparat wurde verzichtet, nicht allein wegen der Termingebundenheit der Ausgabe, die mögliche Besserungen gegenüber dem Kommentarbestand der »Braunschweiger Ausgabe« ausschloß, sondern auch, weil der Platzbedarf eine weit engere Reduktion der Auswahl Raabescher Texte erfordert hätte.

Zu näherem Aufschluß sind in jedem Band in der »Editorisch-bibliographischen Notiz« ein knappes, Interpretationshorizonte skizzierendes Nachwort und eine umfassende Bibliographie der neueren Forschungsliteratur zu jedem Werk beigegeben, dem letzten auch eine aus zerstreuten Detailinformationen zusammengetragene Chronik mit Daten zu Raabes Leben und Werk.

Zum Beschluß sei mir ein Wort des Dankes gestattet. Es gilt den Mitarbeitern des Insel Verlages, die dieser Ausgabe ein hohes Maß an kooperativer Sorgfalt gewidmet haben, aber auch meinen am Seminar für deutsche Philologie studierenden, seit langem von Raabe faszinierten Göttinger Helfern Stefan Alsenz, Petra Bosse, Falk Eisermann, Ute und Jens Haustein und Florian Krobb sowie meiner Frau. Ohne ihrer aller penible Unterstützung hätte ich die Last der ersten Druckkorrektur sicher nicht fristgerecht bewältigen können.

Hans-Jürgen Schrader

Inhalt

insel taschenbücher
Alphabetisches Verzeichnis